# 娘子馴夫放大絕

2

風文創 1036

淺語 著

風文創 1036

# 目錄

# 第三十九章

剛轉過影壁，便見趙氏跟楊姮往外走，楊妧忙行禮問安。

楊姮掃一眼楊妧身上衣衫，含酸帶醋地說：「四妹妹今兒打扮得可真漂亮……妳不用進去了，表哥說有事跟姨祖母商議，姨祖母留了表哥用飯，讓咱們回自個兒屋裡吃。」

楊妧笑道：「我去請個安。」

東次間，秦老夫人跟楚昕一左一右坐在炕桌兩邊。楊妧屈膝行個福禮。「姨祖母安。」又朝楚昕福一福。「表哥安。」腮邊梨渦跳動，笑容甜美嬌媚，好像剛才在湖邊壓根兒沒受到冷遇似的。

楚昕討厭她這副裝模作樣的架勢，暗地裡不遺餘力地編排他，一口一個「世子爺」撇得清楚，現在當著老夫人的面又假惺惺地喊「表哥」。

他鼻孔朝天「哼」了聲。「現在知道喊表哥了……昨天可是跟沒看見我似的，直奔著顧老三過去。」假山的事沒法提，說出來他不占理，還是算一下水榭這筆帳好了。

「這個……」楊妧賠笑解釋。「不是不理表哥，表哥是自己人，顧三爺是外人，在外人面前應該先把禮數全了。」

秦老夫人道：「就是四丫頭說的這個理。你是我嫡親的孫子，還有誰能比得過你重要？

我先安慰顧三，一來是不能讓別人挑理；二來，你自小喜歡舞刀弄槍，就是有三個顧三加一塊，能打得過你？」

「不能，」楚昕氣順了順。「五個顧三也不頂事。」

「這不就是了？祖母相信你的本事，可也擔心你手底下沒數。人都是爹生娘養的，忠勤伯夫人寶貝顧三寶貝得要命，你倆經常一起玩，可別玩鬧了動起手來。」

「我明白。」楚昕有些不耐煩，可想起昨天余大娘子所說，秦老夫人跟著收拾爛攤子，語氣緊跟著緩和下來。「祖母，我知道分寸，您別把我當成不懂事的娃娃。」

秦老夫人絲毫不在意他的態度，反而很是歡喜。「好好，昕哥兒長大了。」側頭對楊妧道：「這件襖子挺好，清清爽爽的，是之前范二奶奶拿來的布料？」

「對，姨祖母眼力真好。」楊妧笑答。「就是范二奶奶給的布。我和二姊姊每人分了半疋，我尋思著天熱了，做了件寬鬆襖子，您覺得我這樣去真彩閣可以嗎？」

「好看，好看。」秦老夫人連連點頭，揚聲喚荔枝。「拿十兩銀子給四丫頭。」

楊妧連忙推拒。「不用了，我銀錢夠用。」

「拿著，看見有喜歡的花兒朵兒儘管買回來，別摳摳索索地讓人笑話。」

楊妧只好收下，又對秦老夫人行個禮。「那我先回霜醉居，待會兒出門就不過來叨擾姨祖母了。」

秦老夫人應聲好，隔著洞開的窗扇瞧著楊妧聘聘婷婷的身影，笑道：「四丫頭這身打扮還真不錯，看著就讓人心靜。」

楚昕卻注意到楊妧的耳墜子，左耳垂上的是赤金鑲著青金石，右耳垂則鑲著綠松石，兩邊還不一樣。

翻個白眼，低低咕噥。「醜人多作怪。」人長得不好看再怎麼捯飭也醜，比起他差遠了。

紅棗提來食盒，把早飯一樣樣擺上，祖孫倆靜默無聲地用完早飯，荔枝撤下碗筷，伺候秦老夫人漱了口，沏一壺清淡的六安茶過來。

秦老夫人慈愛地看著寶貝孫子，笑問：「有什麼事情想跟祖母商議？」

楚昕抿抿唇。「我想找件差事做。」

秦老夫人立刻警戒起來。「你想找什麼差事？可不許離了京城往別處去。」

楚昕皺眉。「不知道，所以想徵求祖母的意見。」

前世的楚昕是十八歲那年進了金吾衛，每晚在宮裡當值，吃的是大鍋飯，睡的是硬板床，隔上五天才能回家歇一天，受了不少苦。

秦老夫人思量一番，問道：「你才十六，按說過兩年領差事也不晚……怎麼突然想要當差了？」

楚昕支支吾吾地把顧常寶求娶廖十四的波折說了遍。「廖十四嫌棄顧老三不學無術，他想爭口氣，成就一番功業，讓廖十四後悔狗眼看人低。」

秦老夫人覺得好笑。「親事哪有一說就成的，得兩家人都看對眼才好。廖家不應，再另外提別家姑娘唄，強扭的瓜不甜。」

楚昕梗著脖子道：「要是我，才不管甜不甜，我挑中的瓜，先擰下來再說。」

跟前世一樣，鑽進牛角尖就出不來。秦老夫人試探著問：「咱們相熟人家的姑娘，昕哥兒有沒有相中哪個？」

「沒有。」楚昕斷然否認，腦海卻不經意地浮現出楊妧的面容，烏漆漆的眼眸，俏生生的梨渦，還有唇邊似有若無的一絲譏笑，臉色瞬時轉冷。「都沒看中，一個個當面一套背後一套，假模假樣的，還長得醜！」

「昕哥兒，你可不能仗著自己生得好就說別人醜。遠的不說，就說眼前的楊家姑娘、余家兩位娘子還有林家、明家的姑娘，哪個醜了？都是周正秀氣的小姑娘。」

楚昕不耐地說：「行了，祖母別說了，反正我誰都沒看中。在謀到差事前，我不打算相看姑娘。」

「好，好。」秦老夫人對待楚昕極其有耐心。「我讓嚴總管去打聽一下，五城兵馬司有沒有閒職，你去點個卯？或者去鴻臚寺當個鳴讚、序班，俸祿不多，但是清閒，一年當不了幾回差。」

鴻臚寺選官不講究資歷，唯一的要求就是嫻熟禮節，如果聲音洪亮善於言談再加上相貌俊美，就更受歡迎了。

丟人嗎？

楚昕頓感失望。序班就是個花瓶，外國使節來訪，他站在儀仗隊頭前糾儀傳讚，還不夠

回到觀星樓，楚昕一屁股坐在羅漢榻上，對著窗前青蔥的松柏發呆。

含光沏了茶端過來，低聲問：「老夫人怎麼說？」

「這也不行、那也不行，讓我在五城兵馬司掛個閒職。」楚昕沒好意思說到鴻臚寺，太丟人了。

含光無比同情地看著楚昕。空有一身好功夫又有一手好箭法，卻被困在京都，連真定和保定都沒有去過，這跟關在鳥籠裡的金絲雀有什麼差別？

歷任鎮國公都在邊關殺過人流過血，也都戰死在疆場，一代一代薪火相傳，楚昕的血液裡也流淌著戰士的精魂。

兩年前，他還雀躍過。「有含光和承影護著，家裡還有幾十個英勇的護院，我是不是能去宣府了？」

可惜，仍舊不能。

含光輕咳一聲，給楚昕出主意。「四姑娘很聰明，又得老夫人歡心，不如世子爺跟四姑娘商量一下，要是能說服四姑娘，說不定老夫人也會改變主意。」

真彩閣內，余新梅和明心蘭正由王嫂子和小蕓伺候著量尺寸，楊妧在最盡頭的屋子裡跟

范二奶奶談話。

微風習習，帶著不知名的花香，也將鬧市上的嘈雜裹挾進來。楊妧語笑叮咚，腮旁梨渦時而深時而淺。

「二奶奶也覺得我這件襖子好看吧？我另外還有十幾個衣裳樣子，都是畫冊上沒有的……不單是女眷的裙裳，也有男人的長衫直裰。如果二奶奶感興趣，我每個月做出一、兩件給您看看。」聲音輕且柔卻很清楚，將那些嘈雜之聲完全掩蓋了。

范二奶奶盯牢她的雙眸。「四姑娘想要什麼？」

「銀子。」楊妧神情坦然地說。「不瞞二奶奶，我手頭著實不寬裕，很缺銀錢，很缺。」

范二奶奶笑道：「四姑娘想要多少？」

「二奶奶看著給，您認為我做出來的衣裳值十兩，那就給十兩；您覺得值五兩，就給五兩。不過……」楊妧彎起眉眼。「我覺得我的手藝和眼光還不錯。」

陽光下，她的目光溫暖又明亮。

范二奶奶不由想起在國公府初見時，她談笑風生落落大方。適才，她跟那兩個小娘子親密無間言談甚歡。短短一個多月，她不但站穩了腳跟，還結交了好友。

這人應該是聰明的吧？

范二奶奶喜歡跟聰明人打交道，輕鬆愉快，而且雙方得利彼此受益。

由衷的喜悅從范二奶奶眼角流露出來，她乾脆爽朗地說：「那就說定了，每月月中，妳把衣裳送過來；要是不方便的話，我遣人去取也行。看過衣裳，我給妳銀子。」

「我來送吧，衣裳有些細節當面說比較好。」

范二奶奶滿口答應。

告別時，王嫂子拿來一只包裹。「府上莊嬤嬤來定的衣裳，原說做八身，當時時間緊，只做成四身，這會兒都做齊了，姑娘要不要先試試？」

都是夏衣，面料細軟輕薄，顏色嬌嫩明豔。

楊妧笑道：「貴號的手藝沒得挑，不用試，只比在身上瞧一瞧好了。」

小蕓一身身抖開，比在楊妧身上，粉的嬌，紅的豔，青碧色的優雅，月白色的嫻靜，每一件都漂亮得不得了。

明心蘭不停地嚷道：「我也想條留仙裙，一樣的青碧色配鵝黃襖子，我穿鵝黃好看。那條裙子我也喜歡，給我做薑黃色的，我搭配玫紅襖子穿。」

王嫂子笑得合不攏嘴，一件件地記在簿子上。

跟來時一樣，三人坐同一輛馬車。

明心蘭興奮地說：「這裡的衣裳真的很漂亮，樣子也多。王嫂子說，有些樣子是安南那邊傳過來的，還有胡人的。真希望她們趕緊做出來，我好穿著顯擺顯擺。阿妧，妳的這幾身也極好看，楚映看到肯定氣得不行，她和張珮最見不得別人好。」

楊妧莞爾。明心蘭還是那麼快言快語，余新梅依舊心思通透，最重要的是她們待她還是那麼好，全無隔閡。

馬車先拐個彎送了明心蘭回家，然後往荷花胡同走。

余新梅道：「剛才心蘭的話提醒我了，現下秦老夫人固然對妳不錯，可楚映才是她嫡親的孫女，妳行事謹慎些，別跟她鬧僵了。」

楊妧點點頭。「她還在禁足，老夫人罰她抄一百遍《女四書》，不過府裡的事情定然瞞不過她……我也正在想怎樣跟她化干戈為玉帛。反正不奢求有多投契，只求相安無事吧。」

「楚家人都很傲氣，楚映也是，整天自命不凡，妳多捧著她。」

楊妧微笑。「好，捧人我擅長。」

不多時，馬車在鎮國公府角門停下，楊妧跟余新梅約好十八日那天在忠勤伯府見面，依依不捨地道了別。

回到府裡，楊妧去瑞萱堂把拿回來的衣裳給秦老夫人過目，又將自己買的東西擺出來。兩斤點心是孝敬秦老夫人、張夫人和趙氏等長輩的。四位姑娘則是每人一朵絹花，另外還買了只筆袋給楚昕。東西不貴重，卻是人人都有，一個沒落下。

秦老夫人抿嘴笑了笑。

楊妧借瑞萱堂的人手把點心分成三份，絹花也等楚映和楊姮挑完了，這才回到霜醉居。正要換上家常穿的舊衫，青荇稟報說世子爺有事，若她回來立刻給他送個信。

楊妧心下疑惑。楚昕找她有什麼事情？剛才在瑞萱堂，秦老夫人可是半點口風沒透露，難不成秦老夫人並不知道？

楊妧沈默數息，面上帶出淺淡的笑容。「讓綠荷跑一趟吧，正好把筆袋帶給世子爺，說筆袋雖普通，上面的翠竹頗具神韻，取個竹報平安的好意頭，請世子爺莫嫌棄。」

約莫盞茶工夫，楚昕隨綠荷一道過來。

看到楊妧，他目光微垂，在她半截繡鞋上停了會兒，旋即抬起頭，開門見山地說：「我要去宣府，請妳幫忙說服我祖母。」

時近午時，熾熱的陽光直直地照下來，繁茂的枝葉間，星星點點透出石榴花豔麗的紅色。楚昕正站在樹下，穿玉帶白直裰，墨髮高高束在腦後，用根羊脂玉簪別著。微風吹動髮梢，飄散在肩頭，臉龐隱在石榴樹的陰影裡，卻有些暗，一雙眼眸卻是亮，星子般閃動著希冀。

這樣漂亮而又帶著些許驕縱與不羈的少年……

楊妧很想答應他，可思量番，仍是搖了搖頭。「對不起，我恐怕無能為力。」

楚昕眼裡透出濃重的失望，一言不發，轉身便走。

「世子爺。」楊妧喚住他。「你這樣，別說老夫人不會答應，便是我也不同意你去宣府……」

# 第四十章

楚昕腳步微滯。

楊妧接著道：「世子爺二話不說拔腿就走是什麼意思？就此放棄，還是不管老夫人同意不同意，你悄沒聲地離開？你我意見不同，不是應該坐下來商討嗎？世子爺已經十六歲了，能不能有個成年人的樣子，不要這麼幼稚？」

「妳！」楚昕回過身，怒目而視。「妳才幼稚，不可理喻！」

楊妧不看他，轉身吩咐青菱。「給世子爺沏壺茶，稍微釅一點，清醒清醒腦子。」

青菱應聲，很快端來托盤。青荇則取來兩個石青色棉布墊子，墊在石凳上。

楊妧坐下，親自執壺倒出來兩杯茶，端起一杯捧在手裡，不緊不慢地說：「假如世子爺真的去了宣府，總兵大人調兵遣將時，把你派到西路防禦，而你卻想到東路進攻，也會半句話不解釋，轉身離開？既不說你的想法，也不聽總兵解釋？」

楚昕抿抿唇，在楊妧對面坐下。

楊妧放柔聲音。「表哥喝茶。你早晨跟姨祖母商議的就是這事？姨祖母怎麼說？」

楚昕忿忿不平地說：「她讓我到鴻臚寺擔任鳴讚序班。」滿臉都是委屈。

楊妧莫名想笑。她完全能夠理解秦老夫人的想法。

楚昕惱道：「連妳也笑話我？」

「沒有。」楊妧斂去笑容，溫聲跟他解釋。「表哥想過沒有，姨祖母為什麼想謀這個職務？因為鴻臚寺清閒，而且出不了大錯，即便傳讚傳錯了，也不會是砍頭掉腦袋的罪……表哥可知道，昨天在余閣老府上，姨祖母聽說表哥跟顧三爺起了爭執，臉都嚇白了，兩條腿軟得險些走不動。這是為什麼呢？因為姨祖母擔心表哥或者顧三爺出事，因為表哥行事素來沒有輕重，讓人沒法放心……姨祖母怎麼敢讓這樣的表哥去宣府呢？你自己莽撞聽不得人勸也就罷了，可你會連累國公爺，連累邊關將士！」

楚昕沈默著，俊臉一層一層暈上羞愧，而眼眸卻一層一層地染上沮喪。

他慢慢低下頭，原本挺直的脊背也慢慢垮了下來。

楊妧心有不忍，默默嘆口氣。「眼下姨祖母肯定不會同意的，可再過兩年，我肯定會幫表哥勸服姨祖母。兩年後，表哥十八，建功立業也不遲。」

楚昕抬眸，狐疑地問：「妳保證？」

楊妧重重點頭。「不過，表哥得改掉做事不顧後果的毛病，而且這兩年不能閒著，得領兩件差事。姨祖母看到表哥穩重了，行事有法有度了，不用我勸也會同意。」

楚昕賭氣道：「我不去鴻臚寺。」

楊妧莞爾，淺淺抿兩口茶，語調輕鬆地問：「表哥可曾聽說沈仲榮，太祖時候萬晉國最富的富商？每到端午節，他們家都會在院子裡搭上棚子，就是沿著圍牆四周用細紗整個圍起來，夏天就不用怕蚊蟲叮咬了。」

楚昕仰起頭，看到被翠綠枝葉映襯著的石榴花，明媚而嬌豔，再往上，是湛藍的天空，有白雲悠然飄過，廣闊且高遠。

近處，兩個丫頭在廊前打絡子，青菱拿剪刀修剪牆腳的月季花；廂房裡，歡快的樂曲聲傳來，一遍一遍，百聽不厭似的。

這是個讓人感到安適放鬆的地方。

楚昕翹了唇。「這麼大的院子搭棚子可不便宜，得花費多少細紗？」

「差不多六、七千兩銀子，而且只能用一季。細紗經過風吹日曬就不結實了，每年端午搭上，中秋就得拆掉。表哥，你想沒想過多賺點銀子？」

楚昕認真地望著她。「妳想讓我行商？行商是賤業……而且府裡只要別像沈仲榮這麼奢侈，一輩子花用不愁。」

楊妧微笑。這次楚昕沒有跳腳，可見他還是能夠聽進去別人的話。

她指指他面前的茶盅。「表哥喝茶。」待他喝完半盞，續了滿杯，笑道：「不是行商。不過話說回來，行商沒什麼不好的，之前每有饑荒災害，商戶都拿銀子出來賑災……前朝末年，士兵缺衣少糧，不也是從商戶那裡募集的？我是覺得，家裡多點銀錢有底氣，假如再遇到朝廷軍餉供給不足的時候，至少士兵不會餓著肚子打仗。」

楚昕目光頓時變得深沈，兩手捧著茶杯，修長的手指無意識地撫摸著杯壁上橫斜的梅枝，聲音裡帶了些興奮。「河工最賺錢，修一段少說能賺七、八萬兩銀子。我去找工部姚主事，讓他給我和顧老三每人留一段河道。」

這是世家子弟才有的底氣，他們似乎生來就知道做什麼事情要找哪處衙門、找什麼人疏通，不像當初楊家人乍進京，捧著豬頭都找不到廟門。

楊妧笑道：「現在百姓都忙著地裡莊稼，誰顧得上河道？以往不都是過完中秋，地裡空閒了，而且雨水少了才開始清淤築壩？」

楚昕赧然地輕咳了聲。

楊妧又道：「這會兒戶部要修祿米倉，備著儲存秋糧，再過些日子要修繕會同館，疏通河道，新糧收上來還可以做祿米生意，每一樁都是穩賺不賠。」

楚昕商議。「那我找戶部的魏侍郎，不知道來不來得及？」

「不用找他，找他反而還壞事。」楊妧略略傾了身子。「大家都知道這幾樁差事賺錢，肯定不少人捧著銀子求上門。魏侍郎收了銀子怎可能吐出來，而且會拿你和顧三爺年輕沒有經驗為藉口回絕你們……不如你和顧三爺直接求到皇上那裡，就說你們以前不懂事胡作非為，現在長大了，想為聖上分憂，主動要求祿米倉的差事。皇上八成會答應，即便不應也無妨，你們再求其他事情，求上三、四件，皇上總得答應一件。」

楚昕兩眼亮晶晶的，得意地昂起下巴。「聖命下來，魏侍郎自然不敢不從。」

楊妧小聲補充。「姨祖母那裡也沒話說，畢竟那個聖旨不可違。」

「對！」楚昕大笑點頭，整個人神采飛揚，從心底流露出來的喜悅讓他活像驕傲得開滿屏的公孔雀。

楊妧還是更喜歡這樣意氣風發的他，不由彎起唇角，笑著囑咐他。「你們還可以跟皇上說，賺了銀子會孝敬他一成，就撥到他的內庫裡……但是事情一定要做得漂亮，這樣才有下一次。兩、三樁差事做下來，滿京都的人誰不知道你們能幹？姨祖母也就信得過你，肯跟你商議事情了。」

楚昕連連點頭，忽而站起身，朝著楊妧一揖。「多謝表妹指點。」

楊妧笑道：「不要表哥謝，等表哥賺了銀子，分給我半成好了。」

「都給表妹也使得。」楚昕微笑，又揖一下，告辭離開。

出了霜醉居的門，只覺得樹葉格外綠，天空格外藍，白雲好看得不像話，就連那幾株黃櫨也比往日順眼得多。

楚昕縱身一躍，輕輕巧巧地攀到黃櫨樹上，將最頂上那枝枝葉掰下來，拿在手裡輕輕轉動片刻，隨手一扔，撒開腳丫子往西角門跑，照舊沒喊婆子開門，翻著圍牆出去了。

他馬不停蹄地繼續跑到觀星樓，吆喝著叫來臨川。「趕緊去忠勤伯府喊顧老三，小爺有事跟他商量！」

天氣越發熱了，楊妧把繡花繃子搬到石榴樹下，開始做真彩閣的衣裳。

夏天容易心煩氣躁，那些大紅大綠的顏色便不能用，楊妧選了天水碧的杭綢做襖子，襖子上不繡花不繡草，只打算用淺灰色的綢布在袖口和下襬鑲兩道半寸的邊。裙子則用素白色的銀條紗，同樣在裙襬處綴一道邊。天水碧搭配素白色，最能使人心靜。

楊嬋則在旁邊石桌上描紅，描得累了，會轉動八音匣子，一邊聽著樂曲，一邊玩華容道或者九連環。

五天以後，聖上口諭，著楚昕和顧常寶修繕京都的糧米倉。

京都和通州都修建有倉場，通倉稱為外倉，用於盛放軍餉以及順天府周遭糧米，有二十多個糧倉。京倉稱為「內倉」，專供京都百姓食用，足足十個大糧倉，其中皇室用糧專門有個「白糧倉」。白糧就是潔白好米，上等米的意思。

秦老夫人既高興又擔心，拉著楚昕的手道：「皇上怎麼會指派給你們？你們兩人都還是孩子，從來沒領過差事。這樣吧，讓小嚴管事把手裡事情都放下，以後跟著你，糧米倉可不是小事，半點差錯不能出。」

「祖母，」楚昕好脾氣地讓她握著。「您別擔心，我能做得好。小嚴管事平常忙，不用麻煩他，若是我有不懂的地方，自會去請教嚴總管……忠勤伯那邊也遣了老成的管事幫忙。」說著，目光不受控制地瞟向楊妧。

楊妧彎了唇角朝他笑，目含鼓勵。

楚昕臉色一紅，忙收回視線，繼續道：「戶部和工部的主事，都已經知會過了，若是有差錯他們也跟著受連累，所以肯定會經心照拂。」

「對了，」秦老夫人也想到這點。「讓嚴管事拿著你父親的帖子四處跑一趟，該打點的都打點一番。」

楚昕笑著應了聲「好」。

因為楚昕得了差事，秦老夫人高興得不行，對於參加忠勤伯府的宴請也多了幾分重視，吃完早飯留楊妧商討了好一陣子衣裳首飾，決定兩人盛裝赴宴，吃完飯後還要跟忠勤伯夫人聊一聊孩子們的差事。

秦老夫人全盤做主，楊妧完全沒有置喙的餘地，待回到霜醉居，看到楚昕坐在石凳上正指點楊嬋描紅。

楊妧屈膝行禮。「恭喜表哥。」

楚昕眼裡有遮掩不住的歡喜和驕傲。「……聖上誇我和顧老三懂事，有孝心，半點沒猶豫就答應了。聽到我們說給他一成利，聖上很高興，說差使完了要親自查看我們的帳本子，所以我跟顧老三一定要親力親為，免得廷對時候答不出來，辜負聖上信任。」

楊妧連連點頭。「表哥說的是，不過修繕祿米倉事情繁瑣，要跟木匠、泥水匠打交道，還有戶部和工部大小官吏，表哥稍微收斂著性子……對了，俗話說『水至清則無魚』，期間免不了有人貪墨占小便宜，表哥莫太嚴苛，獎懲有度才好。」

楚昕眸中含笑。「嚴總管跟我提過了。妳還有什麼吩咐的？」

# 第四十一章

楊妧笑道：「沒有什麼了，我也是道聽途說，不一定正確。往後你多請教嚴總管，他人老成精又一直掌管庶務，肯定很有經驗。」

楚昕應聲好，起身告辭。

楊妧道：「有件事麻煩表哥，我給家裡寫了回信，表哥打發人幫我寄出去吧，多謝您。」說著讓青菱到西次間把信拿出來。

一封是寫給楊溥的，一封給何文雋，仍舊是給何文雋那封要厚很多。

楚昕捏一捏。「舉手之勞，表妹別客氣。」強壓下心頭莫名的酸意，回到觀星樓，扔給臨川。「趕緊拿到驛站寄出去，別耽誤了四姑娘的事。」

蕙蘭提了食盒進來，一樣樣把菜餚端出來。「老夫人吩咐廚房裡加了兩道菜，慶賀世子爺得了差事。」

四葷兩素外加一盆湯，再有一碟花捲和一碗粳米飯，將不大的飯桌擺得滿滿當當。楚昕在上首坐下，招呼含光跟承影一起吃。

含光不客氣，端著自己的飯碗和承影打橫坐下，三人把飯菜吃得一乾二淨。

去忠勤伯府赴宴，秦老夫人沒帶別人，只帶了楊妧一人。

兩人同坐一輛翠蓋朱纓八寶車，莊嬤嬤跟車伺候。青菱、綠荷並荔枝跟紅棗都在後面的黑漆平頭車上。

楚昕意外地沒有在前面縱馬狂奔，而是慢悠悠地隨在車旁。

透過搖晃的車簾，楊妧看到他筆挺的身姿，恍若原野上直立的白楊樹，充滿了生機與希望。

忠勤伯是在高宗皇帝在位時候得爵，彼時積水潭周遭已經沒有空地，他退而求次之在澄清坊的椿樹胡同圍地蓋了一座精美的府邸。

楊妧她們動身還算早，可椿樹胡同已經停了一長溜馬車，鎮國公府的馬車可以駛到忠勤伯府門口，只是進去容易卻沒法掉頭出來。

含光察看過，在車旁回稟了這個情況。秦老夫人毫不猶豫地說：「那就走過去，沒多遠的路。」

楚昕親自撩起車簾，攙扶秦老夫人下了馬車，輪到楊妧時，不好伸手，低聲囑咐句。

「妳當心腳下。」

莊嬤嬤看在眼裡，高興地對秦老夫人道：「大爺領了差事真是穩重不少，知道照顧人了。」

秦老夫人與有榮焉，越發端正了肩膀，腰桿挺得筆直。

好巧不巧，她們剛下車，余閣老府邸的車駕也到了。

余新梅自然而然地走到楊妧身邊，隔著帷帽，低聲跟她解釋。「那邊綴銀色螭龍繡帶的馬車是榮郡王府上，旁邊白馬、車身綴著銀色獅頭繡帶是平原侯府的車，再往前是安郡王府的車駕。」

緊挨著安郡王府車駕旁邊的黑漆平頭車是張家的車。張瑤嫁到了安郡王府，她肯定是接著張大太太一道過來的，甚至還可能有張二太太跟張珮。

楊妧恍然明白，秦老夫人為什麼不讓張夫人來赴宴，是不想張夫人跟娘家嫂子瞎摻和。

二爺顧常豐與三爺顧常寶站在門口待客，還有四位穿金戴銀、打扮非常體面的管事嬤嬤。

顧常寶穿緋色長衫，頭戴白玉冠，腰繫白玉帶，上面雜七雜八掛著香囊、荷包和扇套等物，看上去人模狗樣的，眼神卻極其不善，即便隔著帷帽，楊妧也能感受到眼裡的仇恨，就好像她刨過顧家祖墳似的。

進門後，男客在小廝引領下往外院去，女客則由一位管事嬤嬤和兩位丫鬟陪同，沿著抄手遊廊往內院去。

余新梅摘下帷帽遞給身後丫鬟，俯在楊妧耳邊悄聲道：「妳注意到沒有，剛才顧三爺那眼神，恨不能要把人活吞了。」

楊妧點點頭。「他是看妳還是看我？我好像沒得罪他？」

「我也沒有，只除了小時候跟他打過兩次架……忠勤伯夫人娘家也在廣平府，跟我祖母走得挺近。後來我不是跟我爹外放嗎？好幾年沒見到顧三爺了，現在都長大了，見倒是見過，但也不可能得罪他。難不成七、八年前的事情，他一直記恨到這會兒？」

說話間，一行人進了二門來到花廳。花廳已經坐了不少客人，衣香鬢影花團錦簇，其中就有張家兩位太太。

楊妧跟在秦老夫人身後不斷地與夫人太太們行禮、點頭、微笑，轉了一圈，笑得腮幫子僵硬得不行。

丫鬟將她引到花廳旁邊的偏廳，年輕一輩的奶奶、姑娘都在這裡說話，有些認識，有些卻是看著臉生。

楊妧繼續微笑著跟大家寒暄，剛坐下，張珮指著一位穿桃紅色西番蓮紋褙子，頭戴金鑲玉嵌寶蝶趕花頭面的少婦道：「我大姊，安郡王世子夫人。」

楊妧忙起身朝她福了福。「見過夫人。」

張瑤頷首算是回禮。「早聽我兩個妹妹提過，四姑娘極伶俐聰明，今兒見了果然如此，快坐吧。」

楊妧抻著裙子坐下，張瑤忽而笑盈盈地指著身邊穿海棠紅繡芙蓉花杭綢褙子，頭戴珍珠攢成的茉莉花箍的少女。「楊姑娘，這是靜雅縣主。」

楊妧站起來給靜雅縣主見禮。

靜雅縣主約莫十三、四歲，捏著帕子笑得極其歡暢，可能覺得很好笑吧？

楊妧神情坦然地抿著茶水。張家這幾位姊妹不愧是一脈相承，一肚子壞水，不就是想讓她多站起來兩次？除了充分顯露出她們姊妹摳摳索索地上不了檯面，還能有什麼呢？

余新梅滿臉沮喪地從外面進來，悄聲道：「難怪早起覺得肚子不太舒服，竟是來癸水了。」

「我還以為妳去哪兒了。」楊妧同樣壓低聲音。「妳沒事吧？帶了那個沒有？」

「墊上了。頭一天量少，應該不太要緊，就是肚子有點漲。」

楊妧道：「妳喝點熱水，我給妳倒杯茶。」

「算了，喝多了水總得跑淨房。」

這時，忠勤伯的長女顧月娥走進來，含笑招呼道：「咦，都在這裡躲懶呢！前頭澄碧亭備了紙筆等妳們留下墨寶呢，如意館裡準備了投壺、花鼓，都去玩，玩得不盡興不許偷著哭。」

姑娘小姐們三五成群地隨著丫鬟往外走。

余新梅怕四處走動出了醜，哪兒都不想去，楊妧便陪著她，兩人換到盆景後面的偏僻角落，舒舒服服地歪在圈椅上說閒話。

楊妧問起適才的靜雅縣主，余新梅彎起眉眼笑。「是安郡王妃嫡出的女兒，嬌慣得不行……妳剛才瞧見沒有，安郡王妃一個勁兒地圍著秦老夫人打轉，因為靜雅縣主瞧中了楚世子。我祖母說，這兩人家世倒般配，可要真湊到一起，家裡不得天天上演全武行？」

楊妧皺眉。「確實不合適。說實話世子爺這脾氣，就應該找江西廖家或者淮陰徐家的姑娘，大氣知禮也能容讓著他……姨祖母精明著呢，肯定不會應允安郡王妃。」話語一轉，眸中露出幾分幸災樂禍。「我先前覺得張珮對世子爺頗有情意，現今又加上個縣主，一邊是娘家，一邊是婆家，妳說張瑤會站在哪一邊？」

余新梅十分肯定地說：「當然是縣主。張家姑娘一個比一個會算計，還能因為敗落的娘家得罪婆家？再有一條，周家是皇室宗親，可以請聖上賜婚啊！賜婚的聖旨下來，楚世子絕對落不到旁家去。不過，宮裡還有個貴妃娘娘……以後定然有得好戲瞧，咱們倆拭目以待吧。」

楊妧深以為然。

# 第四十二章

兩人嘰嘰喳喳地討論著京都的人和事。雖然背後議論人非君子所為，可著實讓人身心愉快，尤其談的都是別人家的是非，站著說話不腰疼。

兩人正聊得痛快，忽聽「喵嗚」，似是有隻貓兒鑽了進來，緊接著傳來女子凶巴巴的聲音。「還想往哪兒跑？竟然不讓我抱，哼，看我怎麼收拾……秀兒，把棍子給我，我好好教訓牠一頓。」

楊妧剛想起身，余新梅拉住她，搖搖頭，做了個噤聲的動作。

兩人透過盆景的縫隙往外望，見是個十歲出頭的女童，穿件粉白底繡著紅梅的襖子，粉色六幅湘裙，一隻手拿根兩尺多長的棍子，另一手只掀著桌布去撈桌子底下的貓兒。

旁邊有個穿豆綠色比甲的丫鬟正吆喝著驅趕貓兒。「過去，快過去。」

棍子重重落在貓兒身上，貓兒「嗷」慘叫一聲，從桌底躥出來，女童被駭著，本能地往後退，手扯動桌布，兩只茶盅落在地上，發出清脆的「噹啷」一聲。

恰此時，門口衝進個男童，大大咧咧地問：「妳們倆看見我的黑獅子了嗎？」語氣極是粗魯。

楊妧認識這人，是進京路上曾經有過爭執的周延江，顧月娥的長子。

周延江瞧見地上的碎瓷片，沒當回事，對著女童又問一遍。「周翠萍，看到我的黑獅子貓沒有？」

聽到周翠萍這個名字，楊妧想起來了，她是榮郡王長子周景玉的嫡女，顧月娥的姪女，後來嫁給舅舅趙良延的兒子，很有些賢慧名聲，最後死在楚昕劍下。

周翠萍睜著眼說瞎話。「沒看見，我又不是給你看貓的下人，問我幹什麼？」手背在身後，乘機將棍子扔到桌子下面。

「我親眼看到牠往這邊跑來。」周延江不相信，側頭轉向丫鬟。「秀兒，妳說！如果敢撒謊，我讓伯母把妳賣到貴州挖煤。」

他聲音大，嚇得秀兒渾身哆嗦。

聲音驚動到隔壁，顧二奶奶和顧月娥一前一後走過來。「哎呀，怎麼回事？茶盅怎麼摔地上了，傷著手沒有？」

顧月娥瞪向周延江。「不是讓你到外院去，偷偷跑進內宅幹什麼？是不是你闖的禍？」

「不是。」周延江翻個白眼。「我找黑獅子的時候這兩個茶盅就在地上，肯定周翠萍幹的，不信妳問她。」

「嬸娘，我……」周翠萍不知何時眼裡已經蘊了淚，眼圈也紅了。「不關弟弟的事，是我打碎茶盅的……」目光瞥向周延江，一副受到驚嚇的模樣。「都是我不好，沒看好黑獅子，弟弟一時著急……」可憐巴巴的，全然不是剛才的囂張。

楊妧看得目瞪口呆。若非親眼所見，她還真想不到十歲的小姑娘會這般有心機。她口口聲聲說自己打碎了茶盅，話意卻往周延江身上引。周延江找不到貓發脾氣打破茶盅，還對她發脾氣。

顧月娥顯然信了周翠萍的話，沈著臉問周延江。「做錯事又往阿萍身上推，你二舅舅不是才跟你說過，男人要有擔當？」

周延江扯著嗓子道：「真不是我，我沒幹！」

「你不承認還敢頂嘴？」顧月娥揚起手。「不管教你是不行了！」

有丫鬟識趣地把偏廳的房門關上了，顧二奶奶攔住顧月娥。「哥兒還小，慢慢教導就是，別動不動打人……江哥兒，快給你娘賠個不是。」

周延江跳腳。「我不！我沒錯，不是我幹的！」

他生得高且粗壯，跳起腳來很有幾分凶狠。

顧月娥放下手，失望地搖搖頭。「算了，你不承認我也沒辦法。我管不了你，回去讓你爹管。」

「周夫人，」楊妧實在忍不住，開口喚一聲，自盆景後面繞出來，屈膝福一福。「您冤枉令公子了。」

周延江記性好，還認得她，腮幫子鼓了鼓。

余新梅跟著招呼道：「周夫人，二奶奶，剛才我跟阿妧躲在裡面說體己話……茶盅真不是周公子打破的，他進來的時候，已經在地上了。」

楊妧笑著看向周翠萍。「周姑娘，妳最清楚事情的經過。妳說還是我說？從那隻黑貓跑進來開始說起，到妳把打貓的棍子扔到桌子底下。」

周翠萍惡狠狠地盯著楊妧。「妳是壞人，妳欺負我！就說是弟弟打破又怎麼了？這是他外婆的家，他闖了禍，沒有人會怪他，可要是我打破的，我娘肯定會打我。」一邊說著，眼淚撲簌簌往下滾。

先前是裝哭，現在卻是真的害怕，哭得一把鼻涕一把淚，也不掏帕子，抬手胡亂地擦拭，袖子下滑，露出一截纖細的手腕，上面星星點點全是紫色的斑痕。

周翠萍索性把衣袖再往上擼兩下，哭著質問楊妧。「妳看看，妳害我挨打，妳就高興了？」

楊妧盯著那些傷痕，一時竟說不出話。

余新梅冷聲道：「妳挨揍是因為妳做錯事，跟我們有什麼相干？是我們教妳撒謊的？」

周翠萍喊道：「又沒有別人看見，妳不說誰知道？」

楊妧冷冷地看著她。「舉頭三尺有神明，天知道，地知道，妳自己也知道，不怕半夜鬼敲門？」

周翠萍的哭聲慢慢變小了。

顧二奶奶支使著低眉順目站在門口的丫鬟。「趕緊把這裡收拾了，妳帶周姑娘去洗把臉梳梳頭。都杵在這裡，一點眼色都沒有。」

門口三、四個丫鬟頓時散了去。

顧月娥五味雜陳地看向周延江。「空長那麼大個子有什麼用，能不能長個心眼？」

周延江別過頭。「妳冤枉我，我不理妳。」轉身跑了。

顧月娥恨恨地甩了下手裡帕子，再回頭，面上有幾分赧然。「孩子不懂事，讓兩位姑娘見笑了……快坐下吃點點心。」

楊妧笑道：「已經吃了不少，留著肚子待會兒吃席面，我跟阿梅到花園走一走。」

兩人出了偏廳，先去趟淨房洗了手，沿著石子小路漫無目的地溜達。

余新梅低聲道：「本來不想蹚這趟渾水的。妳不知道，郡王府真是亂得不行……這個周翠萍是長房長女，周延江是二房長子，兩人生辰只差兩個月。起先長房以為周翠萍是個哥兒，高興得不行，覺得壓二房一頭，誰知道竟是個姐兒。所以長房對周翠萍就不太好，每次花會只要周翠萍在，她總是訴苦，擼起袖子給我們看她的傷……我不太喜歡她。」

楊妧想起周翠萍手臂上的斑痕，有的已經泛了青，有的還紫著，呈現出不規則的圓形，像捏的，可是更像牙咬出來的。

做娘親的，即便厭惡自己的子女，會打會罵甚至搧耳光，卻不可能抓過她的胳膊來咬，除非是周翠萍自己咬的……

她咬傷自己來博取別人的同情？楊妧想不出周翠萍為什麼這樣做，只覺得這個小姑娘心思陰暗深沈，挺可怕的，以後真的要躲遠點才好。

兩人正走著，聽到澄碧亭傳來陣陣嬉笑，有笛聲夾雜在其中，悠揚清亮。

楊妧跟余新梅不約而同地笑了笑。很顯然是張珮在吹笛。

從鎮國公府花會到現在，她有大半個月沒露面，現在有機會參加宴請，自然要展示一下技藝。

過不多時，便到了午飯時刻。飯菜豐盛得接近奢華，不但有蔥燒海參、芙蓉干貝、蟹粉魚翅等海味，還有道煨熊掌。

前後兩世，楊妧都沒吃過熊掌，試探性地挾了一筷子，沒想到還挺好吃，有點像豬蹄，卻比豬蹄更勁道。

靜雅縣主笑著看向她。「楊姑娘的伯父是濟南府同知，應該經常吃海參吧？嚐嚐我們京都的做法跟濟南做法有什麼不同？」

蔥燒海參是魯菜，價格不便宜。

楊妧道：「算不得經常，家裡只有逢年過節才上這道菜，個頭不如這個大。」

靜雅縣主又笑，別有意味似的。「聽張珮說，妳還有個妹妹是啞巴，長得挺漂亮，怎麼不帶來讓我們瞧瞧？」

楊妧臉色微變，輕輕將筷子拍在桌面上。「我妹妹不是啞巴，只是害羞不敢見生人罷了。說起漂亮，應該數張二姑娘，不知道二姑娘有沒有跟縣主說過，她有滿滿一匣子各式鈴鐺，都是楚世子從各處搜羅來送她的……二姑娘，妳幾時把鈴鐺拿給縣主瞧瞧唄？」

靜雅縣主眼中明顯有了醋意，眉毛高高挑起。「什麼樣的鈴鐺？」

張珮一張臉漲成了豬肝色。「楊四，妳胡說！」

楊妧淺笑盈盈。「是不是胡說，縣主找人打聽一下便知。」

當初蕙蘭把匣子捧給張珮時，花廳裡還有兩、三位夫人沒走，楊妧不相信，她們會忍著不往外說。

果然此言一出，席間眾人有的捂嘴淺笑，有的低頭偷笑，還有的同情地看向張珮。

這種事情被當眾提起來，該是多尷尬呀！

孫六娘子卻眉開眼笑，絲毫不掩飾心底的歡暢。「我聽說裡面有只黃銅鈴鐺，差不多雞蛋大小，聲音特別清脆。張珮，是不是真的？」

上次張珮拿她跟兄長當槍使，她早就想報復回去了，現成的機會，她當然不會放過。

看到張珮面紅耳赤的樣子，她痛快極了。剛才在澄碧亭，張珮跟靜雅縣主嘀嘀咕咕就不太地道。哼！想借靜雅縣主的勢壓楊四一頭，卻報應到自己身上了，這是不是就叫做「自作自受」？

一餐飯，大家心思各異。

張珮如坐針氈，收到鈴鐺時那種無地自容的感覺似乎又回來了，再加上靜雅縣主懷疑的目光時不時落在她身上，讓她越發忐忑不安。

飯後，忠勤伯夫人留了秦老夫人喝茶，免不了會提起家裡的臭小子。提心吊膽了十幾年，好不容易孩子知道上進，主動到皇上面前領差事，兩家人務必要通力合作，扶持孩子漂漂亮亮地完成差事。兩人彼此吹捧一番，只把楚昕和顧常寶兩個紈袴誇得天上有地下沒的，幾乎成了京都年輕小夥子的典範。

楊妧在旁邊聽著，忍笑忍得肚子疼。

終於吹捧夠了，秦老夫人起身告辭。

楚昕尚未出來，榮郡王府的車駕卻停在門口，周延江百無聊賴地玩著手裡的黑貓，應該是在等顧月娥。

看到楊妧，周延江三兩步躥過來，得意地炫耀。「看我的黑獅子，一根雜毛都沒有，威風吧？我家裡還有隻白的，叫白獅子。」

楊妧無語。

顧月娥說得沒錯，這孩子空長這麼大個子，半點心眼都沒有。周翠萍比他大兩個月，一門心思等算計他，他卻只知道顯擺他的貓。

楊妧低聲問：「以前你堂姊是不是也冤枉過你？」

周延江趾高氣揚地說：「她冤枉我也沒用，就算祖父想打我，祖母也會攔著。」

楊妧不知道該說什麼好。

榮郡王夫人能攔一次兩次，卻攔不住三次四次，時候一長，大家就會默認為周延江不通情理惹是生非。說不定前世那些惡事，就有許多是別人硬扣在周延江頭上的。

楊妧也不喜歡周翠萍，遂囑咐道：「以後你當心你那位堂姊，但凡有她在的地方，你都遠遠躲開，能躲多遠躲多遠，好不好？」

「我才不怕她。」周延江反駁，卻仍是點點頭。「我不搭理她就是了。對了，妳能給我編個柳條筐嗎？別人編的都不如妳好看。」

楊妧失笑。「明年春天才成，現在柳枝都硬了，不好編。」

「好吧。」周延江抿抿唇，勉為其難道：「我不讓妳白編，等我的白獅子下了仔貓，我送妳一隻。」

「多謝你。」楊妧笑笑。「對了，還有一點，秦老夫人就在跟前，雖然你是宗室子弟，從輩分上算卻是晚輩，還是打聲招呼為好。」

周延江倒是受教，抱著貓過去跟秦老夫人見了禮，又跟楚昕打聲招呼。

楊妧這才發現楚昕不知何時出來了，正目光灼灼地望著她，看樣子是喝了酒，白淨的臉上帶一絲紅暈，雙唇嫣紅，那雙烏黑的眼眸映著午後暖陽，流光溢彩般奪目。

真是非同一般的漂亮。

# 第四十三章

馬蹄得得，車輪轔轔。

秦老夫人習慣午飯之後歇晌覺，加上應酬一上午，已經累了，剛上車便合上雙眼開始打盹兒。楊妧也有些犯睏，神情委頓地靠在車壁上。

好在這個時候街上行人不多，車駕得快，不過兩刻鐘，便回到荷花胡同。

楊妧先下了車，對楚昕道：「表哥，姨祖母身體乏了，叫頂轎子吧？」

含光立刻去吩咐門房。

趁著等轎子的空檔，楚昕狀似隨意地問楊妧。「剛才周延江跟妳說什麼？」

楊妧彎起眉眼，既是回答他的問題，也是說給秦老夫人聽。「先前進京路上，我給小嬋編過籃子，他看了喜歡，想讓我編只柳條筐，然後說他的貓要下崽子了，送我小貓作為交換……我覺得小嬋可能會喜歡養。」

秦老夫人道：「那孩子才剛十歲，個頭長得真不小，只比四丫頭矮一寸……四丫頭以後要多吃飯。」

「我吃得不少，今天中午吃了好幾塊熊掌，味道非常不錯。」楊妧也很鬱悶，余新梅和明心蘭個子都比她高，好像張珮也是，她平常的飯真是白吃了。

「妳們席上也有熊掌？」楚昕溫柔地望著她笑。「我們席上也有，說是專門請豐合齋的師傅來做的。我們共上了十八道菜和四罈酒，顧老三他們喝的是七里香，我只喝了幾盅秋露白。」

七里香需要經過七蒸七釀，酒性烈，後勁也足，相較之下，秋露白酒性更醇和，女子也能飲用。

秦老夫人欣慰地點頭。「昕哥兒做得對。顧三爺是在自己家，多喝點沒什麼，你要騎馬，應該有所節制。」

說話間，四個壯實的僕婦抬著轎子過來，楚昕扶秦老夫人上了轎，跟楊妧一起走在後面，低聲道：「我也能喝七里香，我喝過一斤都沒事，還喝過更烈的燒刀子。去年冬天到西山跑馬，在樹林子喝的。」

楊妧道：「烈酒傷身，還是少喝為好。」

「嗯，我只喝過那一次，因為太冷了，天又黑，差點迷路……妳喝過酒嗎？」

聽到這話，楊妧有些恍惚。

出閣前沒怎麼喝過，只逢年過節應景地抿一、兩口，真正喝酒還是剛成親的頭兩年。

陸知海愛清雅，春天釀梨花白，秋天釀桂花酒，她跟著打下手。酒釀好了，盛入罈子裡埋到花樹下，過兩個月起出來，滿院子都是清冽的酒香。

兩人坐在水閣裡，對著月色小酌。一罈桂花酒，兩人各分一半，正好喝至微醺，然後踩著月影回房。
不過也只有那兩年而已，後來陪陸知海小酌的便是兩位姨娘。
楊妧眸光微暗，搖搖頭揮去那些令人厭煩的往事，依舊微笑著。「嚐過一、兩次梨花白，覺得甜絲絲的，還挺好喝。」
楚昕道：「慶豐樓每年都會釀時令酒，過陣子讓他們送幾罈來喝。祖母最愛喝桃花釀，我娘跟阿映喜歡桂花酒。」
秦老夫人坐在轎中聽著兩人一問一答，想起上午安郡王妃的殷勤，輕輕嘆了口氣。
靜雅縣主的脾氣連忠勤伯夫人都看不慣，昕哥兒比顧常寶還強上幾分，更不能娶這麼個凶悍的媳婦。再者，靜雅是縣主，打不得罵不得，昕哥兒得多憋屈？
還是四丫頭好，相貌性情都是拔尖的，跟昕哥兒也合得來……要不要給秦芷寫封信先定下來？
一路思量著，不知不覺已經到了瑞萱堂。
僕婦們放下轎子，楊妧上前撩起轎簾，楚昕親自扶著秦老夫人的胳膊將她攙下來。
秦老夫人看著面前漂亮的一對人兒，和藹地說：「我得歇會兒晌覺，你們也回去歇著吧，都累了大半天。昕哥兒要不要喝點醒酒湯？」
「不要，不要，」楚昕連忙擺手。「我又沒醉，用不著。醒酒湯全是醋，要多難喝有多難喝。」

秦老夫人「呵呵」笑。「不想喝就算了，回去睡會兒醒醒神。」

楚昕應一聲，目送秦老夫人繞過影壁，轉身看向楊妧。「我順路送表妹回去，正好有事要說。」

楊妧道聲好，讓他先行，自己錯後小半個身子，青菱跟綠荷則離著一丈多遠，不緊不慢地綴在後面。

楚昕有意放緩了步子，跟楊妧並行，目光微垂，正看到她湖綠色的羅裙，裙襬繡一圈繁複的水草紋，如同一汪靜水，清雅而靈秀。跟自己寶藍色長衫下襬挨在一處，顯得格外好看。

他從來沒想到，寶藍色配湖綠色會是這麼美；也沒想過，鏡湖湖水這麼清澈、初夏的風這麼宜人；更沒想過，和一個女孩子走在一起會是這麼溫馨，不必說話，只要並排走著，就讓人想到天長地久……

念頭乍起，楚昕心跳突然急促起來，臉熱辣辣的，掌心已透出一層細汗，溫潤潮濕。

他不動聲色地在衣襬上抹了把，便聽楊妧問道：「表哥有什麼事情？」

楚昕腦中有數息空茫，隨即反應過來，語無倫次地說：「周延江不是要送妳一隻貓？我覺得還是回絕了好。貓很凶，喜歡伸爪子撓人，六姑娘膽子小，被嚇到就不好了。」

楊妧想想也是，周延江那隻黑貓看起來就很凶。

楚昕覷她神情，心定了定，語氣也流暢起來。「不如我到田莊要一對兔子，或者兩對，白毛的一對，灰毛的一對……兔子性情溫順不咬人，不怕傷著六姑娘。」

楊妧忍不住笑。「兔子急了也會咬人。」

「啊？」楚昕沒養過這些貓貓狗狗的，不知道兔子到底會不會咬人，急忙道：「那就養在籠子裡，讓鐵匠打兩個鐵籠子。」

「多謝表哥，那就麻煩您了，只別耽誤您的正事才好。」楊妧覺得這個主意不錯。前世的寧姐兒就很喜歡小兔子，還親自到花園裡拔青草餵，平日裡吃梨或者蘋果削下來的皮也專門留著餵兔子。

楚昕道：「不麻煩，讓含光去田莊跑一趟，讓臨川找鐵匠鋪子，半點不麻煩。」

楊妧再度道謝。「小嬋看到小兔子定然非常高興。」

楚昕側過頭「嗯」一聲。

他站在樹影裡，午後暖陽從枝葉的縫隙間灑落，在他臉上映出斑駁的光暈，容貌仍是昳麗，眉宇間卻多了絲宛若水波般靜謐的溫柔。

楊妧不由就想起他跟寧姐兒談話時候的專注，教楊嬋玩八音匣子時候的耐心。

這樣的他，不該孤孤單單地度過一生，也不該娶靜雅縣主那種淺薄、沒有頭腦的妻子。

楊妧猶豫不決。是不是該提醒他一下，萬一安郡王妃真的請求賜婚，他也好有個應對之策？可自己的身分又很尷尬，既不是長輩又非兄妹，只是個快出五服的表妹，貿然過問他的婚姻大事，實在太過唐突。

再者，萬一楚昕另有打算呢？想跟皇室聯姻……要不找機會跟秦老夫人提一下，老夫人定然已有打算。

楚昕目光凝在她臉上，狐疑地問：「妳有什麼話要說？」

「嗯……」楊妧支吾著，突然又想起自己答應他，有事要先跟他商量，徵求他的意見，稍沈吟，開口道：「是有件事，我若說錯了，表哥請勿見怪。」

楚昕毫不猶豫地點頭。「好。」

「上午見到靜雅縣主……安郡王妃一直在姨祖母跟前照拂，我是說……」楊妧不知道怎樣把話說得委婉，不至於讓楚昕炸毛。「靜雅縣主心直口快，行事隨興，年紀跟表哥正般配……但是我覺得婚姻大事應該慎重，畢竟要相處一輩子，怎麼謹慎也不過分。」

楚昕目光閃亮，璀璨得如同仲夏夜的星子，眉梢眼底含著喜悅。「妳放心，我不喜歡靜雅，長得醜，脾氣也不好……誰娶了她肯定會倒楣，再說我又不貪圖儀賓的名頭。」

看來楚昕並非沒有成算，想必已經偷偷考慮過姻緣了，就像前世十四、五歲的她一樣，儘管害羞，可心裡免不了會憧憬、會想像未來的夫君是什麼模樣，將來的生活是苦還是甜。

楊妧長舒口氣，繼續道：「淮陰徐家和江西廖家都是名門望族，女孩子們教養得非常好，能擔當得起宗婦的職責，表哥最好請姨祖母從這兩家挑一個——」

「妳憑什麼管我？」楚昕冷聲打斷她的話，面色瞬間變得陰沈。「我想要娶誰還得聽妳指手畫腳？妳又不是我什麼人。」甩著袖子揚長而去。

楊妧一口氣堵在嗓子眼裡，噎得半天沒緩過來，好不容易順了氣，只覺得怒火蹭蹭往上躥。這人怎麼翻臉比翻書還快，前幾天謀差事求她的時候可完全不是這種態度。

她也是，腦子被驢踢了，竟然管這種閒事。就算楚昕家宅不寧沒好日子過，就算楚家仍舊抄家褫爵斷了根，跟她楊妧有屁關係？以後她再管他半點閒事，就不姓楊！

# 第四十四章

一連幾天，楊妧都沒消氣，去瑞萱堂請安的時候藉口怕曬，不再走湖邊，而是從花園裡穿小道。在瑞萱堂見到楚昕也只是敷衍地行個禮，根本不搭理他。

好在楚昕興許忙於差事，晚上的請安便免了，只能早上碰到他，有時候早晨也見不到，倒是免了彼此尷尬。

這天，楊妧仍舊在石榴樹下埋頭繡花，青菱上前低聲稟道：「四姑娘，大爺在門外，提了兩個兔籠子……」

當著下人的面，楊妧當然不能讓國公府的寶貝疙瘩沒臉，臉上立時掛出個溫和笑容。「快請世子爺進來。」

沒多會兒，身穿鴉青色直裰的楚昕闊步而來，含光跟在後面，一手拎著兩個兔籠子，另一手提著捆苜蓿草。

楊妧屈膝行個禮。「表哥。」又朝含光點點頭。

含光笑著招呼。「四姑娘。」側頭望去，只見楚昕昂著下巴，鼻孔朝天，一副不想開口的樣子，只好道：「世子爺吩咐帶給六姑娘的兔子，四姑娘看放在哪裡適合？」

楊妧四下打量一番，指著西牆邊。「放那裡吧，我找個東西墊在下面。」

兔子其實挺嬌貴的，既怕吵鬧又怕曬，也怕寒氣和潮濕，以前楊妧是專門讓人打了個木頭架子，籠子上面蓋一層防雨的蓑草，現在什麼都沒準備。

丫鬟搬了只凳子過來。

含光道：「先將就著，回頭我去找個架子和油布。」

楊妧謝過他，吩咐青荇。「去叫六姑娘。」

少頃，春笑牽著楊嬋的手出來。楊妧矮了身子，指著兔子籠對楊嬋道：「表哥送給妳的兔子，妳去謝謝表哥。」

看到兔子，楊嬋興奮得臉都紅了，卻是不忘到楚昕面前，規規矩矩地福了福，又張開雙手，示意他抱。

楚昕彎腰抱起楊嬋走到兔籠前。「小兔子喜歡吃青菜、南瓜，也愛吃草，餵牠們的時候要隔著籠子，當心被咬到手指……妳瞧見沒有，白兔子眼睛是紅的，灰兔子眼睛是黑的。」一邊說著，目光不由自主地去尋楊妧的身影。

楊妧站在石榴樹下跟含光說話。她穿件家常的銀條紗襖子，米白色繡著淡綠蘭草的湘裙，墨髮綰成個簡單的纂兒，用根銀釵別著，素淨而清爽；臉上帶著盈盈笑意，梨渦時上時下地歡跳，極其靈動。

剛才，她看著他的時候，就沒笑過。

楚昕轉回頭，賭氣般抓起一把草一股腦兒地塞進兔籠裡。兔子張開三瓣嘴，吃得飛快。

楊嬋兩眼晶亮，看得目不轉睛。

曾經楊妧也是這麼看他的。那天他從聖上那裡領到差事，楊妧看他的目光就是亮晶晶的，而且溫柔。

他知道她是為了他好，所以願意聽她的話。可娶妻這事不行，不管廖家姑娘、徐家姑娘還是張珮或者靜雅，他都瞧不上，覺得她們都醜。

只有楊妧漂亮，是合心合意的漂亮，說話聲音也好聽，柔且甜。

為了能在早晨說幾句話，他都是早早躲在鏡湖邊的柳樹後面，看到她之後才出來假裝偶遇。

連著好幾天，他半個人影都等不到。

難道她就這麼希望他跟別的女子訂親？那他就順從她的意願好了。

楚昕猛地直起身，大步走到楊妧身旁。「好，妳說得對，我聽妳的，請祖母去廖家、徐家還有別的名門望族家裡挨個兒求一遍。」

楊妧聽得沒頭沒腦，等反應過來，面前早沒了人影。含光也走了。

她回過味來，冷「哼」一聲。「愛娶誰娶誰，就算娶頭老母豬回來，跟我有什麼關係？」

晚上去瑞萱堂請安，秦老夫人臉色便有些古怪，盯著楊妧看了好幾眼。

楊妧心裡忐忑，面上卻不露，笑著提起那兩對兔子。「若不是聽表哥說，我還不知道兔子眼睛顏色不一樣。」

秦老夫人笑道：「我也是頭一次聽說，以前只知道兔子食量大，從早到晚不停地吃，生崽兒也快，一年能抱三、四窩……養個一、兩年，滿院子都變成兔子窩了。」

莊嬤嬤笑嘻嘻地插話。「養大之後宰了吃。前幾天在忠勤伯府，我們那桌就有道紅燒兔腿。」

秦老夫人佯怒。「自己養大的東西，怎麼忍心吃？真要多了，拿去分給府裡有孩子的下人玩。」

飯後，秦老夫人打發走張夫人和趙氏等人，只留了楊妧說話。「昕哥兒想起一齣是一齣，前幾天我問他有沒有合心意的姑娘，他說沒有，今兒忽然又讓我給他說親。四丫頭，妳是怎麼想的？」

因為楚昕的親事，楊妧被奚落得面子裡子都掉了，才不想再摻和他的事情，微笑道：「姨祖母可真是難為我，我哪裡懂得這些？不過顧三爺已經在相看了，他跟表哥年紀差不多，現在準備正是時候……我大堂兄也是十六那年開始相看的，相了三、四年才定下，只等明年春闈過了就著手操辦親事。」

秦老夫人看她神情淡淡的，眼底絲毫不見波瀾，暗嘆口氣。

楚昕的心思，她多少能猜出幾分。

每次來到瑞萱堂說不上幾句話，眸光就往楊妧那裡瞟。今兒也是，好像是從霜醉居出來的，不知道因何動了怒，氣沖沖地來到這裡要說親。她以為兩人有了什麼爭執，可楊妡臉上卻是半點端倪都沒有。

難不成跟前世一樣，仍舊是落花有意流水無情？

兩口子最重要是相處和美，這樣日子才能過得舒心。眼下分明是剃頭擔子一頭熱。

秦老夫人再嘆一聲。

既然楚昕想說親，那就依著他，挑幾個家世好、品貌端正的讓他相看。能成更好，不用走前世的老路，不成的話……反正楊妡年紀還小，又在眼皮子底下守著，跑不到哪裡去，到時候跟秦芷商議著把親事定下來，楊妡一個姑娘家不情願也得情願。

想到此，秦老夫人來了精神，笑咪咪地扳著手指頭數算。「余家跟明家肯定不行，錢老夫人喜歡讀書人，早就說給大娘子許個狀元郎。明夫人不想讓心蘭當宗婦。結親是結兩家之好，咱家跟他們兩家本來關係就不錯，犯不著因為兒女的事情反而鬧僵了。定國公算一家，他家六娘子、七娘子跟昕哥兒年紀都般配，忠勇伯府六娘子相貌平常，而且她家風水不好，不能算。」

楊妡聽得津津有味，忽而笑道：「聽說余大奶奶專門給新梅謄了本小冊子，把京都適齡郎君的名諱都寫下來，逐個去訪聽。不如咱們也寫本冊子，把好處壞處都記著，讓表哥過下目，想相看哪家就託人遞個話。」

秦老夫人當即喚紅棗來研墨，腦子裡搜刮著前世今生看到的小姑娘，絮絮地唸叨著，楊妧則提筆記在紙上，寫了足足十頁，差不多五十多位小娘子。

眼看著天色晚了，秦老夫人吩咐荔枝。「點盞風燈，送四姑娘回去。」

荔枝笑呵呵地說：「哪裡用得著我，綠荷惦記著主子，跟青菱在外間等半天了。」

秦老夫人道：「是個懂事的，心裡有主子，賞她們每人二兩銀子。」

楊妧忙喚兩人進來謝恩。

秦老夫人道：「好好伺候四姑娘和六姑娘，以後少不了妳們的好處，要是哪個敢偷懶耍滑，立馬打了板子發賣出去。」

青菱跟綠荷連聲道：「不敢、不敢。」

待她們離開，荔枝低笑道：「這才兩個月，霜醉居被四姑娘打理得有條有理，青菱她們都把心偏到四姑娘身上了。可不像疏影樓，昨兒還為安排誰值夜的事吵鬧……聽說疏影樓和叢桂軒那邊，丫頭們的月錢都是大太太攥在手裡管著……」

秦老夫人低低嘆口氣，沒言語。

兩處院子的月錢加起來不過十幾兩銀子，再者楊家這幾人最多住到明年開春，幾百兩銀子她還沒看在眼裡，只是覺得她跟秦芷還真是姊妹，兩人挑兒媳婦的眼光都不怎麼樣。

秦老夫人沒心思管趙氏母女，盯著楊妧寫下來的名字琢磨半天，讓紅棗拿筆圈了劃，劃了圈，剔除去五、六人。

翌日起床，顧不得唸經拜佛，拉著莊嬤嬤嘀嘀咕咕，又刪減了七、八人。

早飯後，秦老夫人把名單遞給張夫人。

張夫人定眼一瞧，娘家兩個姪女張珮跟張珺都不在上面，有心撒手不管，可又想著擺擺當婆婆的譜，耐著性子端詳兩遍，把三個據說性情比較跳脫的姑娘給劃掉了。

接下來好幾天，莊嬤嬤早出晚歸，兩條腿都快溜細了，成功地把紙上的名單縮減到十八人。

這十家都是書香門第，人丁興旺家風好，據說姑娘們的相貌都很周正。廖十四姑也在其中。

秦老夫人讓楊妧重新謄抄一遍，待楚昕過來請安的時候，把字紙遞給他。「我跟你娘商量了這些人家，你要是願意相看，我就託人遞話安排時間。」

楚昕早瞧出上面是楊妧的字，字體清秀工整，墨跡均勻流暢，可見她寫字時候心情該是多麼平和，甚至喜悅。

她是巴不得把自己塞給別人呢！楚昕氣且惱，還有種說不出道不明的情緒，巨石般壓在心頭，沈甸甸地難受。

他掃兩眼字紙，漫不經心地說：「祖母別管了，我自己去看。」

看他這副吊兒郎當的神情，秦老夫人頓時警戒起來，加上戲文看得多，脫口問道：「你怎麼看，上房揭瓦扒窗戶？」

楚昕似笑非笑地看向秦老夫人。「祖母覺得我是那種下三濫的人？」

現在還不是，可前世楚昕也不是沒幹過這種事。

有年在潭拓寺，楚昕就爬到樹上盯著楊妧住的院子瞧過。她聽到楚昕嘀嘀咕咕地說：「大男人不抱孩子，讓女人家抱著，一抱大半個時辰，胳膊不疼嗎？」

秦老夫人起先不明白，隔天才知道，長興侯夫婦連同老夫人也來了潭拓寺禮佛，住處離她隔著兩處院子。

秦老夫人聲音緩了緩，神色卻更凝重。「昕哥兒，咱可不能胡鬧。這都是好人家的姑娘，即便你瞧不上也不能虧了人家姑娘的名聲。」

「我知道。」楚昕不耐煩地說：「我偶遇，偶遇行嗎？銀子花出去，三天之內，我想偶遇誰就能偶遇誰。」

秦老夫人仍不放心，盯著楚昕問道：「昕哥兒，你老實告訴祖母，是不是有了喜歡的姑娘？真要是有，姑娘家可不喜歡行事沒有章法的男人。」

楚昕眼前閃過楊妧淡漠的臉，斬釘截鐵道：「沒有！」抓起那張字紙，風一般躥了出去。

才幾天，鏡湖裡的蓮花已經綻出或粉或白的花苞，鼓脹脹的，只等時機成熟便要盛開，微風裹夾著溫潤的水氣撲面而來，略帶清涼。

這涼意多少平撫了楚昕心底的煩躁。

他展開字紙從頭到尾掃兩眼，撕成碎片，一把扔進了湖裡。

沿著鏡湖往前走不多遠，瞧見楊嬋在兩個丫鬟的陪同下，正踮著腳尖扯柳條。看到楚昕，她立刻張開手臂，嫩生生的小臉上漾出歡喜的笑容。

楚昕抱起她，下意識地往旁邊掃了幾眼，沒發現楊妧，心裡有些失望，卻仍是笑。「我帶妳去玩。」

邁開大步往前走，他走得快，後面春笑一路小跑。「世子爺，您帶六姑娘去哪兒？」

楚昕回頭，冷冷地道：「跟著。」

不多時，到了綠筠園，楚昕將楊嬋抱到鞦韆架上。「抓穩了，小心摔著。」

楊嬋不言語，只是仰頭笑，露出腮邊一對梨渦，不如楊妧的深，卻乖巧，冰雪可愛。

楚昕用力咬著下唇，恨恨地說：「妳比妳姊好，妳姊最壞了，她根本沒有心。」

楊嬋聽得明白，鼓著腮幫子跳下鞦韆。

楚昕失笑，一把拉住她，再度把她抱上去，柔聲賠不是。「好、好，我說錯了，妳姊最好，是九天下凡的七仙女，誰也比不上她。」頓了頓，輕聲道：「我喜歡她。」

一聲「喜歡」就這麼猝不及防地說了出來。

楚昕心頭一滯，那些紛亂無緒、莫名其妙的酸澀與痛楚，歡喜與悵惘彷彿都得到了解釋。

他蹲下身，加重語氣，似是說給楊嬋聽，更像說給自己。「小嬋，表哥喜歡妳姊，很喜歡……」

# 第四十五章

楚昕真正是忙起來了，每天要麼去倉場監督著勞工幹活，要麼去戶部耗著支銀子，還得親自看著採買木板、蓆子等物品。

祿米倉一半挖在地下，一半蓋在地上，挖好窖坑，先用火烘乾，灑一層半尺厚的草木灰隔潮，上面再鋪一層木板，木板上鋪層席子。待到秋收完畢，往蓆子上墊層稻穀糠，再鋪層蓆子，就可以把晾曬乾的秋糧運進來了。

米倉上面則用木頭搭架子，土坯壘牆，同樣用草木灰和稻穀糠隔潮，倉頂蓋一層通風樓，免得糧食發霉。

修繕倉場用不著重新挖窖坑，但是除濕隔潮的步驟半步不能少，而且採買回來的稻穀糠還得浸過生石灰，免得帶有蟲卵。

楚昕和顧常寶用上了十分的心力，樁樁件件都要親自過目，力求盡善盡美。

忙碌之餘，楚昕沒耽誤相親，隔上兩、三天跟秦老夫人稟報一下相看結果。

李家姑娘太瘦，站在那裡像杵著根竹竿；張家姑娘太胖，腰身比水桶都粗；王家姑娘膚色白得跟紙似的，看著嚇人。

秦老夫人懷疑楚昕根本沒相看，可偏生楚昕把姑娘們的相貌說得清楚明白，有鼻子有眼的——張姑娘嘴角有粒紅痦子，王姑娘走路內八字，李姑娘頭髮黃得跟稻草似的。

秦老夫人想一想，字紙上有位鄭二娘，是鄭御史的嫡次女，嫁給了定國公府的林四爺。鄭二娘真正是好相貌，肌膚白裡透著紅，頭髮烏黑油亮，柳葉眉杏仁眼，誰見了都得誇聲漂亮。

秦老夫人便問：「鄭家二娘子也沒相中？」

楚昕懶懶地靠著彈墨迎枕，大長腿一條支在炕邊，另一條耷拉在地上。「太漂亮了，看著跟狐狸精變得似的，萬一半夜三更把我吃了……」

秦老夫人勃然大怒，抓起茶盅朝他胸口擲過去，楚昕翻身躍下炕，展臂一撈，穩穩地將茶盅接在手裡，衣衫上半點水漬也沒有。

楚昕順勢給秦老夫人續滿茶。「祖母喝口茶消消氣，不是孫兒眼光高，實在是……」

他心裡有了人，眼裡再瞧不見別的花花草草。

隔著洞開的窗欞，楚昕瞧見楊妧牽著楊嬋繞過影壁正慢慢走來，餘下的半截話再說不出口。他對著秦老夫人長身一揖。「祖母，我尚有事，先行告退。」

出門時，正好楊妧要進門，兩人碰了個正著。

跟往常一樣，楊妧屈膝行禮，不冷不熱地喚了聲「表哥」，再無別話。

倒是楊嬋仰著白淨的小臉，衝他笑得甜美。

楚昕摸一下她頭，柔聲道：「小嬋乖，回頭表哥給妳帶點心。」

回到摘星樓，想到適才楊妧的模樣，楚昕沒滋沒味地喝一碗白粥，就著紅油筍絲吃兩個包子，換了出門衣裳，戴上荷包香囊等物，拿起馬鞭匆匆往馬廄走。

含光已將楚昕那匹棗紅馬餵飽，上了馬鞍，這會兒在給追風加黑豆。

追風腹中懷了崽兒，而楚昕喜歡騎快馬，所以暫且讓牠歇息養胎，伙食也改善了，原先是兩天餵一次黑豆，現在每天都往草料加黑豆。

楚昕親暱地拍了拍追風的頭，牽著棗紅馬走出角門，瞧見車夫李先在套車，隨口問一句。「誰要用車？」

李先忙施禮。「回世子爺，是楊四姑娘，要去趟雙碾街。」

楚昕身形一頓。「幾時走？誰跟著？」

李先答道：「辰正三刻，點了陳文和陳武跟車。」

府裡早先留下的規矩，秦老夫人出門通常跟六個侍衛，張夫人是四個，楊妧跟楚映一樣，只能用兩個。

楚昕默一默，打發遠山。「回去跟承影說一聲，四姑娘要出門，讓他暗中跟一跟。我先去倉場。」

翻身上馬，揚起馬鞭甩了個漂亮的鞭花，棗紅馬疾馳而去，含光催馬緊跟在後面。

楊妧是按約定往真彩閣送衣裳。

范宜修竟然在，規矩地向楊妧行禮。「姊姊。」又看向楊嬋，彎起眉眼。「妹妹。」

楊嬋不太記得他了，扯著楊妧的手直往後面躲。

范二奶奶含笑解釋。「先生家中有事，告了三天假，今兒聽說姑娘來，非得跟著，幸好六姑娘也來了，讓他們到後院吃點心。」

真彩閣後面帶著三間房屋，兩間是庫房，另外一間是值夜的夥計歇息之所。院子裡種了棵不大的桂花樹，擺著石桌石凳。

楊妧讓春笑看著楊嬋跟范宜修玩，她與范二奶奶一道上了二樓。

樓上的十二座繡花架子前面都坐了人，繡娘們低著頭專心致志地繡花。另有四人站在長案前拿著剪刀裁剪，一片繁忙景象。

楊妧笑著道喜。「生意看來不錯。」

「還得感謝姑娘。」范二奶奶眉開眼笑。「有姑娘幫襯，這半個多月來做衣裳的貴人真是不少，都是十件二十件地做，繡娘們忙得都脫不開身。其實，做成衣很費事，也沒多少利，不過是為了招徠人氣，真正賺錢還是賣布料。江南的料子快船運過來，刨去各種費用，賣一疋賺一疋。」

一疋松江三梭布在江南差不多一兩半銀子，在京都能賣到四兩，純利潤就是一兩半。若是織錦、雲緞等賺得更多，只是織錦出貨少，大多數人穿不起，算起來反不如棉布、綢布利潤大。

范二奶奶的生意經講得頭頭是道，楊妧聽得感嘆不已。做生意真的是一本萬利，可也真不容易。除去辛苦之外，一趟船跑下來，不知道要打點多少關口。

小蕓送了茶過來，楊妧抿兩口，將手裡包裹打開。

裡面是兩身衣裳，除了之前說的天水碧襖子和素白色銀條紗裙子，還格外做了身男子穿的長袍。長袍用了象牙白的杭綢，式樣很隨意，袍邊的一叢馬蘭花卻入了范二奶奶的眼。

嫩綠的葉子，冰藍的花朵，不顯山不露水，可配著象牙白的底色，讓人有種安閒的寧靜。

范二奶奶讚道：「這叢花出彩。」

楊妧微笑。「我兄長幫忙畫的花樣子，舉人老爺的手筆。」

「難怪。」范二奶奶再打量，將襖子和裙子細細瞧過，笑道：「好樣子也得靠繡工和配色來襯托……一身衣裳一百兩，可好？」

楊妧道：「二奶奶是行家，我不懂這些，您說多少就是多少……只是我有個不情之請，過上半年八個月，能不能讓我把衣裳買回去？」

她不想讓自己的針線活留在市面上。

范二奶奶一聽便明白，嗔道：「不用那麼久，最多三個月，肯定滿大街都是這個樣子。姑娘也不用買，到時找人送過去就是。」

「多謝二奶奶成全。」楊妧從荷包裡掏出一張紙。「照著這個繡比從衣服上扒樣子要方便些。」

范二奶奶接過展開，上面赫然是炭筆描的馬蘭花樣子，笑容自眉梢眼底淌瀉而出。市面上的成衣鋪子大都是看到別人的樣子好，跟風模仿一個，可照貓畫虎總有些不倫不類，沒想到楊姑娘還有這一手，小小年紀心思真是細密。

得虧她是真心想結交楊姑娘，不願她的女紅落在旁人手裡，否則得不到花樣子事小，只怕以後不能與楊姑娘坦誠相待。

范二奶奶謝過楊妧，拿出兩張一百兩的銀票給了她。兩人隨意聊幾句閒話，便下樓到後院去。

楊嬋拿了筆正在紙上寫著什麼，范宜修歪著頭看，時不時指點她。「心的框架寫得要疏朗，這個點要乾脆，不能拖泥帶水，我寫一個給妳瞧。」儼然一個小先生。

楊妧走過去，看到滿篇紙上大大小小都是「沒」、「有」、「心」這幾個字。

楊嬋的字歪歪扭扭，范宜修的字卻很好，橫豎撇捺極有章法。

楊妧誇讚幾句，親暱地點點楊嬋的小鼻尖。「沒有心是什麼意思？每個人都長著心呀，就盛在妳的小肚子裡。」

范宜修很嚴肅地糾正她。「姊姊，心沒有裝在肚子裡，是在上面。」邊說，邊摸在自己胸口。「我能聽到怦怦跳。」

范二奶奶笑嗔一句。「就數你明白。妹妹比你小兩歲，還沒請先生。」

范宜修瞪著烏黑的大眼睛。「我有先生，我學會了可以教妹妹。」

楊妧莞爾，誠心誠意地謝過他，戴上帷帽牽著楊嬋告辭離開。

走到雙碾街頭上往南拐，不多遠是間茶樓，廊下牌匾寫著「清益齋」三個字，又掛了塊布幡，寫著「天下第一水」。

楊妧蹲下身替楊嬋整理下頭上紗花，溫聲囑咐。「姊約了李先生在茶樓商議事情，待會兒小嬋見到人記得行禮。」

楊嬋乖巧地點點頭，忽然眸光驟亮，唇角綻出歡喜的笑容。楊妧訝然回頭，瞧見楚昕正穿過街道闊步而來。

他穿寶藍色長袍，手裡攥一根嵌寶的牛筋馬鞭，許是走得急，額頭沁出一層細汗，被炎陽映著，折射出細碎的光芒。

楚昕步子快，呼吸之間已經到了近前。青菱跟春笑齊齊行禮，楊妧也起身福了福。「真巧，表哥怎麼也來了這裡？」

楚昕心頭湧動著萬千情緒，可見了她，卻是一句都說不出來。

他低了頭，平靜下心情，抱起楊嬋，瞧著呼啦啦迎風飛揚的布幡。「我應了給小嬋帶點心，順便喝杯茶。」

楊嬋靠在楚昕肩頭，左胳膊牢牢地圈住他脖頸，右手指著茶樓門口，示意要進去。

楚昕喜不自勝，翹起唇低低說一聲。「小嬋真乖。」當先走進茶樓。

楊妧無奈地呼口氣，對青菱道：「進去吧。」

穿著灰色裋褐的夥計熱絡地迎上來。「爺，幾位？散座還是雅席？」

楚昕回頭看向楊妧。

楊妧不看他，含笑對夥計道：「給我的丫頭安排個安靜的地方，上一壺綠茶兩碟點心，我另外約了人。」

目光梭巡著，瞧見偏僻角落裡坐著位約莫二十五、六歲的男子，身穿青色官服，綴鷺鷥補子。

六品官員便是用鷺鷥補子。楊妧略思量，上前行個禮，恭聲問道：「請問，可是李寶泉李大人？」

楚昕抱著楊嬋毫不猶豫地跟了過去。

# 第四十六章

「正是在下。」李寶泉拱手回禮。「姑娘可是姓楊？」

楊妧摘下帷帽，笑盈盈地說：「是，我在家裡行四，先生稱我楊四即可。」瞟一眼楚昕，替他介紹。「我表哥，鎮國公府世子和舍妹。」

李寶泉微愣。年輕姑娘出門見外男，的確不太妥當，找家裡人陪伴再正常不過。讓他意外的是楚世子。

李寶泉為官三年有餘，沒少聽說楚世子的傲人「事跡」。本以為他會長得滿臉橫肉凶神惡煞，沒想到他竟然生得如此昳麗，英俊得不像話。雖然眉宇間隱有驕縱不豫之色，目光卻清澈，全然不是坊間所傳的跋扈。

李寶泉再度拱手。「見過楚世子。下官姓李，在大理寺任左寺正。」

楚昕頷首，客氣地道了聲「久仰」，將楊嬋放在椅子上，自己打橫坐下，心裡卻是納罕。大理寺左寺分管兩京五府、六部、京衛等衙門的刑名，平白無故的，楊妧來見這人幹什麼？

夥計上了茶水點心，李寶泉直入正題。「楊姑娘打聽宅院，不知道想買在什麼地方？買多大的間居？再者，銀錢上面，可曾有打算？」

楊妧按照早就考慮過好幾遍的想法回答。「最好在澄清坊附近，離六部近，離雙碾街也不算遠。」

「澄清坊的房子不好買，都是一個蘿蔔一個坑，哪裡有空屋出售？」

楊妧笑道：「所以才託到李大人頭上，年底官員遷謫調動，興許有人往外賣或者有些商戶結業歸鄉……如果有四進宅院最好不過，若是不能，三進帶跨院也可以。至於銀錢……李大人先按照五千兩銀子謀算，要是有好的地腳宅子，貴幾百兩銀子也使得。」

她手頭有三百兩現銀，年底攢夠一千兩絕無問題。大伯父跟祖母手裡應該有兩、三千銀子，不夠的話，她再找范二奶奶借點周轉。

總之，先把落腳之處打點好，她也能早點從國公府搬出來。

李寶泉稍思忖。「如此說來，楊姑娘並不急用？」

「不太急。」楊妧留了點餘地。「能在臘月之前買到手最好，最晚別過了明年正月……買賣房屋最為繁瑣，勞大人費心，改日家裡長輩進京，定要好好感謝大人。」

「楊姑娘切莫見外，我跟卓然同窗多年相交甚深，他有所託，我自當盡力。」

何文雋，字卓然。楚昕恍然，心裡有點酸溜溜。

原來這位李大人是何文雋的好友，難怪楊妧打著去真彩閣的幌子也要出府相見。

買房子這種小事，他也能辦。看中哪處屋舍，到官府查明屋主、標價，帶著銀子上門買了就是，何至於這麼費事？

耐著性子等兩人談完話，出了清益齋，楚昕低聲問楊妧。「妳為何要買宅院？住我家不好嗎？」

楊妧戴上帷帽，整了整懸垂的面紗，笑道：「表哥也說那是你家，府上容我們住一年半載已是情分，哪裡能長住？」

「怎麼不能？」楚昕開口。「家裡空屋子多的是，便是妳娘、妳伯父一家都住進來也足夠。」

「那不一樣——」楊妧話未說完，只聽馬蹄聲急，臨川騎一匹黃馬疾馳而來。

及至跟前，臨川甩鐙下馬，直奔到楚昕面前，樂顛顛地說：「世子爺，我瞧見錢侍郎家的四姑娘了，模樣還不錯，就是臉黑，是真黑……」

楊妧一聽就明白，眉頭不由蹙起，沒作聲，拉起楊嬋的手，扭頭往停放馬車的地方走。

臨川這才認出楊妧，猛地拍一下腦袋，縱身上馬，轉眼不知往哪裡去了。

楚昕顧不上教訓臨川，急走兩步趕到楊妧身邊。「妳別生氣，我不是有意欺瞞。我壓根兒不想去相看人家，就只是隨口一說，誰知祖母就當了真。」

楊妧停住步子，儘量平靜地說：「我沒生氣，也犯不著生氣，只是……替姨祖母不值罷了。聽說你動了說親的念頭，姨祖母歡喜得不行，翻來覆去思量好幾天把京都適齡的小娘子列了個單子。莊嬤嬤不顧天熱，頂著大日頭出去訪聽七、八天。然後表哥說不想相看，只是隨口說說……也罷，幸好你沒有結親的念頭，否則你這般不著調，言而無信，誰能瞧得上你？」

隔著面紗，楊妧的面容影影綽綽的，楚昕只能看到個隱約的輪廓，可這番話卻字字聽得真切，連她聲音裡藏著的不屑都分辨得一清二楚，一股寒意驟然升起，轉瞬傳遍了周身各處。

楚昕只覺得手腳冰冷，聲音也好似冰凍過一般，無比僵硬地問：「妳也瞧不上我？」

楊妧毫不客氣地回答。「瞧不上。」

事實上，她最恨這種人。就像前世的陸知海，上嘴皮一碰下嘴皮要她籌措五百兩銀子，她拆了西牆補東牆，又得到鋪子裡調現銀，忙活好幾天才能湊齊。而陸知海要麼嫌棄二十兩的銀元寶不如五十兩的氣派，要麼嫌棄四海錢莊的銀票不如昌隆錢莊的銀票體面，半點感激的話都沒有。

正如面前的楚昕一樣，隨隨便便一句話，瑞萱堂上下都跟著忙活。

不過這跟她有什麼關係？秦老夫人溺愛楚昕，心甘情願地做牛做馬。而她所做的只是抄了三次名錄，就權當是練字了。

楊妧掉頭繼續往前走，只聽身後楚昕喚道：「四姑娘。」

回過頭，見楚昕臉色煞白地站在路邊，滿腦門都是黃豆粒大小的汗珠子。

楚昕盯著她，咬著牙問：「我改，好不好？」

楊妧心底軟了下，嘆口氣，問道：「表哥不是想去宣府嗎？你這樣滿嘴戲言，誰會把你的話當真？早先跟你說的，行事穩重為人大度，你都忘了？」

楚昕那雙漂亮的眸子死死地凝在她臉上，隻字不發。

楊妧續道：「另外一點，我上次不便開口。你也知道國公府人丁凋落，現下只有你一位男丁，表哥若是早點成了親有了孩子，姨祖母必然不會攔你。即便不能立時有了孩子，將來表嫂若肯跟去宣府，姨祖母也會樂見其成。現在先相看著，等定下親事，六禮走完，兩年差不多也就過去了……表哥好生想想吧！」

楚昕呆呆地站在原地，眼看著那抹纖細的身影走到車前，看到李先搬來車凳，青菱扶她上了馬車，看到車簾晃動，她摘下帷帽溫柔地笑。

那笑容不是給他的。

楚昕心灰意冷地打馬直奔倉場，拽著顧常寶脖領子。「走，喝酒去！」

顧常寶正跟十幾位勞工一起，就著大白饅頭吸溜豬肉燉粉條，一筷子打在他手背上。「不去，沒見爺正忙著，別耽誤事。瞧我上午買的草蓆厚實吧？剛噴了藥，過上一個時辰再噴一回，晾乾之後就能鋪了。」

楚昕見地上瓷盆裡還有個饅頭，掰下一半，小口小口往嘴裡塞。

顧常寶絲毫沒注意他的異樣，往前湊了湊，悄聲道：「現在五月了，馬上要割麥子，再過陣子收早稻，等糧食曬乾收上來，差不多一個月的工夫。正好這樁差事了結，咱倆合夥做祿米生意。」伸手指指不遠處的四個米倉。「一個倉能盛五千石，四個倉就是兩萬石，咱們又能大賺一筆。」

萬晉朝官員的俸祿一部分是銀兩，另一部分是祿米紗絹。祿米都是陳米，不好吃，所以大多數人都會把陳米按比例兌換成新米，換回來的陳米可以賣給酒坊。每年只兌換祿米這一塊就有很大的利潤。

楚昕沒精打采地說：「賺那麼多銀子有什麼用？」

「當然有用。」顧常寶口沫橫飛。「你想，這兩件大事辦成了，以後誰見了咱們不得點頭哈腰地稱大爺？」

楚昕「切」一聲。「現在不也一樣？誰見了你不恭恭敬敬的？」

「現在是靠老子，以後是憑咱自己的本事。我要廖十四上趕著嫁給我，但我肯定不搭理她。還得讓余家大娘子給我磕頭賠禮……那個，磕頭就算了，姑娘家嬌氣。讓余家大娘子、明家三娘子還有你家那位四姑娘，排成一溜兒給我行禮賠不是，再讓她們狗眼看人低！」

「你敢?!」楚昕一拳搗在顧常寶胸口。「四姑娘也是你敢欺負的？」

顧常寶一口饅頭噎在嗓子眼裡，上不去下不來，再吸溜幾口粉條，總算順下去了，舉著碗往楚昕腦門上扣。「娘的，你這個楚霸王，差點噎死爺！爺的小命要是沒了，化成鬼也得找你，半夜三更掀你被窩。」

楚昕奪過碗，見裡面肉菜都沒了，只餘點菜湯，便用茶水涮了涮，重新倒上半碗茶，遞給顧常寶。「給你賠罪。」

顧常寶樂呵呵地喝了。「自從領了這差事，吃什麼都香。你看這茶水，一股子豬油味，照樣喝得痛快。咱是大老爺們，就該糙著養，不能活那麼精細。」

楚昕咧嘴笑。這倒是真的，以前顧老三喝的都是明前龍井，用的是甜白瓷茶盅，水是玉泉山運來的水，就這樣，還嫌棄不夠清香。

才半個多月，捧著油膩膩的菜碗也喝得津津有味。

顧常寶有滋有味地再喝口茶。「祿米這活兒是小事，不用咱倆親自盯，找幾個兔崽子就能幹。我想賺了銀子之後，咱倆包一段河工來做，一段河工至少賺七、八萬兩銀子……銀子事小，重要的是名聲響了，以後有賺錢的營生，誰敢不經過咱們倆，誰敢再背後編排小爺？小爺讓余家大娘子瞪大狗眼瞧瞧，我顧三能撐得起家！」一邊說，一邊把胸脯拍得「咚咚」響。

楚昕沈默著，眼前不由自主地浮現出先前的情形。

楊妧戴著帷帽，半點沒有猶豫，極其篤定地說：「我瞧不上你。」

他得讓她瞧得上，讓她知道，他能靠得住。

楚昕咬著牙，一字一頓道：「幹了！交完差就做祿米，然後做河工，讓滿京都的人都看看爺的本事！」

# 第四十七章

楚昕午飯沒吃，晚飯也沒胃口，躲在觀星樓想事情。

他這一輩子可謂順風順水，從生下來就錦衣玉食，既不需要「頭懸梁錐刺股」，也沒有兄弟鬩牆之說，偌大的國公府就是他一個人的。

可他做了什麼呢？

這十幾年，只留下個霸道不講理的名，再加個長得漂亮。而何文雋十五歲考中舉人，然後奔赴山海關，十九歲時積攢的軍功已足夠升至千戶。雖然現在身有殘疾，秦二提起他卻滿口都是稱讚，說他「風采絕佳」。

正因為有何文雋珠玉在前，楊妧才始終瞧不上自己吧？楚昕悄悄攥緊拳頭。

除了科舉他實在沒興趣外，其餘的，何文雋能做到，他同樣也能！

平生頭一次，楚昕為他自己的人生認認真真做了規劃。

翌日一早，他跟秦老夫人坦誠眼下沒有訂親的打算，想先立業，再考慮親事，餘下八位尚未相看過的姑娘就算了。

秦老夫人已經猜出幾分，卻免不了有些失望，加上天熱心煩，精神驟然變得萎靡不振。

整個瑞萱堂忙得人仰馬翻，楚昕自覺有愧，每天守在床前侍疾，楊妧也一日三次過去探望，間或會幫著莊嬤嬤處置一下事務。

府裡各處都是按照往常的例，倒是有兩件紅白喜事需要斟酌。

一件是平涼侯暴病過世，另一件是沐恩伯長孫成親。

平涼侯跟國公府交情不算深，但既然前來報喪，勢必要有人去吊唁。楊妧根據往年的帳冊斟酌了八樣祭品，請楚昕跑了趟。待平涼侯出殯那天，又在經過的路口搭了靈棚路祭。

至於沐恩伯那邊，楊妧則備一份重禮讓嚴管事送過去。莊嬤嬤直誇楊妧小小年紀處事厚道。

平涼侯剛過而立之年，長子只有六歲，十年內不可能成氣候，很多人便因此而怠慢。鎮國公府不但親自吊唁還設了路祭，對平涼侯夫人和小公子來說，是極大的安慰。

而沐恩伯府人丁興旺，其長子在順天府任府尹，位列小九卿之一，前去道賀之人數不勝數。鎮國公府若是去人，不過錦上添花罷了。

楚昕看在眼裡更覺慚愧。

楊妧比他小好幾歲，可處理起這些瑣碎之事卻有條不紊，頭頭是道。

忙忙亂亂之中，楊妧度過了她的十三歲生日。

莊嬤嬤完全忘在腦子後面去了，趙氏記得卻沒作聲，而楊妧既非及笄，又非整壽，更不能主動說出來。

這天，楊妧連碗麵都未曾吃，倒是收到了何文雋的信。

信是何文雋託人從濟南府捎過來的，信皮上寫著「鎮國公世子轉交楊四」。

楚昕給楊嬋送點心，順便把信交給楊妧。

信仍舊是出乎尋常的厚實，除了幾張新畫的花樣子，意外的還有三張髮簪的圖樣。

何文雋感謝了她費心縫好的衣裳，非常合身，又說往年何文秀跟何文香生辰，他都會挑髮簪送給她們，楊妧過生日也比照她們兩人的例。只是京都路遠，不管是郵寄或者託人轉交都不甚方便，恐惹來閒話，何文雋便親自畫了圖樣，讓楊妧照著圖樣找銀樓打製一支。

又說他近來無事，便多畫了兩幅，如此明年或者後年忙起來，他就不必再特意送禮了。

信裡夾著一張兩百兩的銀票，是定金簪的費用。

語氣是少有的隨意，甚至還帶了些戲謔，楊妧卻莫名有種不好的預感。

何文雋待她如師如長，語氣雖然溫和，可從無嬉笑之語，這封信有種刻意營造出來的輕鬆。而且沒有人會把明年、後年的生辰禮一併送來，除非他……自知命不久矣。

被這突如其來的想法駭著，楊妧手一抖，信紙落在地上。她忙俯身撿起來，心兀自怦怦跳得厲害。

前世，何文雋是二十四歲生辰的前兩天去世的，而今年他正是二十三歲。

楊妧心慌意亂，高聲喚著青菱。「世子爺走了不曾？」

青菱笑道：「大爺說帶六姑娘出去玩，一準兒去了綠筠園。姑娘莫慌，春笑跟著呢。」

楊妧抓起信，想一想又放下。「我去看看。」

自從跟楚昕溜過兩次鞦韆，楊嬋便上了癮，出門便往綠筠園的方向走。偏生春笑和佟嬤嬤怕她摔著，不敢十分用力搖，每次都玩不痛快，遠不如跟楚昕一起盡興，可以盪出去很高。

跟之前一樣，楚昕先叮囑她抓穩兩邊繩子，因怕蚊蟲叮咬，便將腰間香囊摘下來，繫在楊嬋手腕上，柔聲道：「準備好，開始了。」

楊嬋點頭。

楚昕一邊搖著繩子一邊嘮叨。「妳姊看見我總是冷著臉不愛理人，可給何文雋寫信每次都是厚厚的一摞，妳說他們都寫什麼？哪來那麼多廢話？」長長嘆一聲。「妳姊要是給我寫信，會不會也寫這麼長？」

楊嬋似懂非懂，只會仰了頭甜甜地笑。

楚昕伸手戳一下她的小臉蛋。「還是小嬋最乖……妳說我給妳姊寫封信怎麼樣？她會不會覺得我太唐突了？在妳姊眼裡，我可能除了長得好，再沒別的好處吧？她那麼聰明，難道以為誰都像她……其實，我也不算笨吧？」

這句楊嬋聽懂了，重重地點下頭。

楚昕唇角彎起。「小嬋也聰明……我真的不笨。除了背書慢一點，我學武很快的，一套拳法，師傅打兩趟我就能學會；力氣也大，能開兩石弓，還有箭法也好，二十丈之內絕對能射中靶心，跟百步穿楊也差不多。可我總不能把妳姊拖到演武場看我射箭吧？妳姊也未必喜歡看。」

楚昕悵惘地嘆口氣。

早知道，當初就該好好背書，拚命地背，說不定也能考中秀才。女孩子都喜歡風雅俊秀的讀書人，楊妧肯定也是。

可讀書人有什麼好，不是有句古話叫做「仗義每從屠狗輩，負心多是讀書人」？

楚昕心中不忿，對楊嬋發牢騷。「讀書極是無趣，四書五經都沒意思，最討厭的就是《周易》，捧起來就犯睏……妳姊就像《周易》，還得是竹簡串起來的古本。」

話音剛落，只聽身後衣裙窸窣，卻是楊妧正往這邊走來，只離他四尺多遠，面色不太好看。

楚昕錯錯牙，暗自叫苦。

他是習武之人，合該隨時保持警戒，沒想到一時大意，竟沒察覺有腳步聲近前。又恐適才的話被楊妧聽到，心慌意亂地往回找補。「古籍現在一書難求，尤其寫在竹簡上的，極其珍貴……四姑娘要不要邊鞦韆，我幫妳搖？」

# 第四十八章

楊妧的確聽到了他的唸叨，說讀書無趣，《周易》沒意思，又說她像《周易》，明擺著就是說她無趣。

這話倒也沒錯，她琴棋書畫都不精通，詩詞歌賦也不出色，樣樣都是平庸，的確是挺沒意思一個人。

楊妧沒心思跟他計較這些無關緊要的事，急切地問：「表哥，何大哥的信是誰送來的？能不能找他問句話？」

「什麼話？」楚昕問。「我讓含光去問。」

「我想問他是否見到過何大哥？何大哥身體可康健？」

楚昕臉色沈了沈，應聲好，隔天便給她回話。「信是一個叫青劍的侍衛送到客棧，那人並沒有親眼見過何公子。」

楊妧蹙眉長嘆一聲。

楚昕問道：「出什麼事了？」

「說不清楚……我覺得何大哥身體不太好，有點擔心。」楊妧仰起頭，烏黑的瞳仁裡隱隱藏著淚，擔憂之色溢於言表。

楚昕思量會兒，垂眸道：「我讓含光往濟南府跑一趟，快馬加鞭，五、六天就能回來。」

「多謝表哥。」楊妧鄭重行禮。

她真的是沒有別的辦法，她若出門，先要稟報秦老夫人不說，還得要丫鬟護院跟著，興師動眾。再者，她也不好解釋，就因為這一封信，就因為一個義兄，為什麼非得急火火往濟南府跑？

若是含光肯去，實在是幫了她的大忙。

楊妧道：「表哥您稍等片刻，還有點東西要帶回去。」急匆匆回屋拿出來兩方淺灰色帕子和兩只石青色的香囊。「香囊裡放了薄荷和艾葉。大哥院子裡花草多蚊蟲也多，寫字的時候戴著，能驅蚊醒神。」她將東西放入一個小巧的藍布口袋，雙手交給楚昕。「麻煩含光帶給何大哥。」

楚昕接在手裡，一言不發地離開了。

進了六月，天氣越發地熱，各家的花會文會終於偃旗息鼓告一段落。

秦老夫人經過這些天的精心調養，精神重新健旺起來。

楚昕跟顧常寶將六個倉場裡的三十二個糧倉都整修完畢，著工部的人驗完工事，拿印鑒公文去戶部結完帳，緊接著到宮裡覆命。

元煦帝坐在御書房寬大的龍椅上往下望，樂了。

四月，兩人死皮賴臉過來討要差事的時候，都是嬌嬌嫩嫩的小白臉，才過兩個月，臉面曬紅了，精氣神倒還好，跪在地上，腰桿挺得筆直。

元煦帝不忙叫他們起，沈聲問道：「差事辦得如何？賺到銀子了？」

「賺到了。」顧常寶咧開大嘴。「共支了四萬三千兩，拋去購買穀糠、蓆子、木材以及勞工的工錢和飯食等花費，淨賺八千六百兩，帳目可是一清二楚，我跟楚世子一文錢都沒昧下。」

楚昕掏出帳本，專門伺候筆墨的太監孫簡接過，兩手呈到元煦帝面前。

元煦帝隨意翻開一頁，眉頭蹙起。「你這桐木，怎麼有的是八百文，有的才十幾文？」

「回皇上，」這事是楚昕親手經辦的，胸有成竹。「八百文是合抱粗的老樹幹，收的是已經鋸好晾乾的板子，鋪在窯底用來隔潮；十幾文的是兒臂粗的小樹，用來搭倉頂的架子。桐木板子用了一千五百八十二條，小樹幹用了九百零五根，都是在附近州縣採買的。」

元煦帝再翻兩頁，帳目記得極清楚且細緻，連雇用了二十三次牛車，花了一百一十九兩銀子也沒落下，眸中帶了笑。

「還行，你們二人總算知道幹點正經營生，不用你爹殫精竭慮地寫請罪摺子。」

「不是我爹寫的，都是清客相公們代筆。」顧常寶毫不猶豫地揭他爹的老底。「每次只把犯的錯處改動一下，別處基本不用動，我都能從頭背到尾，壓根兒不費事。」

「敢情你還想再犯錯？」元煦帝給氣樂了，將帳本子一合。「行了，你們倆告退吧！」

楚昕忙道：「皇上，之前說好孝敬給您的一成利，共八百六十兩，您是要雪花銀還是銀票子？」

元煦帝沒好氣地說：「朕缺你們這八百兩銀子？」

「皇上自然不缺，但這是我們的孝心。我們既然說得出來，就要做到言而有信。」顧常寶先往自己臉上貼金，接著道：「這不新米就要運來了，舊糧要騰地方。我們大致核算了一下，陳米有四個半倉場，大概二十八個糧倉，每個糧倉能盛放五千石米糧，總共十四萬石。糧米關係到社稷民生，皇上肯定得找個信得過的體己人主管。我和楚世子就是皇上的體己人，願意給皇上分憂解難。」

元煦帝掀掀眼皮，俯視著案前兩人。

他對這兩人可不陌生，一個是楚貴妃的姪子，一個是忠勤伯幼子，年幼的時候，都是經常進出宮門的主兒。這兩年長大了，正經事不幹，就會惹是生非，案桌下的彈劾摺子，有一半落在兩人頭上。就這樣，還口口聲聲是他的體己人？一國之君的體己人這麼容易當？

不過，這兩人的賴皮勁兒倒真沒把自己當外人，而且用好了的話，興許會是兩把利劍。

開國之初，太祖皇帝為了穩定政局鞏固皇權，給屬下許了六公二十四侯和三十六位伯爵，個個都是世襲罔替，蔭及子孫。歷經五代之後，這些顯貴子弟成器得少，大都成為朝廷養的廢物，混吃等死不說，還經常欺壓百姓。

享受了一百多年的榮華富貴，那些人也該知足了。

元煦帝思量番，問道：「這次還是給我一成的好處費？」

「一成半，」楚昕開口，抬眸偷看一下元煦帝的臉色，改口道：「兩成也行。」

元煦帝冷笑兩聲，抓起手邊象牙骨的摺扇朝楚昕扔過去。「趕緊滾！」

楚昕展臂將摺扇撈起，順勢往袖袋裡一塞。「小子謝皇上賞賜。」跟顧常寶灰溜溜地離開了御書房。

元煦帝再度打開帳本子，仔細看兩眼，對孫簡道：「召魏澤勛覲見。」

出了宮門，顧常寶跟楚昕尋個冰水鋪子，顧常寶要一碗冰鎮的楊梅汁，楚昕要個冰碗，兩人面對面坐著犯愁。

皇上這是答應了還是沒答應？聽著像是怒，可瞧著臉面，又不像生氣的樣子。

修倉場，兩人真是用了十足的心力，幹得是盡善盡美，半點差錯沒有，就衝這表現，陳米應該放心地交到他們手裡才是。

兩人猜不出元煦帝的心思，吃完冰水之後，乾脆一拍兩散，各回各的家。

楚昕走進觀星樓，瞧見了含光。

含光也剛進門，連臉都沒來得及洗，衣裳也沒換，灰藍色的裋褐因為被汗濕透，沁出一圈一圈的汗漬。

楚昕道：「去洗把臉再來回話。」

約莫盞茶工夫，含光換了衣裳回來，沈聲道：「何公子情況不太好。」

楚昕愣了下。「很糟糕？」

「人瘦得已經脫了相，原是不見客，聽說是四姑娘遣的，才讓了進去。」含光頓了頓，聲音有些哽咽。「何公子身邊有個服侍的，叫清娘，會一手好醫術，說也就是這一、兩個月。」

含光是在院子裡見到何文雋。

滿園花草開得姹紫嫣紅生機勃勃，何文雋斜靠在藤椅上，臉頰深凹，膚色幾近蒼白，那道傷疤恍似也變得透明一般。

他枯瘦的手指抖抖索索地撫著香囊上粉紫的鳶尾花，眼底帶著笑，聲音低如蚊蚋。「阿妧那麼聰明，定然是猜出來了……其實我是存了私心，想知道她究竟會不會記掛我……」

這些話卻不好對楚昕說。

含光猶豫著，續道：「何公子看到四姑娘送去的東西很高興，說四姑娘生性醇厚，怕被人欺負，囑託世子爺多照拂她。」

「用不著他囑託，我自會對楊四好……」楚昕不耐煩地說，又想起楊妧眉宇間的擔心。「那該怎麼對楊四說？」

「何公子不許跟四姑娘提，只說一切均好即可。」

楚昕舒口氣。「你去回給四姑娘。既然何公子讓瞞著，那就瞞著好了。」

楊妧聽了含光的話，心中略微鬆了鬆，笑著道謝。「辛苦你了。」

「不辛苦。」含光搖頭，一板一眼地把何文雋囑咐他的話說出來。「……三月中，清娘在院子裡種了五棵向日葵，現在正開著花兒，據說入秋之後會結籽，等結了籽，何公子說寄給四姑娘嚐嚐。」

楊妧好奇地問：「向日葵長什麼樣？」

「說從福建那邊傳過來的，有幾分像高粱，差不多一人多高，開黃花，花盤很大……最奇的是，花盤能跟著太陽轉，早晨太陽在東邊，花兒就朝著東方，下午太陽西移，花兒跟著轉到西面。」

楊妧心念一動，從屋裡拿出張明紙。「這個可是向日葵？」

方方正正的紙上用炭筆描了只髮簪，旁邊寫著「遙賀阿妧芳誕」的字樣。

含光笑道：「沒錯，中間的圓盤像碟子般大，周遭的花瓣全是金黃色，很是耀目。」

「那我明白了，多謝你。」

隔天去瑞萱堂請安，秦老夫人高興地指著炕邊一個海棠木的匣子。「昕哥兒賺了銀子，給每人都備了禮。花冠是給六丫頭的，妳跟二丫頭和映丫頭每人一盒湖筆。」

湖筆一套六支、狼毫、羊毫以及七羊三紫、三羊七紫、五羊五紫等兼毫都有。花冠是銀質底座，上面鑲一圈珍珠，珍珠顆顆有蓮子米大小，流光溢彩。

楊妧將花冠給楊嬋看。「表哥送妳的禮，漂不漂亮？」

楊嬋點頭，主動走到楚昕面前，端端正正行個禮。

楚昕笑道：「不用見外，以後表哥發了財，給妳買更好的。」說著偷眼去瞧楊妧，見她目光溫存，笑容溫柔，心驟然熱了。

除去那套湖筆，他還給楊妧買了支髮簪。

赤金的簪身，簪頭是用金絲盤繞成首尾相對的兩隻蝴蝶，蝶翼鑲嵌著細小的紅寶石，蝶目用黑曜石嵌成；稍微一碰，蝶翼會忽閃著上下飛舞，華麗卻靈動。

此時，盛髮簪的匣子就在他胸前，緊緊地貼著他的心口……

# 第四十九章

談笑間，張夫人和趙氏次第進來。楚昕送給她們的是佛珠手串，張夫人挑了串沉香木的，趙氏拿了串紫檀木的。

秦老夫人極為得意地說：「剛才昕哥兒說了，以後發了財要買更好的，咱們只等著跟昕哥兒沾光就是。」

趙氏奉承道：「昕哥兒確實能幹，小小年紀就領那麼緊要的差事。我家兩位哥兒，就只會讀書，其他諸事都不懂。」

張夫人臉上也流露出幾分與榮有焉，可瞧見楊妧，笑容便淡了幾分。

平涼侯出殯跟沐恩伯的嫡長孫成親正好趕在同一天，張夫人的意思是讓楚昕帶著賀禮去喝杯喜酒。畢竟平涼侯停靈時，楚昕已經吊唁過，沒有必要親自去路祭。而沐恩伯除了嫡長孫之外，二房的次孫和第三個孫子也都在六部擔任著職差，很有出息。

她打算跟沐恩伯府多加往來，可以把張珺嫁過去，那麼即便張瑤未能嫁給楚昕，張家的兄長跟姪子也能有個助力。

她喜孜孜地把自己的打算告訴秦老夫人，楊妧卻說沐恩伯府如今猶如鮮花著錦，去了只是錦上添花，倒不如拉扯平涼侯夫人一把。

偏偏秦老夫人只聽黃毛丫頭的，二話不說打發楚昕到棗花街街口等著路祭。

張夫人氣楊妧不懂禮數，在別人家指手畫腳，更氣秦老夫人腦子糊塗，不給自己撐面子，索性閉門裝起病，閒雜事宜一概不管。

楊妧不是能耐嗎？能者多勞，那就把事情全攬過去，她倒是想看看一個沒及笄的小姑娘會有多大本事！

沒想到府裡中饋在莊嬤嬤這個老貨和楊妧的操持下，竟是絲毫不亂，甚至比往日還更規矩些。

張夫人裝病沒有用，心裡總歸還惦記著廚房和針線房的一畝三分地，沒請府醫也沒喝參湯，利索利索地好了病，開始理事。

卻是不巧，她的病剛好，秦老夫人緊跟著也康復了，看起來比她的精神還旺盛，太氣人了！

吃完飯，楊妧牽著楊嬋一路賞著花，溜溜達達地回霜醉居。

門口黃櫨樹下，有人低頭站在那裡。

許是無聊，他抬起腳尖一下下踢著樹幹，枝葉婆娑，金色的光芒被搖碎，在地上落下斑駁的光影。

聽到腳步聲，楚昕側頭，瞧見楊妧一行，下意識地挺直身子，下巴高高昂起，顯出幾分孩子氣的驕縱。

楊妧莞爾。

想到自己才承了他一個大人情，又收了他的湖筆，懶得計較他這種幼稚的行徑，近前問道：「表哥怎麼在這裡？是等我嗎？」

楚昕「嗯」一聲。「我有事跟妳商議。」

楊妧尚未回答，楊嬋已拉著楚昕走進院子。

青菱在石桌上擺了茶水點心，春笑哄著楊嬋進屋描紅，青荇則尋一塊未繡完的帕子，坐在廊下，有一搭沒一搭地縫。

楚昕端起茶盅抿兩口，把昨天和顧常寶進宮面聖的情形說了遍。「……皇上到底是怎麼想的？」

他說得仔細，楊妧聽得認真，及至最後，唇角帶了笑。「聖心難測啊，不過沒當面拒絕就有希望，而且希望還不小，至少八成。」她耐心地給他分析。「你們也說了，修繕倉場不過是三、五萬銀子的事，而陳米卻有十四萬石，不說關係到江山社稷，至少關著京都半數人的口糧。如果你們是做熟了的老手還好，偏偏你們平常胡鬧慣了，才剛做成一樁差事，皇上怎可能輕而易舉地應允你們？可皇上沒一口否決，那就說明他在權衡思量。」

楚昕茅塞頓開，烏黑的眼眸閃亮逼人。「那我們再等幾天？」

「不能乾等，先做好準備。你大致想想都有哪些步驟、需要什麼樣的人，你手頭的臨川就不錯，看著挺機靈。」

楚昕耷拉著眼皮「哼」一聲。「他嘴太快，我罰他打掃群房那邊的馬廄了。」

楊妧抿嘴微笑。「這個季節……夠難為他的。」

楚昕慢吞吞地說：「既然妳替他說情，那就先饒他這次。」

楊妧繼續道：「門房有個十三、四歲的小子，個子不高，長得有些黑，笑起來有對酒窩。我看他挺會來事，每次出門，都跑前跑後跟著張羅。你打聽一下，看看他是否能用？另外還需要找個能拿主意的掌櫃，再加一個手頭快的帳房……」

「帳房有了，就是這陣子一直跟著我的羅修文。掌櫃沒有，嚴總管答應幫我物色一個。」

楊妧欣慰地點頭。「表哥手裡正該有幾個得力的人，放在回事處也好，帳房也好，哪怕是門房，總之府裡有了什麼事，你能頭一個知道。」

楚昕端起茶盅，小口小口抿著。

有些事情，嚴總管已經在替他打算，可他還是喜歡聽她說。她聲音輕柔，就像這夏日清晨徐徐而起的風，清爽且帶了一絲絲甜，讓人從內而外感到寧靜。

楚昕再問：「我明白了。還有什麼要準備的？」

「打聽一下京都糧米行有哪幾家？如果皇上真的鬆口允你們兌換祿米，你跟顧三爺總不能抬著秤，拿著斗坐在倉場門口發糧……這就需要有個中間人。京都的米面鋪子都是從糧米行進貨，所以你們只要跟糧米行談好價錢，那些瑣碎的事情都交給糧米行去做。」

前世，楊妧就做過糧米生意，雖然沒有親力親為，可跟何五爺對帳時也多少聽到些小道消息，比如茂昌行的掌櫃心最黑，大斗進小斗出，裡外能差一升；興元行的二掌櫃喜歡吃回扣，常常中飽私囊；如隆源行所謂的新米裡其實摻了陳米，一斗約莫摻兩斤，不算多，既看不出來也吃不出來。

這些事情，楊妧不好說得太過明白，只提醒他多留心，不要只聽價格，還得打聽一下糧米行的口碑，免得沾一身腥，被百姓唾罵。

楚昕受教地點頭，只覺得這個清晨似乎比以往任何一個清晨都令人愉快。

風帶著月季花的香味，沁人心脾；石榴花沒有香味，色澤卻豔麗，驕傲地掛在枝頭。比石榴花更明媚的是楊妧。她穿粉色襖子，盤扣用的便是石榴紅，彎成蝴蝶狀，乖巧地俯在衣衫上。

楚昕想起懷裡的蝴蝶簪。

昨天含光說，前幾天可能是楊姑娘生辰，何文雋給她畫了髮簪圖樣賀生。他立刻去了銀樓，在一堆點翠、嵌寶的首飾裡，精挑細選好半天才選中這支蝴蝶簪。

可是該怎麼送給她呢？扔下就跑，還是告訴她，他挑了好久才看中了這支？如果她不肯要怎麼辦？

那就說幾句客套話，因為她幫了他的大忙，所以才買支髮簪作為謝禮，沒有別的意思……

不，不！他有意思，是因為喜歡她才買的。就算她沒幫忙，他也願意買給她。

短短數息，楚昕腦中已是百折千迴，轉動了許多念頭，心「怦怦」跳得飛快，亂無章法，不知不覺，掌心裡又是一片汗濕。

楊妧狐疑地看著他微赤的面色。「表哥熱嗎？」今天有風，而且霜醉居周遭的樹木多，還挺涼快的。

「有點。」楚昕從懷裡掏帕子擦汗，乘機把那只匣子攥在手裡，胡亂地找著話題。「我最近在看《太公兵法》，講排兵布陣，很有意思，但有些地方不太懂，打算請教秦二公子。秦二公子過完中元節要去寧夏固原，之前他說要給妳送謝禮，打聽妳喜歡什麼東西。」

楊妧婉拒。「不用，不好收外男的禮，我根本不認識他，再者也沒什麼值得他感謝。」

聽到她說不收外男的禮，楚昕手指緊了緊，轉念一想，何文雋一個義兄都能送禮，他這個表兄為什麼不能？表兄比義兄更親近，不能算是外男！

楚昕「啪」將匣子拍在石桌上。「這是我送給妳的，不是謝禮，如果不喜歡就扔掉好了，不許退給我。」說完拔腿就走，走到門口，回身嚷一句。「妳要是真敢扔，我跟妳沒完！」

楚昕一口氣跑到演武場，心仍是慌亂不已。

他不敢想像，楊妧見到髮簪會是什麼反應，會不會覺得他唐突無禮冒犯了她？她如果真的把髮簪扔掉怎麼辦？

楚昕垂眸，瞧見腳下堅硬的地面。這片地是用米湯混合著黃土澆築而成，再用石碾子反覆碾壓夯實，即便下雨也不會變得泥濘。

歷代的鎮國公世子都是在這裡成長壯大。

清風徐徐，裹挾著松柏的清香，熾熱的太陽肆無忌憚地照在地上，激起層層熱浪，跟霜醉居的陰涼幽靜全然不同。

楚昕大聲喊道：「就算妳氣我惱我，那也沒什麼，反正我認定了妳！我會努力變得沈穩強大，會一直陪著妳，直到妳也喜歡我！」

天為證，地為證，靜默的兵器庫為證，遠處佇立的箭靶為證。

霜醉居裡，楚昕噼哩啪啦幾句話像亂錘般，把楊妧砸得暈頭轉向。

思量好一陣子，她才反應過來，伸手打開那只小巧的花梨木匣子。

入目便是墨綠色絨布上金光閃閃的髮簪，圓潤的簪身、精緻的蝴蝶，蝶翼似乎在顫巍巍地晃動，上面嵌著的紅寶石發出璀璨的光芒，熠熠生輝。

楊妧突然想起楚昕額頭細密的汗珠，微紅的臉頰，零亂的言語以及臨出門時貌似惡狠狠的警告，有什麼東西昭然若揭。

楊妧輕輕嘆了聲。

如果是前世，她一定會很歡喜吧！

楚昕儘管有這樣那樣的缺點，可也有好的一面，至少對寧姐兒和楊嬋都很細心溫和，而且生得漂亮。看著他精緻的眉眼，她都沒有辦法跟他生氣。

然而，她是轉世為人。

那場地動，埋葬的不僅是她和寧姐兒，還有她對男人的期許和對婚姻僅存的一點信心。她不會再喜歡人，也不想成親，為別人做牛做馬。

楊妧轉動髮簪，蝶翼上下搧動，彷彿下一刻就要飛走一般。

楚昕定然是精挑細選才買下這支簪子吧？

可他怎麼會生出這種心思呢？又是什麼時候開始的呢？

楊妧一點一點回憶著往事。去護國寺之前應該不可能，陸知萍找上門來那次，楚昕還跳著腳要跟她不同戴天。那就是再往後，楚昕想要領差事，她給他出了幾次主意。

那些時日，他們幾乎每天早晨都能在湖邊「偶遇」……

# 第五十章

看來還是她大意了。

楚昕正處於年少慕艾的年紀，在府裡又沒有能說得上話的同伴，跟她多聊了幾句，就產生出朦朧的感情。

以後她還是要避諱一些，最好能夠不動聲色地讓他打消這種心思。這麼意氣風發的少年，應該娶個喜歡他包容他，能夠陪伴他一起成長的女孩子為妻。

楊妧揚聲喚青菱，把匣子遞給她。「世子爺送的謝禮，妳謄到冊子上。」

「呀！」青菱低呼出口。「姑娘妳看，蝴蝶的翅膀好像會動，真漂亮啊，不知道大爺是從哪家銀樓買的？」

楊妧笑道：「明天問問他，以後咱們發了財，也去光顧……對了，跟之前錢老夫人和明夫人送的見面禮放到一起。」

那些都是貴重首飾，平常戴不著。

轉天，去瑞萱堂請安時，楊妧有意從湖邊走。

鏡湖裡，蓮葉田田，蓮花已經綻開，粉嫩嫩的花瓣上滾著清晨的露珠，嬌豔動人。

楚昕穿一襲緋色長衫站在柳樹下，清雅中帶著幾分狂妄不羈，硬生生把堆煙的柳枝和滿湖蓮花比了下去。

楊妧含笑行禮。「表哥早。多謝您昨天送的禮物，是從哪家銀樓買的？工匠的手藝真好，蝴蝶翅膀上的紋路井井有條絲絲不亂。」

楚昕有片刻的愣神。

他想過楊妧可能會生氣，想過她會把簪子退回來，也存著一點小小的希望，也許她會明白自己的心意，卻沒想到楊妧竟然根本沒當回事，就好像他送的不是髮簪而是點心，還樂呵呵地跟他討論點心餡料足，火候恰到好處。

相較而言，他大半夜的輾轉反側就是個笑話。

楚昕面沈如水，垂眸看向楊妧。她面頰嫩藕般白嫩，眼底清湛湛的，半根血絲都沒有，顯然夜裡休息得特別好，容光煥發的。

有心想不理她，又不忍，沒好氣地說：「同寶泰。」

楊妧笑道：「是四條胡同的那家？我有幾副簪子圖樣，正想去打出來，不知道工錢貴不貴？其實表哥不必費事買禮物，真想謝我，打發我兩張銀票子就可以。」

簪子圖樣……不就是何文雋給她畫的，還非要特地去打出來？楚昕拉著臉，悄悄攥緊了拳頭。

偏偏楊妧像是沒察覺似的，語笑叮咚。「我義兄在靜深院種了幾棵向日葵，現在正是花期，義兄照樣畫了幅葵花的簪子圖樣，我覺得照樣打出來應該很好看。」

楚昕抿著唇，甩袖離開。

楊妧看著他頎長的背影，彎起唇角。正值年少輕狂，喜怒皆形於色，喜歡來得快，想必去得也快吧！

楊妧步履輕鬆地走進瑞萱堂。

秦老夫人拉著楚昕的手，絮絮叮囑。「去趙先生那裡尋些田七、黃耆等藥材，若是有外傷可用的藥膏一併帶幾樣……見著東平侯替我帶聲好，以往他腿還好的時候，逢年過節都會來請安，這兩年聽說腿疾又重了，沒法走路。」

楚昕耐心聽著，眼角瞥見楊妧靛藍色的裙角，隨著腳步挪動盪出小小的弧度，像是湖面細細泛開的漣漪，不由就想起石榴樹下，她給他出謀劃策時候的溫柔。

她好像極少發怒，即便生氣也總會很好地控制自己的脾氣，不像他，動輒翻臉使性子。

他也應該學會控制自己。

楚昕聽秦老夫人嘮叨完，轉過身，主動跟楊妧打招呼。「……待會兒我去東平侯府，正好經過四條胡同，要不我把妳要打的簪子圖樣帶去給同寶泰的師傅瞧瞧？」

楊妧有些驚愕，連忙拒絕。「不用了，過兩天我自己去，首飾的款式花樣還是我們女孩子在行。」

楚昕含笑道：「也好。妳若需要什麼東西儘管開口，不用客氣。這些日子我經常在外面跑，順手就買了……祖母想吃什麼點心，我買給您？」

秦老夫人很欣慰他說出這番得體的話，笑道：「眼下還沒有想吃的，等想起來再告訴你。」

楚昕應聲好，告退離開。

楊妧等人陪同秦老夫人用完早飯，聊會兒閒話，各回各人院落。

楊妧照舊在石榴樹下繡花，她這個月的衣裳已經做出來了，仍是男女各一身，只等月中送到真彩閣。

這會兒她是做香囊。過陣子天氣涼快下來，桂花盛開、菊花也次第開放，京都又要熱鬧起來了，多做些香囊荷包備著，以便小娘子們互相隨禮。

除去勛貴們之間的宴請，八月底還會有個菊花會。

趙皇后生前最愛菊，元煦帝特地在景山腳下闢出十畝地，種上各色菊花，又在周圍大興土木種竹種樹，修建亭臺樓閣，以供趙皇后賞菊遊玩。

趙皇后愛熱鬧，每每會請外命婦前來作陪，有時也會乘機約了小郎君小娘子在此相看，久而久之便成了習俗。趙皇后故去，楚貴妃執掌後宮，為了紀念趙皇后，菊花會仍是每年舉行，不曾停過。

大皇子妃就是在菊花會上被選中的，張瑤和顧月娥也是在此得了安郡王妃和榮郡王妃的青眼。

如今二皇子周景平已經二十二歲，三皇子周景然十九歲，兩人都到了選妃的年紀，另外榮郡王家中的第三子今年二十歲，也是要婚配。

按照她的經驗，七月底，禮部會發放請帖，共有六十六張，全發放給家中有適齡小娘子的達官顯貴及五品以上官員。

前世，陸家沒有待嫁女孩，得不到請帖，楊妧從未去賞過菊，這世想來也不可能。

楚映要九月份滿十三歲，而她跟楊姮兩人的戶籍不在京都，楊溥的官身又不顯，並不足以讓禮部知道她這個人。

楊妧動作快，思量著，已經把兩朵旱金蓮收了尾。

門口傳來小丫鬟歡快的聲音。「石榴姊姊來了。」

楊妧忙放下針線笸籮，站起身，就見石榴裊裊婷婷地從影壁後面轉出來，屈膝福一福。「四姑娘，老夫人請您和六姑娘過去趟，有事商議。」

楊妧笑道：「平常多是荔枝或者紅棗來，今兒怎麼勞動妳這個大忙人了？」

「我這是公差兼著私事。」石榴笑道：「前幾天見六姑娘帕子上繡著叢百里香很雅致，正好給老夫人做裙子，想來描個花樣子。您說墨綠色的底搭配百里香好不好看？」

楊妧想一想，拿起剛繡好的旱金蓮。「墨綠色沈悶，繡這個怎麼樣？」

香囊是淺碧色的綢面，配著橘黃色的花朵和油綠綠的莖葉，要多鮮亮有多鮮亮。秦老夫人穿不了這麼惹眼，但是金黃色的旱金蓮絕對能給墨綠色提亮不少。

石榴讚道：「好看！我能從您這裡描個花樣子嗎？」

楊妧爽快地答應。「回頭我描給妳，連同百里香一起。」

說著話，春笑牽著楊嬋出來。幾人一併朝瑞萱堂走，半路上跟趙氏和楊妲會合了。

卻原來，剛才宮裡來了內侍傳貴妃娘娘口諭，召秦老夫人、楚映並楊家三姊妹三天後入宮覲見。

趙氏激動得話都說不索利了。「姨母，要不要添件衣裳，打兩樣首飾？」

秦老夫人笑道：「才三天工夫，哪裡來得及？再者，進宮用不著太過花哨，只乾淨體面即可。」抬手指著一位宮裝打扮的女子道：「這是貴妃娘娘身邊的方姑姑，來教一下妳們宮裡的禮節跟規矩，免得衝撞貴人。」

方姑姑三十歲左右，容貌中等，氣度卻極好，若秦老夫人不提，她好像隱形人一般靜靜地侍立著，現在被大家盯著，又像拂去灰塵的明珠，落落大方光彩照人。

方姑姑教了大半個時辰的跪姿、站姿和坐姿，笑道：「姑娘們悟性都極好，這兩天再練習幾次即可，無須太緊張。進宮後一路都有宮女隨侍，若有不明白的地方，她們可以告知。」

屈了膝，跟秦老夫人告辭。

方姑姑剛走，張夫人行色匆匆地衝了進來，一條玫紫色長裙走得波翻浪湧。「娘，貴妃娘娘召阿映進宮，阿映該放出來了吧？關在清韻閣兩個多月，人都瘦了，貴妃娘娘最疼阿映，瞧見了指定心疼。」

秦老夫人眼皮都不抬，淡淡地說：「不是妳管著廚房，這陣子沒往清韻閣送飯？」這府裡，即便秦老夫人吃不好，楚映也絕對少不了吃的。

張夫人支吾，突然福至心靈道：「楊家姑娘沒進過宮，不知道有哪些貴人，讓阿映告訴她們一聲……還有那天穿的戴的都得事先預備好，免得到時失禮。」

秦老夫人思量會兒鬆了口，吩咐紅棗。「去請大姑娘，順便把她抄的文章也拿來。」

不多時候，紅棗跟兩個小丫鬟分別托著一摞字紙先回來。接著，楚映帶著兩個丫鬟也到了，進門往地上一跪，喚聲「祖母」，再沒有別的話。

人沒瘦，卻陰鬱了許多，盯著人看的時候，目光陰沈沈的。

秦老夫人沈聲道：「大姑娘，妳是不是還在怨恨祖母？」

楚映抬眸，木著臉道：「孫女不敢！」

是不敢，而不是不怨。

秦老夫人豈會聽不出話裡的機鋒，長嘆一聲。「我只妳一個嫡親的孫女，還能害妳不成？地上涼，妳先起來吧。」

楚映起身拍拍裙裾上並不存在的塵土，找椅子坐下了。

屋子裡，張夫人跟趙氏以及楊家三姊妹都還站著，唯獨她一人大剌剌地坐在那裡。

秦老夫人火氣蹭蹭往上躥，又狠命壓住了，強作平靜地問紅棗。「抄完多少了，點過數沒有？」

紅棗低聲回稟。「《女誡》抄了三十二遍，《孝經》抄了四十遍。」離要求的一百遍還差得遠。

秦老夫人隨手拿起一摞翻了翻，墨跡輕重不一濃淡不勻不說，字體也五花八門，顯然並非出自一人之手。這樣的心煩氣躁糊弄了事，就算抄一千遍一萬遍又有什麼用？

秦老夫人頭大如斗，真想放手不管。

可斜眼瞧著楚映，面容有七成隨了張夫人的清麗柔婉，眉宇間的倨傲跟倔強卻像楚釗。

這可是楚家的孫女。

秦老夫人心一軟，長長嘆口氣。「沒抄完的還得接著抄。這樣吧，妳也別拘在清韻閣。從明兒開始，每天早上到祖母這裡來，吃完飯就開始抄……四丫頭也過來，幫我抄幾本《金剛經》，中元節要散出去。」

是想讓楊妧做個榜樣，扳一扳楚映的浮躁性子。

楊妧連聲應著，隔天來瑞萱堂時，把楊嬋描紅的字帖也帶了來。

吃過飯，秦老夫人讓人在大炕上擺兩張炕桌，楚映自己用一張，楊妧跟楊嬋共用一張。

楊妧先指導楊嬋臨完五十個大字，打發春笑帶她到花園裡玩，又另外鋪了紙開始抄經。

《金剛經》是她讀熟了的，並不需要逐字辨認，開個頭就能提筆往下寫。

兩張炕桌並排放著，楚映斜眼就可以看到楊妧寫的字，字跡工整且流暢，更重要的是楊妧抄得快，才半個時辰，案旁已經堆了七、八頁紙，而楚映只寫出來四頁。

若被秦老夫人瞧見，肯定覺得她不用心。楚映咬咬唇，視線落在經文旁邊的茶盅上。

如果裡面的水灑出來，剛抄好的那摞經文肯定全都會被洇，不知道楊妧會不會跳腳……

# 第五十一章

楚映的目光太過熾熱，楊妧想不注意都不成，趁著一張紙寫完，抬眸順著她的視線看去，目光盡頭是自己整整齊齊摞在一起的經文。

旁邊是茶盅。

楊妧做事時不喜歡眼前有雜物，如果寫字，那麼桌面上除了筆墨紙硯外不能再有別的東西，茶盅都不行；又好比繡花，那麼繡花架子的四周除了繡樣、絲線等物外，別的也不能放，所以她才把茶盅放到炕桌桌腳處。

只是裡面並沒有水，她已經喝完了。

楊妧隱約猜出了楚映的打算，畢竟這世間有些人專門愛做損人不利己的事情。遂放下筆，問道：「妳是不是想碰倒茶盅？」

「胡說！」楚映本能地否認，左右看一眼屋裡並沒人，秦老夫人在後面小佛堂唸經尚未出來，底氣便壯了幾分。「是又怎麼樣？我就是討厭妳，要不是妳，祖母根本不會罰我。」

「那妳倒是做呀！」楊妧笑盈盈地端起茶盅，揭開蓋子。「只要碰倒茶盅，我抄的經書就毀了，我不得不重新再抄一遍……想不想試試？」

楚映躍躍欲試，眼眸緊緊盯著楊妧的手。

真的，只要她碰一下，茶盅就會歪倒。如果祖母問起來，她可以推說是楊妧自己不當心。

但楊妧篤定的態度又讓她心生懷疑，她會不會是在下套讓自己鑽呢？

「妳不敢了。那我幫妳好不好？」楊妧笑著將茶盅歪了歪。「我會告訴姨祖母是妳洇花了經文。」

「妳血口噴人冤枉我！」

「我在幫妳呀，妳想毀了我的經文卻又不敢自己動手，所以我才幫忙的……上次花會，妳想攆我們出府，張珮為了幫妳，設計陷害我們當眾出醜。妳對她感激涕零，甚至不惜擔上忤逆長輩的名聲。現在我幫妳，妳為什麼罵我？」楊妧握著茶盅又歪了歪。「如果我說是妳碰倒茶盅的，妳猜姨祖母信不信？」

楚映抿了唇不說話，心裡卻很清楚，秦老夫人必然是信的。

在祖母眼裡，她刁蠻任性、浮躁乖張，幾乎半點好處都沒有，而楊妧穩重大方、乖巧懂事，字也寫得好；楊妧說的話，祖母十有八九會相信。

「那姨祖母會怎麼罰妳呢？再禁足兩個月、三個月？張珮都已經到處參加花會了。上個月在忠勤伯府，她連吹好幾曲竹笛，風光極了……妳卻被拘在家裡不能出門。」楊妧笑吟吟地看向楚映，將茶盅橫過來。「我要倒嘍！」

楚映撲上前一把扶正。「不要！」

楊妧把茶盅給她看。「都喝完了，除非倒扣過來才可能滴那麼一、兩滴……我就說嘛，妳不可能那麼壞。」

楚映氣得漲紅了臉。「妳使詐，太卑鄙了，無恥小人！妳騙我？」

「我騙妳了嗎？我說過裡面有水？還是『妳不可能那麼壞』這句話騙人？」楊妧眼裡帶著促狹的笑，故意揚了聲音喚紅棗。「麻煩妳幫忙把筆墨收拾了，寫這半天字，手有些痠，我跟阿映妹妹到花園裡溜達會兒。」

楚映賭氣。「我不跟妳去！」

「那妳想繼續抄書？」楊妧翻翻她面前的字紙。「連一遍《女誡》都沒抄完，妳還是接著抄吧。」下了炕，尋到繡鞋穿上，抻了抻裙裾，問道：「妳不去我就走了。」

藤黃跟藕紅都不在身邊，而瑞萱堂的丫鬟，楚映不太敢吩咐，想一想，還是出去玩的念頭占了上風，便下炕穿了繡鞋。

出了瑞萱堂，楊妧笑道：「在濟南府的時候，人們都說山海關有何總兵，雁門關有鎮國公，萬晉的江山穩固無憂。聽說進京要住在國公府，我還想楚家的兒女定然是既勇敢又聰明。」

楚映撇嘴。「用不著奉承諂媚我，我才不相信妳的話。」

「我不是諂媚，因為進府之後，我發現自己錯得離譜。世子爺我不便評價，就說妳吧，勇敢應該是有，至少敢做敢當，聰明卻毫不沾邊……我不明白，我只是在國公府暫住，又不會賴著不走，也不會影響妳大小姐的身分，妳為什麼對我敵意那麼大？」

楚映揚起下巴，這副驕傲的神情跟楚昕有七、八分像。「我就是討厭妳，不可以嗎？妳不來，家裡平安無事；可妳來了，祖母一會兒誇妳女紅好，一會兒誇妳寫字好，誰聽了會高興？」

哈！果然是因為這個。楊妧乘機跟她解釋。「妳跟我不一樣啊，我因為給義兄抄書才練字，做女紅是因為家裡不富裕，平常穿戴用的小玩意兒都是自己做，這才練出來的。妳又不是繡娘，能繡個應景的荷包就足夠了，學那麼好做什麼呢？再者，妳通韻律，能賦詩作詞，我連對仗的平仄都搞不明白，撫琴吹笛什麼的更是一竅不通，妳為什麼非把自己的弱點跟我的長處比呢？」

楚映如夢初醒，像久旱之後又落了雨的秧苗，整個人都精神了，得意地拊掌。「沒錯，我會的東西比妳多多了。」

「但還是有一點不如我，我看人比妳強。」楊妧有意放慢了步子，語調也隨之放慢。「假如花會時，我真的被張珮設計當眾出了醜，妳猜別人會怎麼說？我是楚家的客人又剛到京都，對孫家大爺的情況不了解……別人會指責我，還是會覺得國公府行事不周？」

楚映不作聲。

楊妧繼續追問道：「假如是妳，到別人家赴宴，主人家裡鬧出醜事，下次妳還會心無芥蒂地去嗎？尤其醜事的起因是主人家的女兒對客人不滿意。所以，妳想讓別人覺得國公府混亂無章，覺得妳心眼狹窄容不得別人？」

「哼！」楚映梗著脖子。「我才不管別人怎麼說，名聲不過是浮雲，既不當飯吃又不當水喝，有什麼用？」

她穿青碧色衫子，站在滿樹紫薇花下，肌膚細膩如上好的美玉，蛾眉輕蹙，鳳眼微挑，雖在氣憤中，卻也是漂亮的。

楊妧輕「哈」一聲。「名聲不能當飯吃嗎？」伸手在左腕用力一掐，擼起袖子，嫩白如蓮藕的臂上頓時出現了一塊紅。

楚映看得莫名其妙。

楊妧笑道：「我會告訴姨祖母，妳欺負我，嫌我吃多了楚家的飯，再委屈地哭一哭，妳說妳的晚飯還能不能吃上？」

楚映一張俏臉頓時變得通紅，恨恨地盯著楊妧。「妳太壞了，真卑鄙！」

楊妧圓睜著雙眼，一臉無辜地說：「我在告訴妳名聲可以當飯吃啊！好名聲可以堵住別人的嘴，遮住別人的眼……說起壞，我可不如張珮。妳們兩人那麼要好，妳在家裡禁足，她卻到處參加花會宴請，玩得不亦樂乎，我猜她根本沒惦記過妳。」

「妳不也到處玩了嗎？這兩、三個月，祖母帶妳參加過十幾次宴請了吧？」

楊妧一下下拍著紫薇樹，看著滿樹枝葉不停地搖晃，渾不在意地說：「我跟妳又不要好，也算不上朋友，為什麼不能出去玩？妳的意思……咱們倆可以算是朋友？」

「才不！」楚映氣呼呼地掉頭就走。

楊妧看著楚映的背影，樂不可支，抬手輕輕拂去肩頭散落的紫薇花瓣。

秦老夫人的意思她明白，是要她想方設法把楚映的性子扳過來。

她願意幫這個忙，畢竟，現在她跟楚家是串在一起的螞蚱，鎮國公府屹立不倒，才能給她和楊嬋提供更多的庇護。

連著兩天，楊妧跟楚映都在鬥嘴吵鬧中度過，第三天一早，四位姑娘精心打扮好，跟秦老夫人進宮拜見貴妃娘娘。

馬車徐徐停在神武門，其中一個守衛殷勤地迎上來，拱手喚聲「老夫人」，言談間頗為恭敬。楊妧看他有些面熟，像是在哪裡見過，卻又不太確定。

守衛查看過對牌，粗粗驗了下隨身攜帶的衣物，便揮手放行了。

剛進神武門，就有兩個面容親切的太監迎上來道：「奴婢給老夫人請安，給幾位姑娘請安……老夫人近來可好，貴妃娘娘一早就打發咱家在這等著。」

「好，好著呢！」秦老夫人「呵呵」笑著。「讓王公公惦記了。」

莊嬤嬤忙掏出兩個封紅塞了過去。

王公公接過，不動聲色地捏了捏，臉上笑意更甚。「貴妃娘娘吩咐備了軟轎，快抬過來……」

楚貴妃住在儲秀宮，從御花園往西，一路經過延輝閣、位育齋到了思善門。思善門旁邊有小小的兩間寮房，是宮裡侍衛當值暫歇之處。

楊妧記得清楚，她第一次見到楚昕就是在那裡。

楚貴妃薨逝，元煦帝以「皇后」之禮治喪，外命婦需到思善門哭靈三日。

那會兒是冬月，天已經很涼了，楊妧第二胎剛上身兩個月，跪不多時，就覺得身子發冷、腹中絞痛。她悄悄告訴婆婆，婆婆苦著臉道：「我有什麼辦法，大家都跪著，妳暫且忍一忍吧？」

楊妧忍不了，便求助錢老夫人。

錢老夫人臉色頓時變了，告訴旁邊的宮女。「長興侯夫人身子不爽利，快找個地方歇一歇。」

宮女見她臉色慘白，也怕擔上責任，未及通稟，急匆匆地將她扶到寮房。因侍衛們都在當值，寮房裡並無別人。

錢老夫人心疼地望著她。「妳這傻孩子，怎麼不知道愛惜自個兒？身體不舒服就該早點說出來，事關子嗣，貴妃娘娘在天有靈必不會見怪。妳婆婆也是……」

楊妧既是疼又覺得委屈，低著頭默默流淚。

這時，有個身穿護甲的男人走進來，身材高大挺拔，渾身散發著凌厲的寒意。

他驚訝地朝錢老夫人拱了拱手。錢老夫人似是認識他，語調隨意地說：「陸夫人身體不適，在這歇會兒。你這裡有沒有熱水，先給她喝一口，宮女去沏茶、請太醫了，還沒回來。」

「趙良嬪哭暈了，太醫正圍著診治，恐怕一時半會兒騰不出人手。」男人走進裡屋，拎出來一只暖窠和一個茶杯。

熱水下肚，楊妧覺得身子暖了些，下腹卻仍舊漲得難受。

她皺著眉頭等待太醫，就感覺男人目光直直地落在她身上，視線裡帶著陰鬱，卻又旁若無人、肆無忌憚。

這目光太過駭人，楊妧如芒在背坐立難安，便想起身出去，誰知道男子先抬腳往外走。

正好宮女提著茶壺回來，楊妧聽到宮女恭敬地招呼。「楚世子。」

那一刻她才明白，原來這個男人就是聲名狼藉的楚昕。

# 第五十二章

進入思善門，走不多遠是漱芳齋，再往前是麗景軒。趙良嬪便住在麗景軒，離儲秀宮極近。

趙良嬪是趙皇后的堂姪女，模樣性情很有幾分趙皇后的品格。

那年上元節，宮裡舉辦燈會，趙良嬪迷了路，不知怎麼走到坤寧宮門口。剛巧元煦帝悼念完趙皇后從裡面出來，兩人碰了個正著。當夜，趙良嬪沒有出宮。三天後，得了美人的封號，再一年有了身孕，晉升為嬪。

眼下趙良嬪還沒進宮，麗景軒的圍牆脫了漆，斑駁不平，碧綠的青苔從牆縫裡滲出來，透著股荒涼的陳舊感。

相較之下，儲秀宮則要體面得多，牆面光潔、門窗氣派，院子左右各擺一支青花瓷的大缸，養了錦鯉和睡蓮。

一位穿著豆青色宮裝的宮女笑盈盈地挑起湘妃竹簾，楊妧目光落在竹簾的綴角上。

是兩塊雞蛋大小、雕成兔子形狀的羊脂玉。羊脂玉玉質溫潤，雕工栩栩如生，兔子憨態可掬，就連嘴邊的鬍子也絲絲不亂。

這麼好的玉雕，用來做綴角……便在宮裡也不多見吧？可想而知，眼下的楚貴妃仍是倍受恩寵。
只是，趙良嬪進宮後，一切就都變了。
楊妧匆匆一掃便收回目光，跟在楚映身邊走進正廳，目光不敢斜視，只盯著腳前暗紅色的地氈。
未幾，耳邊傳來秦老夫人的叩拜聲。「臣婦參見貴妃娘娘。」
楊妧忙跪下，隨著道：「叩見貴妃娘娘。」
「都起來吧，看座。」一聲音有些慵，卻悅耳。
有宮女上前將幾人攙扶起來。
楚貴妃笑問：「這就是濟南府來的幾個女孩子？過來讓本宮看看。」
楊妧牽著楊嬋走到前面，抬起頭，乘機看清了楚貴妃的相貌。
楚貴妃穿件玫瑰紅織寶藍色柿蒂紋的褙子，帶著點翠大花，算起來應該是四十五、六歲，卻保養得卻極好，看上去三十出頭似的。大眼睛、高鼻梁，眉宇間有股不加掩飾的傲氣——楚家人好似都挺傲的，自然他們也有驕傲的資本。
秦老夫人介紹道：「個子最高的是二丫頭，那邊是四丫頭，最小的是六丫頭。」
楚貴妃逐個兒看過去。
楊姮穿杏子紅纏枝紋褙子，月白色挑線裙子，烏黑的長髮綰成如意髻，戴了赤金鑲紅寶的分心、掩鬢以及頂簪，珠光寶氣的，只是眸中怯意太重，完全撐不起這麼富貴的打扮，反而被襯得格外懦弱，像是偷戴了別人的首飾一樣。

楊妧打扮得清雅而不寡淡，淺碧色繡著大朵粉色月季花的襖子，搭配懷素紗裙子。懷素紗是淺綠色，宛若一汪靜水，看著讓人感覺心靜，目光也沈，有種超出年齡的老成。

楊嬋則穿嫩粉色襖子，梳著雙螺髻，戴了南珠花冠，頸間套著瓔珞圈，眼眸清湛湛的，粉雕玉琢般可愛。

「這孩子生得福相。」楚貴妃含笑指向楊嬋。「看這雙眼就知道，定然是個伶俐孩子。」

楚貴妃回身吩咐宮女。「把那幾支釵簪拿來給姑娘玩。」

話音剛落，方姑姑已經將托盤呈上來，寶藍色絨布上擺著三支一式一樣的梅英采勝簪，不偏不倚。

楚貴妃替三人戴上，打量幾眼，誇讚道：「個個生得都那麼漂亮齊整，難得進宮一趟，別在屋裡拘著，綠枝帶姑娘們到外頭轉轉，別走太遠了。」

綠枝笑著答應聲，帶著楊家三人和楚映一道出去。

待她們離開，楚貴妃使個眼色，廳堂裡宮女魚貫而出，只餘下方姑姑一人伺候。

楚貴妃移到羅漢榻上，舒適地靠著大迎枕，對秦老夫人道：「您也過來坐，鬆散鬆散……聽說前陣子又病過，今兒瞧著氣色還不錯。」

秦老夫人講了講楚昕短暫的相親過程。「我費盡心思挑的人，聽昕哥兒這麼胡鬧，一時想不開，心裡窩了股火氣。」

楚貴妃目露微笑，不以為然地道：「昕哥兒傲著呢……他這脾氣跟驢子似的，要麼挑個跟他一樣性子跳脫喜歡胡鬧的，兩人情投意合，能玩到一處；要麼幹脆別考慮他，只為了國公府的前程，那就選廖家或者徐家的姑娘。」

秦老夫人道：「我看中四丫頭了，人聰明又懂事。」

「不行。」想起那雙靜水般的雙眸，楚貴妃斷然否認。

「聰明也可以說是心機，楊四老成得不像十三歲……您看人的眼光不如我，就別跟著操心了。當初挑了張氏，您可後悔？」

秦老夫人悔過多少回了，可在這個素來不睦的繼女面前卻不願承認，語調淡淡地說：「有什麼悔的，張氏不進門，也生不出昕哥兒來。」

楚貴妃「哼」一聲，懶得揭露她的小心思，轉了話題。「前些天，皇上誇昕哥兒長進，上次跟忠勤伯府那個老三把修繕倉場的差事辦得極漂亮。這次兩人又打算摻和祿米的事……皇上問我怎麼看，我能怎麼看，只說叫了家裡人來問問。」

秦老夫人將事情的前因後果說給楚貴妃聽。

「顧夫人求娶廖家十四姑，提了三次碰了滿頭滿臉的灰。顧三抹不下面子，拉著昕哥兒要上進……跑到皇上跟前求差事是四丫頭出的主意，她說這種肥缺，底下官員肯定早有人選，落不到昕哥兒頭上，不如直接……也是求個光明正大心安理得。祿米的事，我不太清楚，興許兩人修繕糧倉想出來的。昕哥兒倒是找四丫頭商量過，還說發財之後把我院子用細紗搭個天棚，夏天可以擋蚊蟲。」

「是個孝順的。」楚貴妃輕笑。「整個院子搭天棚，得花費多少銀子？昕哥兒天天死皮賴臉地求肥差，就是為了這個？」

秦老夫人道：「不管為什麼，都是其次。我只想昕哥兒能熬熬性子，別太任性。」將話題又扯到楊妧身上。

「四丫頭相勸，他雖然也犯倔，卻是能聽進去幾分……我瞧中四丫頭，也是因為年底那場病。國公爺給我託夢，說十年之內國公府有大禍，可從楊家門裡挑個屬馬的來化解，四丫頭可不就屬馬？」

她說的國公爺是先頭的鎮國公楚平，貴妃娘娘的父親。

楚貴妃聽她這般說，神情暗了暗。「楊四模樣還行，只是那雙眼跟古井似的……眼冷心也冷，我怕昕哥兒壓不住她，受了委屈。」

秦老夫人心頭一跳。

前世，楚昕一顆心便記掛在楊妧身上，可不是受了委屈？而楊妧半點不知。

秦老夫人莫名就想起楚貴妃停靈的事。

昕哥兒本是要留在宮裡守夜，那天卻突然回了家，跟她說：「祖母，長興侯夫人身懷有孕，明兒哭靈，您照拂一下……也是替姑母積德。」

哭靈時，秦老夫人和定國公夫人等幾位老封君在最前頭，長興侯是沒落侯爵，排得比較靠後，秦老夫人竟沒留意到中間出了波折。

第二天，她趕到思善門，聽說陸夫人因為小產告了病。

那是元煦十七年的事。再過三年，沒有楚貴妃在宮裡斡旋，楚家終於樹倒猢猻散。

秦老夫人抬眸看著跟前身體健康面色紅潤的楚貴妃，關切地問：「妳身體怎樣？夜裡能寬睡嗎？太醫請脈時怎麼說？」

「都很好，再活一、二十年沒問題，足以看到昕哥兒抱孫子……倒是您，年前才病過，這又生病，以後別總跟我對著幹，心思放寬點，多活兩年替昕哥兒守著家業，否則……聽說您發作了張家？」

「張氏行事太過了。」秦老夫人嘆一聲，瞧見有宮女挪著細碎的步子進來，忙止了聲。

宮女低聲道：「回稟娘娘，安郡王府周夫人和靜雅縣主求見。」

楚貴妃皺起眉頭。「前天安郡王妃剛來過……也不動腦子想一想，國公府跟宗室聯姻百害而無一利，靜雅又不是個出挑的。」稍頓一下，微揚了聲音。「請進來吧！」

未幾，張瑤跟靜雅裊裊娜娜地走進來。

彼此見過禮，楚貴妃吩咐上茶擺了點心，笑道：「妳們倒來得巧，阿映和楊姑娘也在宮裡，正好湊一起了。」

又回頭對方姑姑道：「看姑娘們在哪兒，打發人請回來。」

方姑姑恭聲回答。「秦桑去找了，這會兒日頭升得高，玩太久怕曬得頭暈。」

沒多大工夫，門口傳來歡快的嬉笑聲。

楚映手捧著一大把花草衝進來，喜悅地嚷道：「方姑姑，拿只花瓶來，把這束花插上……姑母，您覺得好不好看？」

楚貴妃打量一番，花束正中是兩枝碗口大的月季，四周配著錦葵等小花，還有各色綠葉子，乍看起來覺得雜亂，細瞧卻是錯落有致。不由笑問：「到哪裡玩去了？沒看到有客人在？」

楊妧恭恭敬敬地給張瑤和靜雅行了大禮，楚映卻只隨意地福了福。「妳們也進宮玩？」轉過頭接著回答楚貴妃。「剛才到御花園，公公們正修剪花草，我們就討了這些。月季花是他們孝敬的，還有兩枝小點的給六妹妹戴。」說著將楊嬋拉到身邊。「姑母瞧。」

楊嬋跑得有些熱，臉頰紅撲撲的，頭上的花冠和金簪都已除掉，只留兩朵月季花，更顯活潑。

楚貴妃掏帕子親自給她拭了拭腦門上的汗，吩咐道：「去絞條濕帕子給姑娘擦擦臉，再有楊梅汁或者西瓜汁端過來，別要冰的。」

宮女們立刻端銅盆絞帕子，又端楊梅汁，又切了井水湃過的西瓜，忙得不亦樂乎。

張瑤微笑地看著，靜雅卻感覺自己好像被冷落似的，喊著楚映的名字問：「聽說妳在家裡禁足抄書，都抄完了嗎？」

楚映沈了臉。「妳聽誰說的？」

「張珮呀！先前在忠勤伯府她說的，後來在定國公家也遇到一次，她說妳可能到中秋節都出不來。」

楚映的臉色更沈了。

姑娘家，誰都被家裡責罰過，可是誰都不願意在外人面前承認被罰。

楊妧決定給張珮上點眼藥，「咦」一聲。「張二姑娘是這麼說的？可阿映是因為臉上長了桃花癬怕見風才不出門的。余家大娘子先前也長過，在家裡悶了將近一個月才好，張二姑娘沒說余大娘子也被罰了吧？」

「對呀，」楚映順桿往上爬，摸著自己的腮幫子。「我臉上每年都長癬，她又不是不知道，為啥這麼編排我？」

張瑤連忙替張珮辯解。「二妹妹不是那種背地裡說瞎話的人，可能她本意並非如此，別人聽差了，便以訛傳訛傳到靜雅耳朵裡了。」

言外之意是，把鍋推到那個不存在的「別人」身上，大家糊裡糊塗地揭過此事罷了。

靜雅可不是能聽懂「話外音」的人，而且張珮好似對楚昕也頗有情意，靜雅要在秦老夫人和楚貴妃面前把她貶得一文不值，遂大剌剌地說：「張珮是當著大家的面說的，好幾個人都在場，怎麼可能聽差了？她還吹竹笛了呢！嫂子不信，可以找別家小娘子對質。」

張瑤面紅耳赤。她就是腦子被門擠了，也不可能找別人對質吧？明擺著是兩邊不討好的事情。靜雅也真是，貶損張珮，她又能得到什麼好處不成？

楚映更是怒不可遏。原來張珮並非私底下告訴靜雅，而是當著大家的面。以前張珮經常私下說她們兩人既是表姊妹又是好朋友，比親姊妹都要親，可朋友會把自己的醜事大張旗鼓地往外宣揚嗎？

可真是壞透了！

# 第五十三章

楚貴妃饒有興致地打量著小娘子們。

靜雅素來愛挑事，損人不利己，楚映則是一根腸子通到底，腦子不愛轉彎。這兩人的表現完全在意料之中。

楊媗躲在旁邊小口抿著酸梅汁，看似置身事外，可眼珠子骨碌碌地不時掃著周圍。應該是自己不敢惹事，卻喜歡跟三姑六婆打聽別人家事情的主兒。

讓人想不到的是楊妧。

她站在楚映身邊，臉上帶著淺笑，神情坦然而篤定，彷彿這一切都在她掌控之中似的。

一個年紀不大，出身又不高的姑娘，竟然會有這份自信？

可這樣的態度卻讓人很有好感。

楚貴妃眸光閃了閃。

送客人離開之後，楚貴妃覺得有些倦，微合著雙目在羅漢榻上歇息，卻睡不著，腦子跟走馬燈似的轉得飛快。

她不信夢，有時候卻不得不信。

剛進宮的兩、三年，那會兒趙皇后還在，她曾經懷過孩子。有天夜裡，突然夢到過世的娘親，娘親告訴她，孩子是死門，要想活著就把孩子捨了吧！

好不容易才懷上龍種，而且極有可能是位龍子，她怎麼忍心捨掉？

娘親說，生下來也養不大，到時候更難過，趁著月分尚輕，斷了母子的緣分，孩子還能早點投胎。

隔天早晨，她給趙皇后請安。坤寧宮門口臺階上有灘水漬，她不當心，踩上去摔了一跤。

太醫開了保胎藥，要她臥床休養兩個月。楚貴妃權衡好幾天，終是聽從娘親的話，偷偷把藥倒了。

孩子沒保住，她也再沒懷過孕。

跟她同期進宮的美人、才人們也有幾人懷過孩子，或是小產或是難產，沒有一個生下來的。最慘的是王昭儀，孩子已經露了頭，正緊要的時候，穩婆遞給她一碗參湯，王昭儀剛喝完就斷了氣。

秦老夫人說國公爺託夢，倒是有可能。

楚平跟秦蓉真正相處的時間並不久，感情還不錯，若非她那會兒不懂事，總是在父親面前說秦蓉壞話，說不定兩人還能再有個孩子，也不至於到現在，國公府只有楚昕一根獨苗苗。

楚貴妃想得入神，聽到細細碎碎的腳步聲傳來，又聽得幾聲耳語，腳步聲漸漸離開。

楚貴妃緩緩睜開雙眼，方姑姑道：「剛才綠枝說司苑局王公公的徒弟送了兩盆花，我讓她去拿角碎銀子賞人。」

正說著，綠枝指使兩個宮女將花搬了進來。

一盆是君子蘭，簇簇擁擁二十幾朵橘黃色的花擠在一起，開得喧鬧而熱烈。另一盆是茉莉，青翠翠的綠葉間星星點點綴著潔白的小花，帶來滿屋子甜香。

楚貴妃讚不絕口。「難怪皇上看重王洪，確實有幾分才能。君子蘭通常都是正月開花，沒想到夏天也能開這麼好。」

「也太恃才傲物了些。」方姑姑道：「王公公吝嗇得要命，鐵公雞似的，我跟他將近二十年的交情，平常討盆花不知道要費多少口舌，還得保證不能把花養死……這些年也不知道得罪了多少人……對了，今天怎麼太陽打西邊出來了，竟然主動給娘娘送花？」

綠枝上前回稟。「先前在御花園，王公公新收的乾兒子王儉衝撞了四姑娘。」

「衝撞了？」楚貴妃蹙眉。「怎麼回事？」

「我們正賞花，王儉冷不防從旁邊小路躥出來，一頭扎到四姑娘身上，四姑娘差點摔倒。王公公要把王儉綁了送來請娘娘發落，四姑娘攔住沒讓……四姑娘說如果送到儲秀宮，貴妃娘娘若是真發落個七、八歲的小太監，未免讓人以為苛責；若是不發落，又恐被人說管事不嚴。她既不疼也不癢，此事就作罷，只當沒發生過，讓王儉以後走路看著點人……所以王公公才剪了最好的兩枝月季給我們。」

「是個大度能容人的，也聰明。」楚貴妃想起楚映她們從外面回來時興高采烈的樣子。

楊妧也一直言笑晏晏，臉上半點異樣也沒有，否則只要稍微露點委屈或眼底帶絲紅，她肯定要過問。

若是換成靜雅，王儉挨幾板子算是輕的，就連王洪也跟著吃掛落。到頭來，王洪父子說不定連自己都要怨恨上了。這樣的性子不結仇，真要娶進門，對楚家倒也沒什麼壞處。

楊妧倒沒想那麼多，七、八歲的小子正是貓狗都嫌棄的年紀，即便是在規矩森嚴的宮裡，也擋不住孩子愛鬧的天性。她只是被撞了下，沒傷筋沒動骨，只稍有點疼而已，不如做個順手人情，也免得給貴妃娘娘拉仇恨。

一眾人回到府裡，楊妧跟秦老夫人請示。「姨祖母，我明兒想去趟真彩閣，不知道行不行？」

「行。」秦老夫人毫不猶豫地答應，吩咐荔枝。「拿著對牌請小嚴管事安排馬車。明兒還是辰正，妳自己去還是約了余大娘子？」

「不用那麼早，巳初就可以。」楊妧朝荔枝笑笑，接著答道：「新梅這幾天身子不爽利，不能出門；心蘭跟明夫人早些天就去田莊避暑了，明兒我帶著小嬋去。」

她跟范二奶奶約定好了，范宜修巳初讀完早課，也會到真彩閣。

楚映瞟一眼楊妧飄動若碧波的懷素紗裙子，插嘴道：「祖母，我也想去看看，好幾個月沒裁新衣裳了。」

秦老夫人道：「今兒是貴妃娘娘召見，特許妳出府，妳的書還沒有抄完。」

楚映拉長了臉抱怨。「一百遍，就是神仙也不可能抄這麼快。」

楊妧覷著秦老夫人的臉色開始發黑，連忙打圓場道：「要不這樣，下午妳把明兒要抄的書寫出來，那就一起去。《女誡》和《孝經》各寫一遍，怎麼樣？」

《女誡》和《孝經》都是兩千四百多字，抄一本大概一個時辰，兩本就需要兩個時辰。現在已經晌午了，就算不停筆地寫，也要抄到傍晚吧？楚映很不情願，可看到楊妧臉上一副看好戲的表情，咬牙道：「寫就寫，誰怕誰！」

楊妧補充道：「還得寫得好，不許糊弄，如果寫成歪歪扭扭七上八下，乾脆別浪費筆墨為好。」

楚映別過頭，輕「哼」一聲，算是答應了。

吃過飯，消了食，秦老夫人到內間歇晌覺。

紅棗把兩張炕桌擺好，筆墨紙硯等文具都擺出來，又沏了壺釅茶放在旁邊。

楚映喝著茶，嘀咕道：「祖母的心都偏到沒邊了，以往我要出門，她總是問東問西，這也不許那也不行的。」

楊妧扯著袖子研墨，聞言輕笑。「那是因為我穩重，行事有度，姨祖母對我放心。妳討厭學規矩，也不在乎名聲，這會兒看出好名聲有用了吧？阿映，妳要知道，學規矩不是為了束縛自己，而是要更好地利用規矩。」

楚映撇嘴。「我沒妳那麼多心眼……張珮確實壞，當面一套背後一套，可妳也沒好到哪裡去。」

楊妧渾不在意地說：「那妳別搭理我好了，如果再有下次，我也不幫妳圓臉面，還要弄花妳抄好的書。」

楚映「切」兩聲，忙將盅裡茶水喝完，遠遠地收到炕邊矮几上，也開始研墨。

楊妧鋪好紙，提筆給關氏寫信。

平生「頭」一次進宮，肯定要大肆宣揚出去。楊妧言辭詳細地描寫了皇宮的綿延紅牆，重重宅院，御花園裡各種爭奇鬥豔的花卉，最後語帶遺憾地說，可惜沒能嚐嚐皇宮裡的菜，是不是真的好吃到天下無雙？

又接著給何文雋寫信。

進宮的事情一筆帶過，卻提起楚昕在研讀《太公兵法》，問他是否可以把那本排兵布陣的冊子送給楚昕。

她寫完將兩封信分別封好，明天正好順路送到驛站，免得再麻煩別人。

翌日，楊妧和楚映按照約定好的時間去了真彩閣。

范宜修已經到了，行過禮之後，歡快地拉著楊嬋往後院走。

范二奶奶哭笑不得。「修哥兒也不知道像了誰？他大伯家裡有個堂姊，舅舅家裡也有兩個女孩，他都愛答不理的，嫌她們聒噪，這會兒他倒成了愛嘮叨的那個……昨兒特特央求隔壁家老先生做了兩支竹哨，說跟六姑娘一人一支。」

話音剛落，就聽後院傳來短促的哨聲。

楊妧莞爾微笑。「修哥兒活潑可愛又不失敦厚，很難得。」

范二奶奶長嘆一聲。「范家先祖是走街串巷的賣貨郎，能有現在的家業，靠的就是敦厚老實……世人都說商人奸猾，其實不然。商人位低名賤，可以說是位於最下層了，倘若再無誠信，怎可能在世間立足？」

楊妧深以為然。奸猾者古而有之，豈止商人，恐怕還是官員最多吧？

趁著楚映去量體裁衣的時候，楊妧把這個月做的兩身衣裳拿出來，范二奶奶笑道：「上次的馬蘭花極受歡迎，誰來了都要多瞧幾眼。襖子也做得好，很快滿大街就要時興起來了。」

楊妧指著裙襬處一溜橙黃色的花朵。「這次繡的是萱草，配月白色最雅致。意頭也好，萱草忘憂。」

范二奶奶讚嘆著稱是，很痛快地把這次的酬勞結算了。

兩人一起下樓到後院去，走到布簾跟前，聽到范宜修清脆的聲音，不厭其煩地問：「妳會寫信？哦，妳會寫的字不多，肯定寫不了，那就是妳姊寫信。妳姊給妳娘寫信？妳娘給妳姊寫信？那是誰寫信呀？妳再寫個字讓我看看。」

「這孩子，話真多。」范二奶奶笑著掀起布簾。

范宜修跟楊嬋頭挨著頭俯在石桌上，石桌上鋪了好大一張宣紙，上面寫了個歪歪扭扭的「信」，還有個「長」。

楊嬋提著筆眉頭緊皺著，連畫好幾筆都寫不出形狀，小嘴嘟著，很是沮喪。

范宜修貼心地寬慰。「沒關係，下次我把字帖帶來，上面很多字，妳想學哪個，我教給妳。」

楊妧眸光一亮，這倒是個辦法。楊嬋年紀小，拿筆笨拙，可以先學認字。認字多了能自己看書，寫起來也容易，以後即便仍不肯說話，至少能夠與人溝通。

那就從明兒開始，抽出一刻鐘教她認《三字經》。

沒多大會兒，楚映心滿意足地從樓上下來。「我挑了四身，可一定仔細點替我做，還要快，我想中元節廟會的時候穿。」

范二奶奶道：「楚姑娘儘管放心，我們既然接了您的活計，必定會按期交貨，十天之後您過來取，或者我給您送到府上都可以。」

「我來取，順便試一試。阿妧也一起來。」

楊妧笑道：「若是得閒咱們就來，不得閒就沒辦法了。」

辭別范二奶奶，楚映小聲嘀咕。「愛來來，不愛來拉倒，我又不求著妳。」

楊妧沒好氣地說：「我這不是替妳圓話嗎？妳確定十天後一定能把書抄完，姨祖母一定會放妳出門？依我看，就是中元節也未必能抄完。」

楚映頓時啞了聲。

如果要十天抄完的話，她必須每天抄三遍才成，三遍就是六個時辰，會抄死人的！

楊妧抿嘴笑。「以後話不要說太滿，給自己留點餘地。」伸手去牽楊嬋，卻見楊嬋歡快地往前跑去。

不遠處，楚昕手握馬鞭長身玉立。

他穿寶藍色直裰，束著白玉帶，頭戴白玉冠，精緻的面容和華麗的衣著惹得來往行人不斷矚目。他像是已經習慣了這種目光，下巴自然而然地揚起，目中流露出張揚的驕縱。

因為他容貌實在出色，這種驕縱並不讓人討厭，反而有種高高在上的矜貴，讓人不敢輕易去招惹。

楊妧不由微笑，腦子裡突然蹦出韋端己的詞句——陌上誰家少年，足風流。也難怪，張珮也罷，靜雅也罷，一個個都喜歡他。

隔著往來行人，楚昕瞧見她的笑容，目光驟然變得熾熱，唇角高高翹起。他迎上楊嬋，牽著她的手急切地走到楊妧面前。「我有個好消息告訴妳。」

楊妧略思量，笑問：「祿米的事？」

「嗯！」楚昕重重點頭，意氣風發地說：「皇上應允放兩個倉場的新米給我們，一個倉場六個米倉，兩個倉場十二個米倉，差不多六萬石糧米。」

「恭喜表哥！」楊妧很為他高興。

「這會兒不方便，回去詳細跟妳說。」楚昕臉上是掩飾不住的開心。「妳的事辦完了嗎？要不要去趟同寶泰，我正好閒著，可以陪妳去打簪子。」

「哥，我要去！」楚映對糧米倉不感興趣，可聽到同寶泰便來了精神，撩起帷帽上的面紗，湊到前面。「哥，我想去同寶泰，你給我買支釵。」

楚昕這才發現楚映，驚訝地問：「咦，妳怎麼在這裡？」

# 第五十四章

楚映完全沒覺得這話有什麼不對，指著身後真彩閣道：「做衣裳啊！剛做了件天水碧繡玉蘭花的襖子，要搭配珍珠或者石頭才清雅。我以前幾支珠釵都不好看，想買支新的。」

楚昕賺了四千多兩銀子，財大氣粗地說：「沒問題，哥買給妳。」彎腰抱起楊嬋，親暱地道：「給小嬋也買支漂亮的簪子戴。」

楊嬋伸出兩隻肉乎乎的胳膊圈住他的脖子，眉開眼笑。

楊妧思量著。「要不改天吧，今兒有些晚了，怕趕不及吃午飯。」

「那就在外面吃。」楚映大剌剌地說：「府裡的菜翻來覆去都是那幾種，早就吃膩了。咱們去東興樓吧，他們的炸響鈴和燴三丁極有名；會仙堂也可以，翠蓋魚翅是一絕，還有水晶肘子，比咱們府裡做的好吃多了。」

楚昕拊掌贊成。「順便到慶和堂吃什錦冰碗，他們的冰碗用了新鮮雞頭米，比別處更清甜。」

東興樓、會仙堂和慶和堂都在三條胡同，離同寶泰極近，而且都是京都數得上名號的館子，菜品花樣多、味道好，價錢自然也很是頂好的。

那道翠蓋魚翅是用了大個的紫鮑、雲腿以及油雞的雞皮提味，一盤菜要八兩銀子，足夠小戶人家一年的嚼用了。

這兄妹倆，真正是含著金湯匙出生的，說起京都名吃如數家珍。

楊妧微笑著搖頭。「先前只跟姨祖母說到真彩閣，不好再往別處耽擱，改天去同寶泰也可以。」

「出都出來了，晚點回去又能怎樣？」楚映拉長著臉。「妳不去算了。哥，咱倆去。」

楚昕卻以楊妧馬首是瞻。「還是先回府吧，改天稟過祖母再出門。」

「我偏要去！」楚映脾氣上來，喚藕紅和藤黃。「跟車夫說，咱們去同寶泰。」

藕紅為難地瞥一眼楊妧，目露祈求。

上次花會，她因為跟幾個小丫頭傳話，已經受過懲罰，這次如果再犯錯，可就不是罰月錢打板子這麼簡單了。

楊妧勸楚映。「珠釵什麼時候都可以買，過幾天說不定會有新樣子，今兒沒稟報姨祖母，還是先回府吧？」

楚映昂起下巴，斜睨著她。

「那也說不定好看的樣子都被人買走了呢？」

楊妧不打算在大街上跟她爭辯，語調輕鬆地說：「好吧，隨便妳。不過，妳可想清楚了，不跟我一塊兒回去的話，中元節很可能出不了門哦。」

楚映愣住，惱怒地跺跺腳。「妳討厭！」用力甩一下面紗，氣嘟嘟地往馬車那邊走。只可惜面紗太輕，再怎麼用力也甩不出氣勢。
楊妧笑著吩咐藕紅。「去看好妳們姑娘。」又對楊嬋道：「表哥抱著太熱，下來吧，咱們回家。」
楊嬋不甚情願，卻也聽話地下來，扯住楊妧的手，仰著臉可憐巴巴地盯著她。
看起來，楊妧很會管教人，一個兩個都服服帖帖的。楚昕唇角高高翹起，微笑著問：「慶和堂的冰碗真的很好吃，要不我給妳買回府裡吃？」
這麼熱的天，從三條胡同帶回荷花胡同，冰碗還能叫冰碗嗎？楊妧無語，想起街角的味為先酒樓，便道：「要不表哥到味為先要個八寶豆腐和龍井蝦仁吧，估計姨祖母會喜歡。如果有魚羹的話，就再要盆宋嫂魚羹。」這個楊嬋喜歡吃。
楚昕滿口答應，一手提食盒，另一手控馬狂奔回府，瑞萱堂還沒擺飯。
看到食盒，秦老夫人高興得合不攏嘴，又聽說楚昕得了皇上應許，可以兌換祿米，由衷的喜悅與自豪從心底噴湧而出。她點著莊嬤嬤，卻喚著紅棗的名字。「讓廚房裡加菜，有什麼好吃的趕緊擺出來。大姑娘和四丫頭的菜都送到這裡，把二丫頭也請來……昕哥兒，吃完飯記得給你爹寫信說一聲，就寫你現在出息了，皇上也看重你，連著指派兩樁大差事……對了，前幾天你送進來的桃花釀還沒喝，荔枝去找找放哪裡了？」
瑞萱堂諸人被支使得人仰馬翻。
楚昕微垂著頭，心裡有種說不出的感覺，有些酸有些澀。

往常祖母跟他說最多的就是：「昕哥兒，出門千萬當心，別磕著碰著，也別傷了人。」或者看著他嘆氣。「昕哥兒什麼時候才能長大？」

他還從來沒見過祖母這般高興，高興得幾乎語無倫次。

上次他買回來的玉如意，祖母就非常喜歡，天天攥在手裡把玩。以前的他真的是太不懂事了，讓祖母跟著憂心。

而今天，是楊妧教給他的。她怕長輩擔心，所以出門的時候不亂走，辦完事情就早早回府，也是她提起來給祖母帶幾樣愛吃的菜。

楚昕偷偷朝楊妧望去，見她正跟楚映竊竊私語。楚映滿臉的無可奈何，楊妧卻笑意盈盈，眉間毫無惱色。很顯然，楚映在她面前又沒討到便宜。

看到楚映吃癟，楚昕莫名地有種與有榮焉的驕傲。他的楊妧真正是聰明！

日影西移，楚昕提一捆苜蓿草熟門熟路地去了霜醉居。

不承想楊妧被趙氏喚到了叢桂軒，楊嬋則在石榴樹下吹竹哨。她似乎不太會用力，鼓得小臉都紅了，也發不出聲音。

楚昕看得著急。「讓我試試。」將竹哨抵在唇邊，輕輕吹氣，竹哨發出清脆而響亮的嗚嗚聲。

楊嬋學他的樣子，還是吹不出聲音，氣得快哭了，眼淚骨碌碌地在眼眶裡打轉。

楚昕柔聲安慰道：「不用著急，這用的就是個巧勁，說不定明天一下子就會吹了……走吧，表哥帶妳去盪鞦韆。」

牽著她的手在外面轉了圈，沒瞧見楊妧的身影，才又往綠筠園走。

時近黃昏，夕陽將天邊暈染得五彩斑斕，歸鳥開始入林，成雙成對地在枝頭婉轉鳴叫。

楚昕看到楊嬋腰間香囊上一叢鳶尾，目光閃了閃。

「小嬋，妳覺得表哥好不好？」

楊嬋點點頭。

「中午的魚羹好不好吃？」

楊嬋再度點頭。

「妳吃了表哥買的魚羹，應該回禮吧？把這個香囊送給表哥好不好？」

楊嬋猶豫不決。姊每天都有許多事情，如果給了表哥，姊還得費神另外給她做。

楚昕繼續哄騙她。「表哥先前也送過妳禮物，小兔子可愛吧？回頭我再尋隻小狗給妳養，會汪汪叫的小狗。」

楊嬋眸光驟然亮了，跳下鞦韆就解。

「妳先戴著，別被蚊蟲叮了。」楚昕樂呵呵地攔住她，再度將她抱到鞦韆板上，低聲解釋：「小嬋別擔心，我就是留著做個念想……我喜歡妳姊，不會害她的，也不會讓別人抓到什麼由頭，表哥會對妳姊好……表哥是好人，對不對？」

楊嬋聽得懵懵懂懂，可最後一句卻是明白，用力點了下頭。

「真聰明，」楚昕笑著捏一下她腦袋上兩個小髻。「抓緊了，開始搖嘍！」

楊妧自是想不到因為一隻還沒影的小狗，就被自個嫡親的妹妹「出賣」了。

她正在叢桂軒被趙氏罵得狗血淋頭。「來之前，祖母千叮嚀萬囑咐，妳跟阿姮一筆寫不出兩個楊字，要互相照應著。妳倒好，攀上大姑娘就把妳二姊姊拋到腦子後邊了是不是？府裡總共四位姑娘，妳們三人高高興興地逛鋪子做衣裳，怎麼不想著妳二姊姊，不叫上她一起去？」

聽到楚映與高采烈地顯擺她挑了什麼布料、選了什麼樣式，還打算買首飾配，趙氏是真心生氣。

真彩閣的布料質地好，手藝精細，一身裙子連工帶料沒有四、五兩銀子下不來。

秦老夫人上次已經單另給楊妧裁了好幾身，她還是隔三差五地出去逛。而楊姮也只是剛進府時做的那些，再沒有額外的，有這種好事情，楊妧為什麼不叫上楊姮？

趙氏既氣楊妧奉高踩低不拉拔楊姮，也氣楊姮沒有心眼性子懦弱，不能像楊妧那樣厚著臉皮主動提出來逛鋪子。

來京都這幾個月，她多少明白了高門大戶採買的規矩，姑娘太太甚至少爺公子並不需要隨身帶著現銀，而是在鋪子裡掛帳，每年年中或者年底，鋪子夥計會帶著單子上門結算。真彩閣跟楚家算是相熟了，當然可以掛帳。

趙氏並非貪心的人，她不跟楚映比，楚映做四身，楊姮做一身就可以。年底結算時，秦老夫人還能一項項把每個人的花用挑出來不成？肯定是一併都結了。

楊姮這個憨貨，真是的，現成的便宜都不會佔。

楊妧靜靜聽著趙氏數落，一聲不吭。

本來她念著一家人的情分，時不時給趙氏和楊姮提醒一、兩句，但在趙氏堅持把叢桂軒和疏影樓下人的月錢攥在手裡時，她就打消了這個念頭。

楚家的下人，楚家按月發放月錢，趙氏哪裡來的底氣從中剋扣？再者，她去真彩閣也不是為了佔便宜。

每次出門，她都會讓青菱給車夫和跟車的護院打點賞錢，銀子不多，至少是個禮數，不能讓他們白跟著跑一趟。

趙氏數落累了，厭煩地揮揮手。「妳回去吧，下次再出門，別忘記招呼妳二姊姊。」

楊妧沒應聲，只屈膝福了福。

出了叢桂軒沒多遠，迎面跟青菱碰了個正著。

青菱瞧了瞧楊妧的臉色，笑道：「倒是巧，還怕跟姑娘走兩岔了。剛才紅棗來傳話，老夫人有些疲累，晚上讓在自個屋子吃。」

楊妧道聲好，問道：「小嬋下午做了什麼？」

「六姑娘吹了會兒竹哨，大爺過來了，就跟大爺出去遛鞦韆熱出一身汗，剛洗完澡又餵了兔子。大爺送了苜蓿草，還有一捆大麥草，說是兩樣草混著餵。」

過得挺充實，只是白天玩累了，夜裡怕是要早睡。

楊妧想趁著吃飯前給她讀兩頁《三字經》，遂加快了步子。

# 第五十五章

一夜無事，第二天，春笑伺候楊嬋穿衣服時，發現香囊不見了。

楊妧沒當回事，主要是楊嬋平日去的地方有數，在屋裡找不到便到湖邊、小花園或者綠筠園找找就是。再找不到的話，就問一下灑掃上和修剪枝葉的婆子，興許被她們撿了。

而且楚家人口簡單，闔府只四、五位主子，能進出內院的男子只楚昕一人，楚昕總不可能拿走楊嬋的香囊。

只是眼下蚊蟲多，身上一時都離不開香囊。楊妧從抽屜裡把自己先前做的找出來，問道：「小嬋喜歡哪一個？」

總共五、六個，有方的有圓的還有六角形的，做工都很精巧。楊嬋挨個兒看了看，選中了淺碧綢面繡旱金蓮的。

楊妧親暱地點著她的鼻尖。「眼光還真不錯，姊也最喜歡這個花樣。這個先給妳，下次我做個墨綠色的試試。」

讓青荇尋了上次剩下的薄荷、冰片、陳皮和艾葉等塞進去，將封口打個死結，給楊嬋繫在腰間。

「當心點，如果再丟了，就讓蚊子叮妳大鼓包。」

楊嬋眉眼彎彎笑得乖巧。

姊妹倆手拉著手往瑞萱堂走，毫無意外地在鏡湖邊遇到了楚昕。

楚昕一眼就瞧見楊嬋身上簇新的香囊，目光閃了閃。

楊嬋警戒地拿手捂住，擺出一副「別和我要，要我也不給你」的架勢。

楊妧絲毫沒注意兩人之間的眉眼官司，躬身上前福了福。「表哥安。」

楚昕隨意揮揮手。「以後不用講究這些俗禮，太見外……我昨天去找妳，妳沒在，我是想告訴妳，我們選定了隆源行。隆源行在京都有十五家米糧鋪子，在保定、真定還有河間府都有分行。」

楊妧點點頭。相比茂昌行和興元行，隆源行的口碑更好一些。前世，何五爺就是跟隆源行合作的。

楚昕繼續道：「還沒找到適合的掌櫃，最後請了嚴總管跟隆源行說項，約定一斤稻穀換一斤祿米，祿米打算往西北運。西北缺糧，每石米比京都貴五百文。秦二到固原後，會從中牽線幫我們找買家。」

從農戶收上來的都是稻穀，一斤稻穀能出六兩米，折合起來就是六兩新米換一斤陳米，跟何五爺商定的一樣。但楚昕不用找人舂米，能生出不少人工費用，比何五爺商談的還要合算。

前世京都的十個倉場，除了留足宮裡所用精白好米，以及達官顯貴們備用的五個倉場，周景平把另外五個倉場，足足三十個米倉的稻穀全交給何五爺運作，何五爺從中賺了十幾萬兩銀子。

而楚昕只拿到十二個米倉，數量上少了一半多。

楊妧低聲問：「不知皇上是否還委託了其他人經辦米糧？」

楚昕道：「暫時沒有指派人，其餘倉場仍在戶部手裡總督。皇上明兒要去山莊小住，打算帶四皇子隨侍，其餘三位皇子留在京都觀政。大皇子協理吏部，二皇子協理戶部，三皇子管的是兵部。」

這就是了，前世周景平管的也是戶部。

楊妧忽地又想起一事，正要開口，發現已經到了瑞萱堂門前，只得作罷。

楚昕目不轉睛地瞧著她，已將她欲言又止的神情看在眼裡，停住步子問：「還有什麼要吩咐我的？吃完早飯我去找妳吧，稍晚點我去趟田莊，今兒再沒別的事情。」

楊妧笑道：「早飯後我要陪阿映寫字，你先去忙，等下午再說。」

楚昕點頭應下。

瑞萱堂裡歡聲笑語，一派喜樂，張夫人、趙氏以及楚映、楊姮都在。

楊妧順次請過安，笑盈盈地問：「隔著老遠就聽到屋裡嘻嘻哈哈，以為分銀子呢！咱們每人分幾個銀元寶？」

楚映斜睇著她。「盡想美事，我娘快過生辰了，祖母要湊份子辦席面，每個人都要出銀子。」

言語之間很不客氣，但也透著幾分親近。

秦老夫人樂呵呵地說：「再過八天是妳表嬸生日，我們打算在臨波小築擺桌席面，不用叫外人，只咱們娘兒幾個在家裡樂呵。」

楊妧長舒一口氣。

「嚇我一跳，阿映說湊份子，我以為要擺上三、五十桌，還打算讓青菱把銀子都藏起來……原來才一桌，那就好說，姨祖母隨手扔個銀錠子出來就足夠了。」

歪著頭算一算。「表嬸是七月初六生辰，隔天就是乞巧節。」

「可不是？」張夫人難得露出歡暢的笑容，原本美豔的臉龐因此而多了幾分明媚。「以前家裡只我一個姑娘，想乞巧都沒人作伴。剛才老夫人發話了，我生日那天，咱們不拘老少，每人捉一隻喜蛛放盒子裡，隔天早晨看看誰的網織得最密。」

楚映接話。「還要對月穿針，能不能一口氣穿七枚針。」

「這我可比不了。」秦老夫人道：「就是現在的大太陽天我也穿不了針……四丫頭是個手巧的，興許能穿得多。」

楊妧笑道：「我也沒試過在月影裡穿針引線，我們山東好像沒這個規矩。不過我們每年都要做巧果，揉好的麵團用木頭刻的模子壓出各種形狀，在鍋裡跟烙餅似地烙熟，用線串成一串套在脖子上吃……有年我正換牙，剛啃兩個，把旁邊牙齒給硌掉了。」

楚映緊跟著問：「哭了沒？妳哭了沒有？」

「當然沒有，當我是妳呢！」楊妧沒好氣地白她一眼，眼波流轉似笑似嗔。

楚昕只覺得那目光就像是鏡湖旁邊纏綿的柳枝，不經意間撥動起層層漣漪，心頓時又亂了節拍。

他掩飾般垂了頭，視線所及處是她輕軟的裙裾。裙子是靛藍色的，裙襬繡一叢黃色雛菊，靜靜地綻放，也綻放在他心底最柔軟的那個角落。

吃過飯，楊妧照舊在瑞萱堂抄經，春笑則帶楊嬋沿著她素日玩耍的地方找了一圈，沒看到香囊，又問了幾個掃地婆子，都說沒瞧見。

春笑回給楊妧。「中午從外頭回來，給六姑娘換衣裳的時候還在。下午沒去別處，只跟大爺蕩了鞦韆……我看見大爺好像幫她繫香囊來著，要不問問大爺？」

楊妧思量片刻，目光沈了沈。

「算了吧，興許落在犄角旮旯裡，或者被樹葉遮住了。小嬋才五歲，妨礙不了什麼。以後記得多經點心。」

春笑諾諾應是。

半下午的時候，楊嬋歇晌尚未醒來，楚昕就到了。

他已換下早晨那件玉帶白直裰，套了件家常穿的佛頭青道袍，頭髮像是才洗過，髮梢不曾乾透，在肩頭洇出一小片濕痕。

手裡提了只籃子，裡面有隻小狗，約巴掌大，灰黃色的毛髮，大眼睛黑溜溜、濕漉漉地四下打量著，瞧見楊玩，歪著腦袋細聲細氣地「汪汪」叫。

楊玩的心頓時化成一汪水。

她伸手摸一下小狗毛茸茸的腦袋，問道：「表哥去田莊就是為了帶回這隻狗？」

「是啊。」楚昕從懷裡掏出只鈴鐺遞給楊玩。「小嬋想要隻小狗，田莊養狗的人家多，剛好有生了小狗的……小嬋呢？」

「她還在睡覺。」楊玩沒接，仰了頭，直直地看向楚昕。「小嬋是怎麼告訴表哥，她想要小狗的？」

楊嬋不會說話，能寫出來的字也沒幾個。

楚昕支吾著道：「是我問她要不要小狗，會汪汪叫的，她說想要……不是說，她沒說話，她點了頭說想要。」

楊玩伸出手。「表哥還給我吧。小嬋不懂事，表哥應當知道，姑娘家用的東西，哪能隨隨便便送人。」

楚昕咬著唇。「我還給妳，妳能另外給我一個嗎？」

「不能。」楊玩毫不猶豫地拒絕了他。「表哥屋裡的劍蘭女紅就極好，或者讓針線房做，要多少有多少。」

「那我不還妳，我也不要別人做的。」

楊妧強忍著怒氣，儘量平靜地說：「表哥不會是這麼卑鄙的人吧？」

「我是！」楚昕梗起脖子。「我就是卑鄙小人，妳瞧不起我好了……反正，不管妳怎麼想，我都喜歡妳。」把鈴鐺拍在石桌上，聲音清脆而響亮。

# 第五十六章

青菱原本坐在廊下繡帕子，被這聲音嚇著，手一抖，針尖扎到指腹，沁出一滴血珠來。她忙蹭去血珠，再抬頭，楚昕甩著袖子大步離開了。

楊妧被楚昕突如其來的話砸得暈頭轉向。

前後兩世，她被人求過親，也幫別人安排過相親，還是頭一次見到有人把「喜歡」這兩個字說得凶巴巴惡狠狠的，好像有著血海深仇似的。

青菱走近，不安地問：「姑娘，沒事吧？」

「沒事。」楊妧搖搖頭，瞧見竹籃裡哼哼唧唧的小狗。

「趁著小嬋還沒醒，把牠還給世子爺吧。院子裡有兩對兔子已經夠麻煩了，哪裡能養得過來？」

青菱應著，正要去提竹籃，卻見楚昕去而復返，直直地走到石榴樹下。許是走得急，他臉龐泛著微紅，額頭密布著一層細汗，袍襬不知道被什麼掛著，抽了好大一塊絲，顯得有點狼狽。

楚昕站定，深吸口氣，冷冷地對青菱道：「退下。」

青菱偷偷瞟一眼楊妧，沒動。

楊妧輕嘆聲。「妳去沏壺茶吧，要釅一些。」

「是。」青菱提著裙角退下了。

眼看著青菱進了屋，楚昕低聲開口。

「我向妳道歉，這事全怪我，我欺哄小嬋，說送她小狗換這個香囊。小嬋還小，妳別生她氣，但是香囊我不會還給妳……我想留著。」

「所以，這就是世子爺的道歉？」楊妧看向他，目光平靜，聲音平和，隱隱透一絲譏誚。

「你說你錯了，卻不想改正，還要求我別責怪犯錯的人？」

略頓了頓。「小嬋是我妹妹，她做錯事，我理當教導她，就不勞世子爺費心了。您請回吧，小狗也請帶回去。」

「四姑娘，我不是這個意思。這事確實是我魯莽，我會改。」楚昕垂眸，目光灼灼地盯著楊妧。

楊妧坦然地回視著他，伸出手。「好，你說會改，那你還給我吧！」

她的手纖細而修長，十指尖尖，掌心白淨中透出微微粉色，密布著淺淺的紋路，非常嬌小而柔嫩的一隻手。

楚昕沈默著。

那只香囊就在他懷裡，離心窩最近的地方。他不想還。

楊妧淺淺微笑。「世子爺的道歉有什麼意義？」唇角彎起一個美好的弧度，眸底卻極冷，像是冰封了的寒潭，讓人看不到盡頭。

「好，我還妳就是！」楚昕有些慌。他慢慢掏出香囊，在手裡攥了會兒，才放到楊妧掌心。

「多謝表哥。」楊妧目光真誠了些。

她解開封口的結，將裡面的香料倒在石桌上，拿起旁邊針線笸籮裡的剪刀。

楚昕緊抿著唇，靜靜地看著她靈活的手指剪斷帶子，挑破紫色的鳶尾花，然後一下一下地剪著淡青色的綢布。

午後的陽光肆無忌憚地照射下來，天空一絲風都沒有，就連夏蟬也停止了鳴叫。

四周如此安靜，楚昕能聽到自己的心跳聲，能感受到血液在身體裡急速地奔騰，衝擊著腦門「突突」地跳。

若是平時，他定然會一把奪過來，或者揪住楊妧的衣領，質問她為什麼這麼做。

現在，他不敢。

楊妧的神情讓他害怕，他怕稍有不慎，她真的會離他而去，再也無法靠近。

青菱端了托盤過來，瞧見石桌上的布片，手猛地一抖，茶盅「叮噹」一聲，發出輕微的細瓷聲。她不敢耽擱，迅速地放下托盤退了下去。

楊妧執起茶壺斟滿兩杯，笑道：「表哥請喝茶。」

「我喝不下。」楚昕搖搖頭，聲音不知為何有些哽，他頓了下，喚她的名字。「楊妧，我是真的喜歡妳。」

轉身，急匆匆地離開。

楊妧微怔，隨即長長呼出一口氣，端起茶盅。

茶是今年的明前龍井，四月裡，秦老夫人賞給她的。茶湯青碧透亮，映出藍湛湛的天、翠綠的樹葉和枝頭上嬌豔而明媚的石榴花。

石榴花雖然好看，但並非所有的花都能結果，很多只是謊花，秋天一到就落了。果農為了讓石榴樹多結果子，會早早去掉一些謊花，免得消耗養分。

就像人的感情一樣，既然已經知道沒有結果，就應該及早地掐掉這個念頭。

楊妧緩緩喝完杯中茶，收拾了石桌上的碎布片，進屋找青菱。「我有個不情之請，今天的事，暫且瞞著老夫人可好？」

「姑娘？」青菱低呼一聲。

楊妧道：「我並非想為難妳，只是我在府裡不過是客居，年底總會搬走，剩下這幾個月想安生地過……多一事不如少一事。」

如果府裡傳出她跟楚昕的流言，不管事實真相如何，張夫人肯定頭一個饒不了她，秦老夫人也未必樂意。

畢竟，之前她為楚昕擬定的名單上，都是有才有德的女孩子。前世，那些女孩子也過得極好，大多是兒女雙全、家事興旺，楊妧費了不少心思才換來眼下的體面，不想因此被毀掉。

青菱點點頭。「好。」

楊嬋醒來，看到小狗興奮得不行，用根紅綢帶把鈴鐺繫到狗脖子上，小心翼翼地抱在懷裡。

小狗很快熟悉了環境，開始滿地亂竄，圓鼓鼓、毛茸茸的身體像個肉團子，春笑給牠取名叫「團團」。

趁著周遭沒人，楊妧嚴肅地批評了楊嬋一頓。

楊嬋聽得似懂非懂，不甚明白，卻是知道自己把香囊跟楚昕換小狗，姊姊因而生氣了。

隔天，楊嬋見到楚昕就沒像以前那樣老遠就張開雙手，楊妧卻面色不變，仍舊笑盈盈地行禮問安，跟什麼事情都沒發生一樣。

楚映為了中元節能出門，卯足了勁地抄書，楊妧少不得陪著她。

秦老夫人則跟趙氏和莊嬤嬤商量給張夫人過生辰。先是說只主子們擺一桌樂呵，後來念及正房院的丫頭婆子，決定給她們擺一桌，再後來把家裡有頭有臉的管事娘子都算上，再擺一桌。

秦老夫人沒用大家湊份子，自己掏了只二十兩的銀元寶，又讓小嚴管事請幾個唱曲的伶人，好生鬆散一下。

張夫人自覺臉上有光，天天笑容不斷，走起路來更是颯颯帶風，多年來難得的精神。

很快就到了正日子，一大早，楊妧便帶著楊嬋給張夫人磕頭。

幾位晚輩都送了壽禮。楚昕送了一套粉彩繪著仕女圖的茶具，姑娘們送的都是針線活兒，就連楊嬋，楊妧也幫她準備了一條帕子。接著管事娘子和各處丫鬟婆子分批分次地給張夫人道賀，整個內宅歡騰得不行。

臨近黃昏，楊妧特地挑了件鮮亮的杏子紅小襖、月白色裙子，戴了赤金鑲青金石的髮簪，打算盛裝出席張夫人的生日宴。

二門的婆子來送苜蓿草，順便帶了封信，是何文雋寄來的。

楊妧迫不及待地打開，入目是「阿妧」兩字，字仍是何文雋的字，筆勢卻歪歪扭扭，沒有筋骨似的。

楊妧心頭一緊，屏住氣息往下看。

妳看到此信時，可能我已不在人世了。萬事萬物皆有定數，人亦如是。生老病死實乃常情，阿妧切莫悲傷。四年前，我已是命懸一線，苟活至今，幸之甚也……

信不長，只有一頁，主要說他飽受病痛折磨，身體已如風吹燭，死亡於他而言是難得的解脫，勸楊妧不必難過。又提起那幾本冊子，已經是她的了，全由她做主，能物盡其用便好。

短短幾行字，墨跡先後換了三次。

信的最後是清娘的字，零亂而潦草。

公子故於乙未年七月初一申時三刻，享年二十三歲。

楊妧跪在地上，淚如雨下。

# 第五十七章

「姑娘，紫藤姊姊打發人過來請了。」青菱歡快地撩開簾子。「臨波小築已經掌了燈，馬上要擺飯了。」視線落在楊妧身上，嚇了一跳，急步上前攙扶。「姑娘怎麼了？」

楊妧哽咽得說不出話，想起身，雙腿卻好像不是自己的。她一手撐著地，另一手藉著青菱的力顫巍巍地站起來，垂眸瞧見地上的信，伸手去抓，「撲通」一聲又癱在地上。

楊妧的淚一滴滴落在信紙上。「青菱，我義兄不在了，何公子不在了……」

「啊！」青菱驚呼一聲，一陣悲傷猛地衝上來，她忙眨眨眼，掩住急欲奪眶而出的淚。「姑娘先起來。」用力扶著楊妧在椅子上坐定，默一默，沈聲道：「姑娘，今天是夫人生辰。」

闔府上下忙活了好幾天，大家都喜笑顏開地等著晚上的席面，楊妧不可能不出席，也不可能哭喪著臉去賀壽。

楊妧明白。

何文雋於她而言，亦師亦長，也是義兄，比幾位堂哥都要親近。可對於楚家，對於張夫人，他什麼也不是。

她啞聲道：「妳幫我打盆水。」

青菱應著，出去吩咐了小丫鬟，再回來，楊妧已對著鏡子把簪環還有赤金耳墜子卸了下來。

青菱抿抿唇，輕嘆聲，從衣櫃裡尋出件青碧色襖子。「姑娘穿這件吧！」

壽宴上，楊妧不可能穿素，這件襖子衣襟上繡著兩朵粉紅的月季花，不鮮亮，卻也談不上失禮。

少頃，小丫鬟端了銅盆來。青菱伺候楊妧淨過臉，將頭髮梳成個簡單的纂兒，插支羊脂玉簪子，再戴朵南珠攢成的珠花，仔細打量一番。「眼睛有些紅，好在是晚上，興許看不出來。」

楊妧看眼鏡子裡的自己，眼淚又要往外湧，強忍住。「走吧。」

楊嬋在院子裡逗團團玩。她穿淺粉色的小襖，玫瑰紅的羅裙，兩隻髻上綁著紅綢帶，喜慶得像是年畫上的福娃娃。

楊妧讚一聲「好看」，牽起她的手匆匆往外走。

臨波小築掛了十幾盞紅燈籠，還有兩串五子連珠的宮燈，把門前平臺照得燈火明亮如白晝。

最上首，秦老夫人、張夫人、趙氏以及楚昕坐一桌，打橫處另擺一桌給楚映和三位楊姑娘。離得稍遠，是下人們的兩桌。

楚映和楊姮都到了，楚映穿鵝黃色襖子，楊姮則穿茜紅色芙蓉花暗紋襖子，兩人都是滿頭珠翠亮麗奪目。

楚映抱怨道：「怎麼才來，就差妳了。」

楊妧笑著解釋。「本來要出門的，喝口茶把襖子洇濕了，怕耽誤時間就匆匆忙忙換了這件。」

「哼，來遲了得罰酒三杯。」楚映撇嘴。「想喝什麼自己挑。」

桌面上擺著一罈梨花白一罈桃花釀，罈口用紅紙封著，寫了「慶豐」兩個字。這是慶豐樓的酒，口味略淡，正適合女子喝。

菜餚雖說只有四冷八熱十二道菜，但既有煨熊掌又有燒野鴨，既上了蔥爆海參還上了紅燒鮑魚，還有盆魚翅羹，極其豐盛。

看著滿桌的山珍海味，楊妧覺得有些難以下嚥，勉力挑揀著青菜吃了。

酒過三巡，湖面上突然亮起星星點點的燈光，燈光愈來愈近，須臾到了近前，卻是船娘划著小船載了伶人過來。

大約四、五人，都是十五、六歲的樣子，個個容顏秀美眉目如畫。為首的女子屈膝福了福，朗聲道：「恭賀國公夫人壽誕，願夫人喜樂平安！」

秦老夫人道：「且揀妳們熟習的曲子隨意奏來，唱好了有賞。」

燈光漸遠，賞荷亭卻驟然亮起來，那幾人坐在亭中石凳上，沒用別的樂器，只用了琴、尺八和檀板，先奏一曲〈江南春〉，曲調悠揚自湖面傳來，沾染了水氣的靈性，格外溫潤。

為首女子一邊起舞一邊低吟唱和，聲音空靈，又帶了種莫可言說的軟媚，極為動聽。一曲罷，奏一曲輕快的〈寒鴉戲水〉，再一曲應景的〈鵲橋仙令〉。女子輕唱。「何如暮暮與朝朝，更改卻、年年歲歲。」

詞句表達了牛郎織女一年只能相聚一次的遺憾與傷感，可何文雋卻是英年早逝，從此再無可能見到他。

楊妧心中悲愴，一股酸辣的熱流迅速衝上來，瞬間盈了滿眶。她忙垂下頭，掏帕子摁了摁眼角，可淚水怎樣也止不住。

楚映疑惑地問：「怎麼了？」

楊妧揉著眼睛道：「進了沙子，疼得很。」

秦老夫人瞧見，連忙道：「可別揉，別揉壞眼睛，回去用水洗一洗。」

楊妧趁勢站起身，青菱隨後跟了上去。

轉個彎，明亮的燈光已經消失在身後，楊妧停住步子，泣聲道：「青菱，我想找個沒人的地方待會兒。」

霜醉居是不能回的，屋裡丫鬟好幾人，難保不會傳進張夫人耳朵。

張夫人的生辰，她放著上好的筵席不吃，卻找藉口給沒有絲毫血緣關係的義兄哭喪，大多數人忌諱這個。

園子裡，時不時會有婆子提著風燈巡夜，被人瞧見也不妥當。青菱想一想。「要不去綠筠園的假山？那兒偏僻，有時候婆子偷懶就不過去巡視。」
兩人正往綠筠園走，聽到身後有聲音道：「四姑娘。」
卻是蕙蘭，不知道什麼時候跟了來。
蕙蘭道：「我知道有個地方，任誰都不會去，妳們跟我來。」當先走在前面。
楊妧跟青菱對視一眼，跟在她身後，走不多遠，到了角門處。
「今兒吃酒，為了進出方便，我跟婆子討了鑰匙來。」蕙蘭掏鑰匙開了鎖，將她們引至演武場。
演武場盡頭是間兵器庫。蕙蘭推門進去，打亮火摺子點燃了油燈。只見牆上掛著弓、案上支著劍，牆邊一排排豎著長槍，槍頭用烏鐵打製而成，在昏黃的燈光下幽幽發著寒光。更有斧鉞劍戟，在地上投射出零落而散亂的影子。
青菱不由自主地哆嗦了下，扶住楊妧的臂彎。「姑娘，咱們還是換個地方吧？」
「沒事，我自己在這裡，妳們出去吧。」
楊妧抬頭瞧著牆上的強弓，還有兩柄長刀。
靜深院的牆上也掛著刀，刀柄上纏了塊已經發黃的白布。閒暇時，何文雋會直直地盯著那柄刀看。
想起何文雋，她心底泛起強烈的痛楚，彎下腰，痛哭出聲。
不加壓抑的哭聲傳到外面，青菱微合了雙眼，片刻睜開，拭了拭眼角的淚，問道：「蕙蘭姊姊怎地不坐席了？」

蕙蘭輕笑。「我倒是想回去，那道煨熊掌還沒吃夠呢，可世子爺朝我直瞪眼，我哪能坐得住？」朝兵器庫努努嘴。「四姑娘怎麼了？」

「姑娘的義兄，就是濟南府的何公子，前幾天故去了，姑娘今兒剛收到信。」

蕙蘭問：「是何文雋？我聽世子爺經常提起這個名字。」

青菱點點頭。「這幾個月，就屬何公子寫信多，每月至少兩封，都是厚厚的一摞。姑娘接到他的信，總會高興地看半天……姑娘不容易，前幾天又被楊太太叫去數落了大半個時辰……在府裡都不加遮掩，若是在濟南府指不定會怎樣呢，說不準棍子都掄上了。」

蕙蘭嘆息。「也是可憐，說是主子，跟咱們也不差什麼……想哭一聲都找不著地方。」

兩人同時沈默下來，不約而同地朝天上望去。

天空墨藍，一彎淡黃色的月牙孤零零地掛在天邊，星子倒是繁盛，一閃一閃地眨著眼睛。

樹林後面繞出個人影，高高瘦瘦的，走得近了，有淺淡的酒香傳來。

蕙蘭認出來，招呼聲。「世子爺，」伸手指了兵器庫。「四姑娘在裡面……何公子過世了。」

楚昕大踏步往兵器庫走去，行至門前，下意識地頓住。

楊妧雙手抱膝坐在地上，目光呆呆地望著牆壁，不知在想些什麼，臉頰上淚痕未乾，被燈光映出亮閃閃的兩道。

楚昕吸口氣，走到她面前，伸出手。「妳還好嗎？地上涼，先起來吧。」

楊妡受到驚嚇，兩眼迷茫地盯住他看了會兒才反應過來，兩手撐著地站起來。「表哥。」一開口，聲音乾且啞。

絲絲縷縷的痛自心間掠過，楚昕垂了眸，柔聲問道：「妳別難過。我舞劍給妳看，好不好？我能舞得密不透風，不信妳可以拿杯水從旁邊潑過來。要不我射箭給妳瞧，這樣的天，我也能射中靶心，好不好？」

楊妡望住他，搖搖頭。「多謝表哥，我該回去了。筵席散了嗎？」

「剛散，小嬋已經回了霜醉居，阿映她們帶著丫鬟滿園子捉喜蛛。」

楊妡又一次道謝。「多謝表哥，我回去了。」彎腰拂了拂裙裾，慢慢走出兵器庫。

蕙蘭送她們走進角門，尋到守門婆子，將鑰匙還了回去。

園子裡星星點點亮著燈，偶爾有歡聲笑語飄過來。「好大的蛛網，肯定能吐很多絲。」

「這兒還有一隻，趕緊拿盒子來。」

「當心，別讓牠咬著。」

又有婆子喊道：「姑娘們捉完了就趕緊回屋吧，小心手裡燈籠，別走了水。」

「隋嬤嬤，好不容易能鬆散一次，且讓我們多玩會兒。」

聽著細細碎碎的聲音，楊妡的心一點點活了過來。

她長長舒口氣，啞聲道：「青菱，妳還沒有捉喜蛛呢，跟她們一起去捉吧。」

青菱笑道：「大家都知道我心靈手巧，用不著玩這個……蕙蘭說，姑娘要想燒紙，就跟她說。含光、臨川他們天天往外面跑，順便找個寺廟就燒了……府裡總歸是不方便。」

楊妧搖頭。「不用了，大哥素來待人寬厚，他定能體諒我的難處。」默了默，又補一句。「多謝妳。」

青菱道：「姑娘太見外了，能伺候姑娘是我的福分。以前我只是個三等丫頭，都輪不到進屋伺候，跟著姑娘就提成二等了，每月還能多拿半吊錢。」

主僕倆說著話回到霜醉居，楊嬋已經睡下了。

楊妧洗漱完，躺在床上卻睡不著，索性把何文雋以前寫過的信都拿出來，細細讀了遍，又默默流會兒淚，終於合上了眼。

第二天便醒得晚，直到卯正時分才被青菱喚起來。

青菱拿了兩只盒子給她看。「蕙蘭一早送過來，給妳和六姑娘。繪著梅花的盒子裡面喜蛛大，興許網織得密。繪著翠竹裡面的喜蛛小一些，怕織不了很多網。」

楊妧笑道：「把這隻大的給小嬋。」

梳洗打扮好，她帶著盒子跟楊嬋一起往瑞萱堂走。

剛進門，就聽到楚映的大呼小叫。「真是的，白長那麼大個兒，才吐這點絲，還不如藕紅的網密。」

紅棗道：「荔枝才叫慘呢，好不容易抓到一隻，不知道什麼時候跑了，盒子裡半根絲都沒有。倒是石榴那只盒子，吐了半邊絲。」

「石榴手最巧，咱們比不過她也是應當。」荔枝隔著窗欞瞧見楊妧，笑道：「四姑娘和六姑娘來了，快瞧瞧她們的盒子。」

不等楊妧走近，楚映一個箭步躥上前，不容分說搶走楊妧手裡盒子。「讓我瞧瞧。」打開來，裡面密密麻麻全是絲，紅棗等人齊齊發出一聲驚嘆。「哇！」

楚映惱怒地還給她。「討厭，又讓妳占了先。」

「氣什麼？」秦老夫人看著她笑。「四丫頭原本就比妳手巧。看看六丫頭的怎麼樣？」

楚映替楊嬋打開，裡面也是胖鼓鼓一隻大喜蛛，可蛛絲只寥寥十幾根。她嫌棄地扔到一邊。「我跟六妹妹一樣，中看不中用。」

楊妧忍不住笑，抬眸，瞧見站在秦老夫人身邊的楚昕，面帶笑容，正溫柔地看著她。迎上楊妧視線，楚昕眼眸驟然明亮起來，流光溢彩燦若星石。

楊妧面無表情地掠過他，目光落在牆角那尊青花折枝瑞果紋的梅瓶上，暗暗嘆一聲。得尋個機會跟他挑明，她無意嫁人，不想耽誤他。

# 第五十八章

家裡難得熱鬧，秦老夫人興致極高，不但讓莊嬤嬤找模子吩咐廚房做巧果，還讓石榴拿出兩包針來，連姑娘帶丫鬟共二十多人，簇簇擁擁地站了大半個院子。

石榴給每人發了七根針和一縷絲線，張夫人和趙氏負責監督裁決，選出三個最快穿完七根針的，給予一定獎勵。

一般人都是紉完一根線，另外換一根，楊妧取了個巧，把七根針都紉到一根線上，當仁不讓地獲得了頭名。秦老夫人樂呵呵地把一對宮紗攢成的山茶花交給她。

楚映不服。「不公平，阿妧投機取巧，只穿一根線當然快。」

楊妧分一支紗花給她。「這會兒公平了嗎？」

楚映不以為然地「哼」一聲。「勉強算是吧！」

張夫人哭笑不得，虛點著她的腦門道：「平日裡還缺了妳的花兒戴？」

楚映嘟起嘴。「這可不一樣，這是比賽贏來的彩頭。」說著將紗花插到髮髻旁，粉豔的山茶花使得她面容愈加嬌媚。

張夫人笑道：「確實挺好看。四丫頭也戴上，妳們這個歲數正是該打扮的時候，別天天穿那麼素淡……這還是年前貴妃娘娘賞的吧？」

秦老夫人面色沈了沈。「可不是？共賞了六支，另外兩對妳不是拿回娘家了嗎？一對粉紫的芍藥花，一對嫩黃的月季花，都是大朵的。」

張夫人每年不知道往娘家送回多少東西，一時竟想不起來，思量會兒才醒悟，是有這麼回事。

得了紗花的當天，她便給了張珮和張珺各一對，連同貴妃賞下來的紙筆、布料，一樣沒少都分出一大半送回娘家。而自己過生日，嫂子竟然沒打發人來送禮，連聲問候都沒有。

今年暫且不提，老夫人放話不許張家人上門，以往張家似乎也沒送過生辰禮。不但生日沒送，年節禮也沒送。嫂子最常嘮叨的就是哥哥衙門清貧，每月俸銀連買米都不夠，姪子們的束脩太貴，如何如何地花費筆墨。

張夫人突然就不淡定了。

楊家似乎只有楊溥一人為官，養活著大房跟三房七、八口人，家裡孩子也在書院讀書，每年的筆墨紙硯花費也不少，生活雖不富足，但日常花用並不缺。

可娘家兩位嫂子卻整天哭窮，尤其是二嫂，她從衣錦坊每年補給二哥二百兩銀子，二嫂仍嫌不足，每到年節就列出單子說缺這個少那個。

張夫人越想越心驚，再待不下去，藉口有事急匆匆回到正房院，一迭聲地喚董嬤嬤。

「往年送回娘家的年節禮單子可還有？」

董嬤嬤道：「都存著底，從您嫁過來那年到現在，正房院出入哪怕是一個銅板，我這都記著帳。」

張夫人咬咬下唇，揚聲喚紫藤。「拿兩把算盤過來對帳。」

正房院裡，算盤珠子噼哩啪啦地響。

而霜醉居裡，楊妧把何文雋所作的《戰事偶得》包起來交給青菱。「送給世子爺，順便問一下世子爺幾時得閒，有事與他商議。」

青菱拿起包裹離開，不過一刻鐘便回轉來，身後跟著楚昕。

楚昕仍穿著早晨那件寶藍色直裰，繫著白玉帶，身姿頎長挺拔，沐浴在陽光下，像是原野上筆直的白楊樹，朝氣蓬勃。

楊妧微笑著請他坐下，吩咐青菱沏了茶。

楚昕捧著茶盅，漂亮的大眼睛小心翼翼地望著她，像是犯了錯的孩子等待長輩的發落。

這是楚昕呀，是鎮國公世子，是京都有名的小霸王，不管前世還是今生，都隨心所欲肆無忌憚的楚昕。

楊妧突然有點不敢正視他的目光，垂眸平靜一下心情，決定還是先說正事。「前些天就想跟你說，一直耽擱到現在……各府各省的升大小不一，有的是三斤，有的是兩斤半，還有兩斤的。不少商戶大斗進小斗出乘機漁利，我尋思是不是可以要求朝廷統一定制量具，不管是衙門、商戶還是百姓都用這套量具。」

楚昕凝神聽著她的話，忽而眸光一亮。「那我可以開間專門給朝廷供應量具的鋪子。」

楊妧唇角微彎。他現在腦子倒是快，能夠想到下一步。

輕咳聲，她繼續道：「這事說起來容易，做起來卻極難。難就難在商戶背後牽扯的人身上，個個都是通天的人物，單靠表哥和顧三爺恐怕做不成；即便能做成，也把權貴們都得罪了……如果二皇子願意出頭，會名正言順得多。」

楚昕皺眉。「二皇子為人低調，雖然監理戶部，但從不插手侍郎和主事們的差事，怎麼能讓他出頭？」

「不想插手也得拉他下水。」楊妧往前傾了傾身子，壓低聲音。「街頭欺行霸市魚肉百姓的事可不少，單是茂昌行就不知惹出多少官司，御史們不都整天閒著只想彈劾別人，那就給他們找點事好了……表哥和顧三爺得了差事，肯定經常往三大行跑，說不準就能遇上一回兩回。你們倆又是眼睛裡不容沙子的俠義之士，路見不平自然要拔刀相助……」

楚昕默默思量著，眸中先是迷惑而後變得清明，最終沁出濃濃的笑意。「妳是想讓御史彈劾我，還是彈劾戶部？」

「都行。」楊妧微笑。「趕上哪個彈劾哪個，最重要就是順理成章，要個巧字。或者再往上，到皇上那裡鬧一鬧也使得。」

楚昕意氣風發地說：「碰巧的事情我最拿手了，必然做得天衣無縫……那我要不要先備著木頭？」

「我覺得表哥應該先開間鋪子。」楊妧一笑，腮邊小小的梨渦立刻生動起來，像是頭頂嬌豔的石榴花，明媚動人。

楚昕心頭熱熱地蕩了下，想要說些什麼，卻又不知如何開口，呆愣了數息，扳起指頭數。「我有鋪子，方家胡同有間筆墨鋪子，太僕寺街有間茶葉鋪子，石槽胡同有家漆器鋪子，雜七雜八共八間，都是嚴管事管著。」說到此，氣息終於流暢了，聲音也變得溫存。「我看漆器鋪子可以，店面大離倉場也近，我讓掌櫃進一批木頭好不好？」

楊妧別開頭，沒回答，少頃開口道：「你跟掌櫃商議吧，別太刻意落了別人的眼目……我還有件事情。」

「妳說，我聽著。」楚昕坐正身體，捧起茶盅淺淺抿兩口。

茶水真甜，一直甜到心底，就像每次跟楊妧面對面地談話，心裡總是泛著蜜。

眼前的她，儘管釵環未戴脂粉不施，可仍舊那麼好看，好看得完完全全貼合他的心。

楊妧兩手合在一處，無意識地搓了搓，快速地整理著語詞。「之前跟表哥提過，表哥甩了袖子就走。」

楚昕立刻警戒起來。「這次不會了。可是妳要再說什麼相看訂親的事情，我還是不願意聽。」

「好吧，」楊妧乾脆直入正題。「表哥以後別說喜歡不喜歡的話了，其一，我無意嫁人，其二，我也不喜歡表哥。」

楚昕沈默著，臉色漸漸發白，握著茶盅的手不受控制地收緊，手背上凸起一根根青筋。

他是能開兩石弓的人，說不定，下一刻就能把茶盅捏碎。

楊妧看得心驚肉跳，本能地往後躲了躲。

「妳騙人。」楚昕突然開口，目光灼灼地盯住她。「妳說妳要嫁個君子，可以欺之以方。楊妧，我能夠讓妳欺負，讓妳使性子，我也能護得住妳，守著妳過安穩日子……妳還說我好看，秀色可餐，以後我會打扮得更好看，讓妳多吃飯。」

楊妧呆了片刻，臉龐隨即漲得通紅。

# 第五十九章

這是不是就叫做「搬起石頭砸自己的腳」？前後兩世，楊妧都沒有如此尷尬過。

可是這些話，她只跟余新梅和明心蘭說過，她們兩人的人品完全值得信任，當時丫鬟們都離得遠，而周遭又沒有其他人在，楚昕不可能知道。

楊妧死咬著牙不承認。「我沒說過這樣的話。」

「妳說過，我親耳聽見的。余閣老家裡宴客那天，那座假山旁邊，妳跟余大娘子還有明家三娘子，妳們取笑我和顧老三。」楚昕老神在在地直視著她，時間、地點還有參與之人，說得絲毫不差。

楊妧忍不住開口罵道：「世子爺竟然偷聽女孩子說話，真是無恥！」

楚昕也漲紅了臉。「我跟顧老三先去的，我們在樹上摘桑葚，又不是存心偷聽，妳們三人是後到的……妳們背地裡編排我和顧老三，也不是君子所為吧？」

顧常寶到現在提起余大娘子都恨得牙癢癢。

楊妧氣得瞪大了雙眼，原本沈靜若寒潭的眸子像要沸騰了似的，灼灼地燃著火，分外地讓人心動。

楚昕先軟下來，壓低了聲音道：「妳別生氣，我跟顧老三沒往外說，誰都沒告訴。」身體微微向前靠了靠，目光溫存。「但妳說過的話，不能不承認，我每個字都記得清清楚楚，別想賴掉……妳放心，我不會再惹是生非，不胡亂得罪人，也不往秦樓楚館去——」

「別說了！」楊妧忿然打斷他，完全沒有了往常的冷靜。「表哥生得好看，家世又好，娶個喜歡你的、兩情相悅的女孩子不好嗎？況且，這種話也不是你我能夠說的，婚姻嫁娶自有長輩決定。表哥尚有事情要忙，還請自便……青菱，送客！」再不給楚昕開口的機會，怒氣沖沖地回到屋裡。

青菱目瞪口呆。

剛才兩人有商有量不是挺和諧，才眨眼的工夫怎麼又鬧僵了？前幾次都是世子爺氣得甩袖離開，這次怎麼換成四姑娘生氣了？

青菱放下手中繡活，遲疑不決地走到石榴樹下。

楚昕指指面前的茶盅。「續茶！」

青菱暗暗叫苦，姑娘說是要送客，世子爺卻讓續茶，到底聽誰的呢？心中猶豫，雙手已自有主張地端起茶壺續了半盞。

楚昕小口小口地抿著茶。「小狗養得怎麼樣，還聽話？牠還沒足月，啃不了肉骨頭。」

青菱小聲回答。「聽話，六姑娘走到哪兒都帶著，夜裡也不亂叫。佟嬤嬤也說團團吃不了骨頭，只用肉湯給牠泡飯吃，每天再加一碗羊奶。」

楚昕「嗯」了聲，抬眸，隔著洞開的窗扇，能看到花梨木炕櫃的一角，櫃頂搭著塊靛藍色繡著嫩黃色雛菊的棉布，處處透著女兒家精巧的心思。

卻瞧不見楊妧的身影。

想到她幾乎要噴火的雙眸，楚昕後知後覺地反應過來，自己可能太過魯莽，開罪了她，可並不後悔。

他就是想明明白白地把自己的心思告訴她。他只喜歡她，別的廖家姑娘也罷，徐家姑娘也罷，他誰都不稀罕，誰都別想塞給他。

楚昕慢悠悠地把杯中殘茶喝完，站起身。「我明兒出門，順便到護國寺給何公子燒紙上香，妳問四姑娘需不需要請大師代為持誦《往生咒》？」

青菱原話說給楊妧。

楊妧心裡仍是存著氣，不想搭理他，可事關何文雋，終是壓下怒氣，勉力平靜地說：「有勞世子爺了。」

青菱又小跑著將話傳給楚昕。

楚昕輕舒口氣。只要楊妧肯理他就好，他怕的是楊妧以後再不理他。

再朝窗口張望兩眼，低聲囑咐青菱。「好好伺候四姑娘，別讓她生氣，氣大傷身……伺候好了，小爺有賞。」轉身離開霜醉居。

青菱站在原地看了看石桌上兩個並排放著的茶盅，心裡明鏡兒似的。

世子爺定然是瞧中四姑娘了，四姑娘眼下卻沒看上世子爺。

可這話誰都不能說，只能憋在心裡頭。青菱長嘆一聲，捧著茶壺回到屋裡，看見楊妧已經研好墨，正鋪了紙打算抄經，便沒作聲，悄悄退了出去。

再過幾日，關氏寫信來，說她收養了一個男孩，今年七歲。

男孩原本也姓楊，名文軒，是曹縣人，家裡開間生藥鋪子，又置了幾十畝良田，生活頗為富足。

父親名楊興，上山採藥時失足跌下山谷，當場斃命。楊文軒的叔父看中了那間生藥鋪子和良田，設圈套誣陷楊文軒的娘親趙氏與藥鋪夥計有染；而楊氏宗長拿了叔父的封口銀子，要將趙氏沈塘。

趙氏為表清白，含恨撞死在楊家祠堂前。

楊文軒怒極，一把火燒了祠堂，叔父說他大逆不道，將之驅逐出族並要送他見官。有個家丁看不過眼，半夜三更將楊文軒放了。

楊文軒從曹縣一路乞討到濟南府，走了足足五百里，終於支撐不住病倒在路邊。楊溥心善，將他帶回家中交給關氏照料。

關氏心疼楊文軒沒有爹娘，把他當兒子看，楊文軒則眷戀關氏的親切溫柔，願意認她作娘，奉養她老。

楊溥特地告假帶楊文軒回了趟老家，將他記在三房楊洛名下，改名楊懷宣，入了族譜。

看完信，楊妧心裡五味雜陳，說不出到底是種怎樣的滋味。

從理智上說，三房確實需要有個男丁承繼香火支應門戶；而從感情上，原本她跟關氏和小嬋母女三人相依為命，卻憑空多了個沒有親緣關係的弟弟。

如果這個弟弟心性良善也罷，倘若是奸惡之人，她們三個女流未必能壓服得住。

趙氏也得知此事，特意將楊妧喚了過去，笑道：「家裡多了個弟弟，妳聽說了吧？這下可好了，三房有後，也能堂堂正正站起來自立門戶了……前幾天，妳二伯母給我寫信，妳二伯父年底也要換任，有可能調到江浙一帶，三、五年回不來。這些年，咱們三房聚少離多，很難湊到一起，倒不如把家分了，免得日後說不清楚。」

「分家？」楊妧一愣。

印象裡，二伯母柳氏長著副圓臉，待人挺親和的，平白無故地為何要分家？

趙氏親自給楊妧倒盅茶，細細解釋。「妳二伯父從考中進士放了官，這十幾年一直在外頭，自己掙了自己穿用，跟分家沒什麼差別；只不過是分了家索利，沒那麼多牽牽絆絆的。我也覺得是這個理。不說別的，就濟南府府衙的幾位，都只帶著媳婦孩子，也有帶老娘的，沒一個帶著弟媳婦和姪女兒到處赴任的，傳出去於妳大伯父的官聲也不好聽。」

楊妧冷笑。

趙氏老早就想將三房甩開，始終沒能成功，這次三房有了嗣子，趙氏又迫不及待地跳了出來。

說不定，二伯母柳氏就是她鼓動的。

楊妧淡然地喝兩口茶，問道：「分不分家，我說了不算，大伯母您說了也不算，最終還是得看祖母和大伯父的意思吧？」

趙氏皮笑肉不笑地說：「是啊，所以我才找妳商量，只要你們三房願意分，妳伯父也不會強攔著對不對？家裡的情況我給妳透個底，老家有座祖屋和二十畝地，這是祖產，肯定在大房名下；除了這個，再只有妳祖母手裡攢著點銀錢。可那是她的嫁妝，她願意給誰就給誰，咱們管不著。至於妳大伯父的俸祿，妳想想，這麼一大家子人吃穿嚼用，還有讀書上學的，根本一文錢都剩不下。」

楊妧垂了眸。

家裡並不像趙氏說得這麼恓惶，但所有的花費大都出自楊溥的俸祿及外快卻是不假。

趙氏又道：「妳要能勸服妳娘同意分家，我可以給妳五百兩銀子。有了這些銀子，你們四口人吃穿十幾年富富裕裕的，等妳弟弟長大成人，就更不用愁了……四丫頭，妳一向聰明，能當妳娘半個家，回去好生考慮考慮。」便端茶送了客。

# 第六十章

楊妧神思不屬地回到霜醉居。

趙氏這般做法，她能理解。

在山東，一肩挑兩房，或者長兄過世，小叔子娶了嫂子的事情屢見不鮮，並不稀奇，但傳揚出去卻非光彩之事。尤其楊溥作為朝廷命官，以後還想升遷。

趙氏對於楊溥兼祧的身分百般不樂意，如今關氏肯收養嗣子，趙氏當然要趁熱打鐵，趕緊撇清兩房之間的關係。

秦氏沒準也有分家的想法。

前世，楊溥是臨時得知自己調到京都任職，當時關氏正巧有孕，秦氏便等她生產之後，假說抱養的孩子，帶到了京都。

現在楊溥已經在往京都活動，且略有眉目，而關氏卻遲遲未能有孕。假如到了京都，關氏才懷上孩子，恐怕於楊溥的官聲有影響。

楊懷宣的到來既解決了三房香火的問題，又給楊溥增加個熱心扶弱的好名聲。

楊妧懷疑，關氏之所以改變主意，秦氏肯定沒少遊說。畢竟在大多數楊家人眼裡，楊溥的前程才是最重要的，關氏如果跟楊溥再牽扯在一起，就非常不明智了。

楊妧認真地推測著秦氏跟楊溥的想法，暗嘆口氣。分家已經勢在必行，那她要替三房多討點好處過來。

楊妧字斟句酌地給闞氏寫了一封信，拿給趙氏過目。

趙氏讀完，盯著楊妧看了片刻，不無感觸地說：「妳娘有妳，真是福氣。」

楊妧當著趙氏的面把信封好，交給桃枝，語氣淡淡地說：「要是我爹活著，我娘才真正有福氣。」

闞氏從二十五、六歲開始守寡，一直守到死為止，算什麼福氣？

趙氏面色訕訕地，開箱籠摸出一摞銀票，數給楊妧四張。「本來是想分家之後給妳，現在先給了妳吧。」

銀票有兩張兩百面額的，兩張五十兩的。楊妧一言不發地收進荷包，回到霜醉居給楊溥寫了封信。

信上說，得知家裡多了個弟弟非常高興，感謝楊溥這些年對三房的照拂，又提及父親楊洛寒窗苦讀十年，卻連秋試都沒參加便早早故去，希望楊懷宣能夠學有建樹，完成楊洛的心願。

不管如何，她先把楊懷宣的束脩要出來。如果楊懷宣能讀書最好，如果不能，這筆錢也可以用在生活上。

日薄西山，楊妧帶著楊嬋往瑞萱堂去。

剛走進院子，荔枝急步出來攔住她，悄聲道：「夫人在裡面，老夫人吩咐今兒就不留姑娘用飯了。」

楊妧笑笑。「好，那我回去吃。」走兩步，停住。「平涼侯後天燒七七，妳得空提醒下姨祖母。」

荔枝點頭應著，囑咐兩句小丫鬟，躡手躡腳地走進廳堂。

隔著石青色棉布簾子，張夫人的抽泣聲清晰可聞。

「我錯了，娘責罰我吧！」

這些天，她跟董嬤嬤兩人終於把帳目算清楚了。真是不算不知道，一算嚇一跳。

頭些年，爹娘在世的時候還好，雖然她送到娘家的禮比較厚，可總歸有回禮，有來有往的。可雙親過世這六年，便只有送出去的禮，沒有收回來的，而且不單逢年過節，就是兄嫂生辰，幾個姪子姪女的生辰都有禮。

只這六年間，她拿回娘家大概兩萬多兩銀子的東西。

兩萬兩足以在京都最金貴的地段置座大宅院，也可以在最繁華的鬧市買間鋪子，更可以給楚映置辦一副相當體面的嫁妝，可她扔回娘家，連個水花都沒有。

董嬤嬤捧著一摞帳本問：「夫人想一想，若是昕哥兒媳婦往娘家送兩萬兩銀子，您會怎麼做？」

張夫人不用想，腦子裡蹦出的第一個詞就是休妻。如果她有個這樣貼補娘家的兒媳婦，肯定毫不猶豫地休了她。

可老夫人從未說過休棄她，甚至在年前那場重病之前，都沒有冷臉待過她。老夫人不讓她管家，但她想要的東西，卻從來沒有怠慢過。

思及此，張夫人冷汗涔涔。老夫人必然早就看清了她的想法，所以才不敢讓她主持中饋。

又想起花會那天，老夫人指責她的那些話，張夫人坐不住了，換了件衣裳趕緊到瑞萱堂認錯。

秦老夫人面色淡淡的。「妳既然知錯，我也不多說了，只提醒妳一句，家裡的錢財可都是幾輩人提著腦袋賺回來的。五年前，楚釗打了勝仗，聖上賞賜五百兩黃金，可他肩頭挨了一刀，逢陰天下雨就疼。前年又因立功得了三百畝賜田，可他胸口中了一箭，差點就沒命了。」

張夫人坐在炕邊，手裡捏條帕子不住地淌眼淚。

秦老夫人又道：「若只是在錢財上拉拔娘家也不算什麼，咱家不缺銀子。千不該萬不該，妳娘家人不能打著咱家旗號為非作歹。貴妃娘娘在宮裡二十多年，一直未能生下一兒半女，妳可知道是為什麼？」

張夫人不明所以。「不是小產傷了身子嗎？」

秦老夫人輕聲道：「她是為了活命，也是為了保住楚家的平安。楚釗手裡三十萬大軍，而宣府離京都快馬一天一夜就能到……」

抬頭看到張夫人迷茫的神情，不想再說下去，轉而問道：「妳既知錯，可願意改？」

張夫人忙不迭地回答。「媳婦願意。」

「把雙碾街那間鋪子賣了吧！當初多少錢從別人手裡買的，仍多少錢還回去。鋪子也別開了。」

「啊？」張夫人捨不得。「那麼好的地角，有錢都買不到，說賣就賣？」

秦老夫人冷笑。

「天底下就妳聰明，知道地角好？既然有錢都買不到，妳怎麼花兩千兩把旁邊店鋪也盤下來了？」

張夫人攥緊帕子，期期艾艾地說：「是二哥幫忙說合的。」

秦老夫人譏刺道：「國子監講經的博士，又不是街頭經紀，能有門路給妳說合？他這麼大本事，怎麼不自己買下來？」

張夫人這才轉過彎來。是呀，二哥為啥自己不留著鋪子？家裡又不是拿不出兩千兩。

秦老夫人看著她，心裡一陣煩躁，目光掠過門簾，瞧見荔枝的身影，問道：「什麼事？」

荔枝賠笑道：「剛四姑娘過來，說後天平涼侯燒七七。」

秦老夫人「哎喲」一聲。

「我這腦子，竟然給忘了。打聽一下平涼侯府是不是要做法事？在哪座寺廟，讓嚴管事備好祭品，大爺親自送過去。」

張夫人嘀咕道：「就是個平涼侯，昕哥兒先先後後跑了好幾趟，禮數早盡到了。大熱的天，用不著親自去吧？」

秦老夫人不搭理她，重提先前話題。「往後我把味為先的利分給妳四成，等大姑娘出閣，把味為先給她陪嫁過去，算起來妳並不吃虧，衣錦坊就關了吧。妳把房契給我，讓嚴總管去處理。」

張夫人百般不情願。秦老夫人只楚昕跟楚映兩個孫輩，味為先遲早都會落在他們手裡，但衣錦坊送出去是真就沒了，怎麼算還是自己吃虧。

張夫人磨蹭半天，在董嬤嬤的勸說下終於把房契送了過來。

隔天，荔枝也打聽到消息。因為平涼侯七七祭日正值中元節，幾處大寺廟老早安排了別的法事，所以只在家中祭拜。

所以說人走茶涼，如果換成勢頭正火的別家，寺廟必然能騰出地方來。

秦老夫人長嘆聲。「告訴大爺，明兒一早先去平涼侯府，回頭一起去護國寺聽講經。」

平涼侯為人低調，京都很少有人知道平涼侯夫人娘家就在宣府。她有兩個兄弟都在軍裡，一個叫蕭艮是千戶，另外一個叫蕭坤是懷安衛鎮撫。

楚昕被活剮那天，蕭艮帶著四個隨從風塵僕僕地從宣府趕來，一字排開站在午門前，槍尖挑著兩件棉衣，風吹過，裡面柳絮四下飄散。

蕭艮說：「趙良延貪贓枉法死不足惜，世子爺不動手，我也會把他碎屍萬段。世子爺，屬下替你開路，邊關數萬將士的英魂在黃泉路上護送世子！」

說著調轉槍頭，對準了自己的咽喉……

# 第六十一章

為了能在中元節出去逛廟會，楚映緊趕慢趕終於把一百遍《孝經》和《女誡》抄完了，滿身輕鬆地到霜醉居找楊妧。

青菱笑盈盈地攔住她。「四姑娘在抄經，姑娘先坐下喝杯茶。」

透過洞開的窗扇，楚映看到楊妧果然俯在書桌前，身姿筆直地抄寫著什麼，不由撇撇嘴。

「她抄經有癮嗎？剛給祖母抄了四十九本《金剛經》，怎麼又要抄？」

青菱笑而不答，沏了茶水在石桌上，楚映懶得喝，四下溜達著打量院子。

霜醉居比她的清韻閣要大很多，是三間正房帶兩間耳房的格局，院子方方正正的，西邊有三間廂房，東邊空地處種了棵根深葉茂的石榴樹，樹下擺著石桌石凳。

石榴樹正值花期，團團簇簇地綴在枝頭，鮮豔而明媚。石桌上放著針線笸籮，還有兩只尚未完工的香囊。一只是六角形湖藍色緞面的，繡著大紅色的海棠花，另一只是方形嫩粉色綢面的，繡了半朵玉簪花。

見楚映打量香囊，青菱笑道：「六角形的是四姑娘做的，方形粉色是我做的，不如四姑娘的針腳細密。」

楚映抿抿唇，她的針線活比青菱更不如。

正百無聊賴時，楊妧從屋裡出來，楚映頓時來了精神，興高采烈地問：「明兒廟會，我打算穿新做的墨綠色裙子搭配淺藍色襖子。妳穿哪件衣裳？要不要穿那件玫紅色小襖配馬面裙？」

楊妧搖頭。「我穿月白色襖子，石青色裙子。」

「為什麼？」楚映拉長聲音。「妳成心跟我作對是不是？我想穿著素淨，妳偏要跟我學？」

楊妧無語。「誰跟妳學？這七、八天，妳可曾看我穿過鮮亮顏色？不單是中元節，整個七月我都要穿著素淡。」

她不方便穿哀服，也不方便吃素齋，只能藉此表達一下心底的哀思。

楚映嘟起嘴。「但是我想穿墨綠色裙子，兩個人都素淡，顯得灰突突的不好看，妳穿著鮮亮才能顯出我的清雅。」

楊妧毫不客氣地說：「那妳跟別人一起逛廟會好了。」

「才不呢，妳二姊小氣巴拉的，而且什麼都不懂，只會問這個多少錢、那個貴不貴，無聊至極。我還是想跟妳一起。」

「隨便妳，反正我不可能遷就妳。」楊妧看著楚映精緻的眉眼，突然促狹心起。「妳是不是覺得我比妳好看，怕我搶了妳的風頭？」

楚映騰地站起身來。「妳長得那麼矮，哪裡有我好看了？青菱，妳說我跟阿妧誰漂亮？」

青菱認真端詳著。

楚映穿藕荷色素面襖子，梳著雙環髻，髮間插一對赤金梅花簪，明眸皓齒神采飛揚；楊妧則穿件銀條紗襖子，頭髮簡單地綰了個纂兒，耳垂上綴著小小的南珠耳環，說不出的溫柔恬靜。

兩人並肩站在一處，一個似豔陽下怒放的芍藥，一個像月色裡綻開的玉簪，真沒法分辨到底誰更好看。

青菱苦著臉，半天沒言語。

楊妧笑道：「算了，別難為她了……妳不是做了四身新衣裳，為什麼不穿別的？」

楚映理直氣壯地說：「可我最喜歡那件墨綠色的。」

「廟會上擠得要命，誰會注意妳的裙子，說不定還會被別人蹭髒了。依我看，不如穿件平常出門的衣裳，新衣裳可以留在菊花會穿。」

楚映歪頭想一想。「好吧，聽妳的。對了，咱們午飯不要在護國寺吃，那裡的素齋乏善可陳，不如在廟會上吃，豌豆黃、酥螺還有薄脆可好吃了。」

楊妧道：「我約了余新梅在護國寺門口碰面，中午到麻花胡同吃燒羊肉、豆腐腦和豌豆苗。」

「麻花胡同能有什麼好吃的？羊肉一股膻味，豌豆苗一股豆腥氣……唉，那我將就妳吧，要是不好吃，妳得請我吃冰碗。」

第二天，楚映果然穿了件平常的嫩綠色素面比甲，立領窄袖小衫，簡單卻清雅，像朵初初綻開的水仙花似的。

楊妧按照她說的，穿月白色襖子，石青色寬裙，墨髮束在腦後綰成纂兒，乾乾淨淨清清爽爽，讓人心頭一靜。

相較之下，楊姮玫瑰紅的織金比甲和如意髻上插著的赤金嵌寶髮簪就太過刻意了，而且看著就覺得熱。

楊姮的臉漲得通紅，趙氏極不自在地擰了擰手裡帕子。

這幾天，她沒少聽秦老夫人提起，約了定國公夫人、錢老夫人、忠勤伯夫人等聽經。楊姮已經到了說親的年紀，如果能得到這幾位的賞識，說不定就會嫁進豪門。

昨天晚上，她跟楊姮忙活了大半夜，才選中這身，沒想到楊妧跟楚映都穿得簡單。

就連楊嬋，也只穿了粉紅色襖子搭配淺碧色裙子，看著活潑可愛。

趙氏怨恨般瞪了楊妧兩眼。自家姊妹，怎麼就不能提前商量一下穿什麼衣裳，非得把楊姮一個人孤立起來。

她有心讓楊姮回去換一身，可看莊嬤嬤扶著秦老夫人正要往外走，只好作罷。

角門外，七、八輛馬車一溜排開，楚昕手握馬鞭，滿臉細汗地站在路邊。見秦老夫人出來，連忙上前回稟。「剛從平涼侯府回來，祭品已經送去了。您先走著，我換過衣裳很快能趕上。」

秦老夫人慈愛地笑道：「看出這滿身汗，不用著急，到了護國寺，我還要在門口等等錢老夫人。」

楚昕瞟一眼跟楚映並肩而立的楊妧，唇角彎了彎。

時辰尚早，護國寺門口已經圍了不少信徒。趙氏頗為擔憂地說：「這麼多人往裡面擠，咱們可怎麼進去？」

張夫人輕笑。「寺裡會有人出來接應。這點人不算什麼，前年惠通和廣善兩位大師在此談經論道，那會兒人才叫多，連落腳的地方都沒有。」

說著話，余閣老府邸的馬車到了，有個約莫十八、九歲，穿著蟹殼青團花直裰的男子跟在車旁隨侍。

楊妧看他面熟，再打量幾眼，想起來了。她拜見楚貴妃時，就是這人守著宮門，原來是余閣老家中子弟，難怪對秦老夫人非常客氣。

男子先扶余新梅下來，又伸手攙扶錢老夫人，錢老夫人一把揮開他，身手矯健地踩著車凳下了車。

楊妧莞爾。

余新梅已瞧見楊妧，歡笑著走過來。

兩家人匯在一起各自見過禮，余新梅指著那位男子道：「伯父家裡的三哥，余新舲，舟字旁的令。這是楊家二姑娘、四姑娘還有楚姑娘。」

余閣老家祖上是打漁的，為了不忘祖業，家裡男丁都以船為名，余新梅親生的兄長叫做余新舸。前世，楊妧成親後才認識余新梅的，跟她三哥未曾謀面，所以才沒認出來。

余新舸抬眸匆匆一瞥，連忙低下頭，衝地面做個揖，紅著臉退到遠處。

大家忍俊不禁，都沒好意思笑出聲來。

楊妧拉起余新梅的手。「有件事告訴妳，差點把我氣死了……」正想把楚昕和顧常寶偷聽她們談話的事情說出來，眸光掃見楚昕大踏步朝這邊走過來。

他已換下早晨那件鴉青色道袍，另穿了寶藍色箭袖長衫，腰間束著白玉帶，頭上戴著紫金冠，唇角噙一絲似有若無的笑，彷彿已經洞悉了她的打算一般。

楊妧莫名心虛，即將出口的話嚥了下去。

楚昕給錢老夫人行了禮，又跟余新舲見過禮，高昂著頭，神采飛揚地說：「兩位老夫人是要坐軟轎吧？幾位妹妹呢，是先上山聽會兒經再下來，還是直接去逛廟會？」

楚映道：「我不上去，上去就下不來了，腿要走斷了。」

楊姮也不想跪在蒲團上聽無聊的經書。

楊妧垂眸看眼楊嬋，她抄了兩本《往生咒》是想在佛祖面前誦讀的，可她能上山下山，楊嬋卻未必，而且也受不住拘束。

楚昕掃她一眼，開口道：「既然都不上山，那就直接逛廟會好了。廟會人多，咱們這許多人肯定沒法在一處。要被擠散也沒關係，上午講經要到正午時分，祖母她們用過齋飯，下山怕是要未初了。只要大家在未初兩刻之前回到這裡就行。」

錢老夫人讚許地點點頭。「昕哥兒說得對，人多最怕互相找，若是走散了，妳們儘管帶丫鬟自己玩，到時回這三棵大槐樹底下等著。這三棵大槐樹最惹眼，沒有不知道的。」

楚昕又指派幾個護院。「黎勇守著楊家二姑娘，趙鋼護好姑娘，承影跟著四姑娘；六姑娘腿腳短，擠不動，我帶她看耍把戲的。余三哥，余大娘子就煩勞你照顧了。」

余新舲連連點頭。「這是應該的。」

秦老夫人目光閃動。

承影是貴妃要給楚昕的侍衛，身手非常好，按說應該指派在楚映身邊才對，楚昕卻特意挑給楊妧，會不會跟前世一樣，楚昕又是早早上了心？

秦老夫人不動聲色地望過去。

楊妧半蹲著身子，低聲跟楊嬋說著什麼。楚昕負手而立，身形筆直，下巴微微揚起，眸光流轉間帶著與生俱來的清貴與驕矜。旁邊的余新舲本也是相貌周正的男孩子，卻被襯托得失去了光彩。

秦老夫人心中暗喜，驕傲地挺直了腰桿。

假如楚昕真的確定了心意，她一定要成全他，這輩子絕不能再讓她唯一的孫子孤苦無依。

管他強扭的瓜甜不甜，先擰下來再說！

這時，從山上下來數十位沙彌，將山路隔出半邊，護院和婆子們簇擁著秦老夫人等人往山門走。

含光不知何時來到楊妧身邊，輕聲問：「世子爺說姑娘有事交代。」

楊妧愣了下，從青菱手裡拿過包裹。「抄了兩本經書，本來想在佛祖面前誦讀。」

含光了然。「交給我吧，我請個沙彌誦讀兩遍，功德迴向給何公子。」

楊妧感激地說：「多謝你。」

「姑娘不必見外。」含光接過經書，又問：「廟會靠近羅圈胡同那邊有很多小食，姑娘中午要過去吃嗎？」

楊妧搖頭。「不去。」

抬眸見含光沒有退下的意思，隨即明白過來，猶豫片刻，補充道：「我們去麻花胡同吃燒羊肉。」

含光笑著走到楚昕面前，低語幾句。

楚昕去牽楊嬋。「表哥帶妳逛廟會，如果走累了跟表哥說。」

楊嬋立刻張開雙手，示意要抱。

楊妧嘆氣。分明剛囑咐過楊嬋，先要自己走，等累了才准抱，沒想到她竟然轉頭就拋到腦後邊了。

楚昕親暱地點一下楊嬋鼻尖，彎腰抱起她，目光卻落在楊妧身上，聲音清越若金石相撞。「走嘍，逛廟會去……」

# 第六十二章

一行人順次跟上去。一開始，大家還能前後照應著，沒多久就被人群衝得七零八落。

前一刻，楊妧還跟楚映商量哪家的絲線顏色鮮亮，再一回頭，就沒了人影。好在青菱始終不錯眼地盯著她，倒是寸步不離。

楊妧本來沒覺得有想買的東西，但逐個攤位逛過去，東西卻添置了不少。兩套針，四匝金線銀線，幾張漿好的袼褙，七、八張好看的花樣子，然後給關氏買的桃木梳和一柄西洋船來的玻璃鏡子。

鏡子只巴掌大，照的人影卻極清楚，連鼻梁處一粒芝麻大小的紅點點都能看出來。

給楊嬋的則是幾根各色綢帶和頭繩，最後給霜醉居的丫鬟們秤了半斤鴨尾酥和半斤綠豆黃。

綠豆黃跟豌豆黃的做法一樣，做出來的顏色卻綠瑩瑩的，中間再嵌半杓棗泥，極好吃又解暑。

不知不覺，青菱手裡那個尺許見方的藍色布袋已經變得鼓鼓囊囊。楊妧不打算再逛，抬頭認了認路，往麻花胡同走。

青菱拔腳正要跟上去，忽覺手裡一鬆，藍布袋被承影接在手裡。

她瞠目結舌地問：「你從哪裡冒出來的？」

承影道：「我一直在旁邊。」

「不可能。」青菱不信。「那我怎麼沒看到你？」

承影做了十幾年暗衛，不說是來無影去無蹤，但八成以上的大內高手察覺不到他的蹤跡，還能讓這麼個十六、七歲的小丫頭看破行跡？

他輕笑一聲。「我可看到妳了，在雜貨攤前差點跟一位老嫗撞上，在點心攤位旁被個小僮踩了一腳。」說著從懷裡掏出張帕子。「這是妳的吧？」

淡青色的素絹，右下角繡了朵粉紫的菱花。

「啊！」青菱連忙接在手裡。「多謝你。」

楊妧買木梳時，她掏帕子擦汗，不小心掉在地上，本想彎腰撿，可旁邊都是人，怕被踩到，更怕一錯眼的工夫把楊妧看丟了，只得不去管它。

青菱抖開帕子，只邊角處沾了土，並沒有預想中髒兮兮的大腳印子，可見帕子落地不久，就被承影撿了起來。

承影笑著搖了搖頭。

他跟著這對主僕走過來，覺得還挺有意思。楊妧自不必說，觀星樓的人都有數，這是楚昕放在心尖上的人。

青菱讓人挺意外，頭一點是忠心，楊妧走到哪裡，小丫頭跟在哪裡，旁邊花花綠綠的攤位根本不去看，眼裡只有主子。第二點是大度，識時務，就好比小僮踩她那一腳，她臉都皺成一團了，顯然疼得不輕，她卻沒有追過去理論。

楊妧聽著身後青菱跟承影一問一答，熟門熟路地走到麻花胡同第四間店鋪。

店鋪門臉很小，廊下一塊匾額已被熏得發黑，隱約能瞧出「羊肉陳」三個歪歪扭扭的字。

楊妧撩起青布簾子進去，裡面也不寬敞，只擺著五張方桌，余新梅兄妹倆已經坐著在喝茶了。

承影眸光一轉，已將周遭看了個清楚，將藍布口袋交給青菱，躬身退了出去。

有個二十六、七歲的婦人端上兩只茶碗，笑問：「姑娘想吃點什麼？」

楊妧問道：「今兒有羊頭嗎？」

婦人笑答。「有，鍋裡正滷著呢，過一刻鐘就得。」

「那就來半隻羊頭，蘸水要兩種，叉子火燒來……」楊妧默默合計著。「先給我們來十個。肉片打滷豆腐腦許是沒有了吧？」

婦人道：「一早就賣完了。火燒也不多，共有十六、七個。」

「那我們全要了，素菜您看著配四個，素炒豌豆苗一定要有。」

婦人應著，著意地打量楊妧兩眼。「姑娘不像是常客。」

「頭一次來。」楊妧回答。「之前家裡有親戚提過這裡，特地來嚐嚐。」

婦人笑道：「難怪，多謝姑娘照顧生意，您請寬坐，羊頭好了一併給您端上來。」

青菱提起茶壺正準備倒茶，發現有個茶碗的碗沿裂了道口子。

楊妧道：「沒事，器具不太湊手，倒都是乾淨的。」

她口正渴，端起茶碗喝了大半碗。茶是苦艾茶，泡的時候加了冰糖，有些澀苦，也帶著絲甜，並不難喝。

余新梅笑問：「先前妳說快氣死了，是什麼事？」

楊妧哪好當著余新舲的面說，便提起另外一件事。「世子爺送給小嬋一隻小狗，調皮得要命。前天我摘了一笸籮素馨花，好不容易把碎枝子挑完洗乾淨了，晾在蓆子上，結果全被牠撲在地上糟踐了。我都想狠狠地揍牠一頓，可想起是世子爺送的，打狗還看主人面……」

話音未落，只見青布簾子被撩起，楊嬋蹦跳著走進來，後面跟著滿頭細汗的楚昕，還有穿著一身緋衣，無比騷氣的顧常寶。

顧常寶看到余新梅，渾身的毛就炸開了，豎著眉毛問：「大娘子，妳是不是又在背後編排我？」

「呿。」余新梅輕蔑地撇撇嘴。「別自以為是了，我們可沒提你顧三爺半個字，不信問我哥。」

余新舲連忙站起來行禮。「顧三爺確實聽岔了，舍妹和四姑娘正談論楚世子的狗。」

顧常寶漲紅著臉愈加生氣。「妳敢罵我是楚霸王的狗！」

余新梅無語之極。「這世道，竟然有人自己找罵，上趕著當狗的，真是平生之罕見。」

楊妧不敢笑得太過張狂，掏帕子替楊嬋擦擦汗，指著她手中一隻胖兔子假面問道：「表哥買給妳的，謝過表哥沒有？」

楊嬋重重點點頭。

楚昕目光亮如星子，笑著說：「我還買了些別的，讓含光送回車裡了……妳喝的是什麼茶，這裡沒有夥計嗎？」

「沒有，就夫妻兩人。」楊妧用自己的碗裡的水給楊嬋喝了，起身往後廚要了兩個碗回來，倒了大半碗。「這是苦艾茶，表哥怕喝不慣。」

這兩個碗跟之前的碗又不同。先前的是白底繪紅花，這兩個是白底繪竹葉的，很明顯不是一套。

楚昕沒猶豫，一口喝完了。「還行，有點甜味。」將另一碗推到顧常寶面前。「苦艾茶，降降火氣。」

顧常寶喝半碗，「哼」一聲。「算了，我不跟妳一般見識，心眼小得跟針尖似的，我是做大事的人，宰相肚裡能撐船。」

余新梅翻個白眼想懟回去，看見婦人端著托盤過來，便沒作聲。

頭一趟上的是四道素菜和一笸籮叉子火燒，再一趟是四碟肉，羊耳朵、羊臉肉、羊口條、羊蹄筋和兩碗蘸水，第三趟送了盆羊湯和一摞粗瓷碗。

湯水略有些清，底下臥著紅色的枸杞，上面青翠的香菜浮在油花中，看著倒是喜人。

婦人道：「今兒羊頭小，怕不夠吃，額外加了盤蹄筋。羊湯是送姑娘的，夏天熱不宜過濃，裡面兌了滾水。」

顧常寶當先挾一筷子羊臉肉，蘸著調料，細細品了，讚道：「好吃！」又挾一筷子羊耳朵嚼了，又讚「好吃」。再挾一筷子羊口條，沒等開口，余新梅替他說了。「好吃……除了好吃，你能不能再說個別的詞？」

「妳！」顧常寶塞著滿嘴口條，說不出話，只恨恨地瞪著她。

余新舲忙著打圓場。「確實不錯，阿梅妳也吃，羊臉肉不柴不膩恰到好處，羊蹄筋極為勁道。」

顧常寶終於嚥下去嘴裡的肉。「這點肉連塞牙縫都不夠，再要兩盤，誰挑了這麼個地方，味道真是不錯。」

楊妧沒言語，一手拿支火燒，另一手用筷子挾豌豆苗。豆苗用的是上面的嫩芽，看著清潤卻不見油，吃到嘴裡香醇脆嫩。另外的三合油拍黃瓜也是清爽可口，蝦油豆腐鮮美滑嫩。

一切都是過去的味道。

楚昕默默地看她，心裡說不出的煩躁。

她為了何文雋穿素衣、吃素食，跪在地上哀哀地泣。假如有一天，他戰死疆場，她會不會也為他流一滴淚？

幾人正吃得熱鬧，聽到外面嘰嘰喳喳女子的聲音。「是不是這裡？」

另有個女子道：「不會吧，這麼小的店面，楚世子會到這裡來？」

「我親眼看見他拐進麻花胡同的，咱們來回走兩趟了，就這一間飯館。」

「進去看看不就是了？」

聲音響亮，毫無忌憚、清清楚楚地落入屋裡人的耳朵裡。

楊妧聽出來，正是靜雅的聲音。

只見青布簾子被撩開，衝進五、六名女子，個個衣著華麗滿頭珠翠，亮得能閃瞎人的眼，中間那位穿杏子紅杭綢褙子的正是靜雅。

讓人驚訝的是，最後邊穿著縹色襖子，戴一副珠釵的不是別人，卻是多日未見的張珮。

京都的習俗，上元節的燈會和中元節的廟會，是唯二兩個不用拘禮的日子，年輕小娘子和小郎君可以大大方方地走在一起、坐在一起，若是訂下親事的未婚夫妻，甚至可以手拉著手肩並著肩逛廟會。

靜雅和張珮會趁這個機會來尋楚昕再正常不過，問題是兩人竟然一同來了。

楊妧跟余新梅對視兩眼，不約而同地彎了唇。這下可有熱鬧瞧了。

楚昕抬眸，看到楊妧腮旁別有意味的笑容，眸光閃了閃。「想看我的笑話，哼……」

# 第六十三章

楊妧拉著楊嬋站起身，先行了禮。「見過縣主。」

靜雅對她們姊妹兩人的識趣非常滿意。她喜歡這種被人逢迎的感覺，輕輕「嗯」一聲，走近兩步，一張臉笑成了喇叭花，驚喜地說：「好巧，楚世子也在這裡？」

張珮也擠過來，盈盈笑著行禮。「表哥！」

兩幫人寒暄著互相見禮，唯獨楚昕安坐不動，一手捏叉子火燒，另一手拿著筷子，先挾塊羊臉肉，再挾幾條豌豆苗塞進火燒裡，從容不迫地吃著。

明亮的陽光照進來，他頭上紫金冠熠熠發著光輝，襯得他的面容更加清晰，一雙眼眸仿若千年寒玉，冷卻亮，恍若仲夏夜漫天的星子。

張珮看得移不開視線。

從花會到現在，她足足有四個月沒見到楚昕了，卻時時關注著他的消息。開頭一個月先是打了長興侯，國公府備了極厚的禮去道歉；接著跟顧常寶打架，可誰知沒幾天，楚昕竟然跟顧常寶接了修繕米倉的差事。差事據說做得極漂亮，也賺了不少銀錢。

前陣子，又聽說皇上把四個倉場的新米交給他處置。父親撥拉著算盤珠子細細算了小半個時辰，說楚昕這次差事至少能有一兩萬銀子的進項。

張珮原本被鈴鐺打擊得有些沈寂的心，重又沸騰起來。
她迷戀楚昕這張臉和渾身那股子桀驁不馴的勁頭，現在又能當差賺銀子，那就更好了。可國公府現在不許張家人進，不管是父親還是兄長，幾次上門求見都遭到拒絕。張珮便把主意打到靜雅縣主身上，只要跟著靜雅，肯定能見到楚昕。
看看吧，果然就碰上了！張珮激動得心「怦怦」跳，腦子卻還清明。
靜雅是皇室中人，一向驕縱跋扈不給人留臉面，無論如何不能開罪她，更不能讓她知道自己對楚昕的心思。最好能想個法子挑動靜雅發火，讓表哥看清靜雅的為人，再乘機展露出自己的聰明大度，把之前因鈴鐺而造成的壞影響消除掉。
對於他明顯的無視，靜雅絲毫不覺得冒犯，反而更加喜歡。
她四下看看，一張方桌已經被圍得密不透風，楚昕左邊是楊婵，右邊挨著顧常寶，沒有她能塞進去的地，便在旁邊一桌坐下了，揚著聲道：「小二，上茶。」
人雖然坐下，視線卻牢牢地黏在楚昕身上。目光太過熾熱，而且肆無忌憚，彷彿獵豹看著即將到嘴的食物，有種勢在必得的張狂。
讓人厭惡。楊妧輕輕皺下眉頭，突然想起來了。
難怪前世她沒見過靜雅，是因為她懷寧姐兒那年，菊花會上發生了一件事，靜雅被關在靜業寺清修。
彼時靜雅已經成了親，儀賓是從早已沒落的衛國公家中挑選的子姪，據說相貌陰柔俊美。菊花會上，靜雅瞧中了新科進士陸凡枝，命人將他擄到馬車上意圖不軌，陸凡枝執意不從，自馬車上跌落，摔斷了左腿。

後來查明靜雅並非第一次這般做，只不過前幾次強擄的是面容周正的市井小民，而這次大了膽子，竟然對進士動手。

事情的起因卻是儀賓在性事上不太能夠。

元煦帝盛怒，不但申飭了安郡王夫妻，連主辦菊花會的楚貴妃也跟著吃了掛落。而陸凡枝跛了腿，自知升遷無望，加之在京都無法立足，庶吉士沒讀完便自請去了貴州銅仁縣任縣丞。

因為涉及皇室隱秘且關係到衛國公府的面子，這件事被壓下了不許再提，還是何文秀偷偷告訴她的。

兩人相對嗟嘆許久，為陸凡枝感到惋惜，十年寒窗，本該有更廣闊的作為，卻不得不遠走貴州。

其實萬晉朝婦人改嫁並非沒有，靜雅完全可以奏請皇上和離，另嫁他人，非要行出這種害人害己之事。

楊妧能夠知道這些，秦老夫人自然也會知道，十有八九不會讓靜雅進門。就只怕安郡王妃求到元煦帝頭上，得想辦法把靜雅跋扈的名聲傳揚出去才好，讓安郡王妃開不了口。

至於張珮，秦老夫人怕是已經看透了她。這兩人一個跋扈，一個惡毒，都不是什麼好相與之人。
楊妧大鬆一口氣，只是看著靜雅和張珮赤裸裸的目光更覺厭惡。
婦人匆匆端著托盤過來，將茶壺和一摞茶碗擺在方桌上，倒出一碗茶。
張珮皺眉止住她。「妳看壺嘴都掉了瓷，就拿這種茶壺伺候縣主？還有這紅邊碗，俗氣至極，喝茶最好要用青花瓷或者甜白瓷，妳懂不懂？」
聽到「縣主」兩字，婦人頓時懵了。她只知道這群人衣著不凡肯定都是富貴出身，卻沒想到竟然會是皇室中人。她雙手抓著圍裙，唯唯諾諾地點頭。「懂，懂。」
「那妳還不趕緊換一套？」
婦人連忙往後廚走，走兩步，反應過來，小聲道：「店裡就只有這樣的茶碗。」
清遠侯府李二娘也是個清雅人，指著牆上已經泛黃的胖娃娃抱著大錦鯉的年畫道：「那就把這個換了。還有那副老壽星也俗氣得不行，騰出地方掛副文湖州的『墨竹圖』或者薛嗣通的『戲鶴圖』都使得。」
沐恩伯府的五娘子高秀英也不甘示弱，伸出蘭花指，厭惡地指著方桌上的裂縫。「都爛了的桌子哪能上得了檯面，還不趕緊扔了？」
一個個到處挑揀毛病。
楊妧與余新梅面面相覷，俱都瞪大了雙眼。
這群人當真是「何不食肉糜」的主兒，人家若能有幅文湖州的畫，還用得著在麻花胡同開鋪子？

靜雅起先還笑著，越聽越惱，怒氣慢慢籠上來。

張珮覷著她的臉色再點一把火。「就是呀，我們縣主這麼金嬌玉貴的人，宮裡御膳都吃過無數次，幾時受過這種委屈？」

靜雅抓起面前茶碗，朝著張珮潑過去。「楚世子都沒嫌棄，妳們吵什麼吵？想吃就留下，不想吃趕緊走。」又對雙手無措的婦人道：「照著那桌的菜，給我上一模一樣的。」

張珮愣在當地。怎麼回事？靜雅不是應該朝店家發脾氣嗎？

靜雅向來以皇家身分為傲，自視甚高，吃用都講究清雅尊貴，所以她才不遺餘力地指摘這裡挑剔那裡，好讓靜雅以為被怠慢，挑起她的怒氣。最好靜雅把茶壺茶碗都砸了，再把人打一頓，正逢廟會，消息肯定很快傳揚開，欺壓百姓這個罪名，靜雅算是甩不掉了。

可現在，事情的發展跟自己預想的完全不一樣，她怎麼能朝自己潑茶呢？

張珮頂著滿臉水珠，腦子轉得飛快。既然自己被落了面子，索性豁出去，把靜雅也拉下來。

她用力掐一下掌心，紅了眼圈，委屈地說：「縣主誤會我了，我不是嫌棄這裡髒亂，只是替縣主委屈。我說錯了話，請縣主責罰！」斂起裙角跪在地上，淚水簌簌而下，一副楚楚可憐的樣子。

李二娘抖著手替張珮不平。這館子就是又髒又破，她們也是好心才告訴掌櫃如何佈置得清雅有品味，靜雅縣主卻朝張珮發火。

大家說得沒錯，靜雅的性情果真是太霸道了。

楊妧很快領會到張珮的意圖，感慨不已。二姑娘這腦瓜子真是好用，眼淚來得也快，楚昕若能出聲安慰幾句，效果會更好。

不由朝楚昕望去。

楚昕迎上她的目光，先是不解，隨即了然，狠狠瞪她兩眼，「啪」地將筷子拍在桌子上，扭過頭去。

這一下聲音極其響亮，吸引得大家的目光都朝這邊看來。

楊妧乘機欠了欠身，開口懇求。「縣主不看僧面看佛面，看在楚世子的臉面上，且饒過二姑娘這回。畢竟是嫡親的表妹，自小一起長大，二姑娘挨了罰，世子爺臉上也過不去。」

這話提醒了靜雅。

張珮的父親是楚昕的舅舅，當真親得不能再親。張珮每年都要到鎮國公府住一陣子，好像對楚昕頗有情意，楚昕還送過她滿滿一匣子鈴鐺。

雖然據說都是牲口戴過的，可楚昕肯費這個心思，騾馬戴過的也不錯呀！他拍桌子摔筷子，定然也是替張珮不平吧？

靜雅既氣且妒。她根本沒說懲罰張珮，她自己主動跪下，不就想在楚昕面前裝可憐嗎？既然愛跪，那就跪著。她倒想看看，楚昕會不會憐香惜玉把她攙扶起來。

她側過頭給自己倒碗茶，喝一口，被艾茶的澀苦衝著，差點吐出來，強忍著嚥了下去，再不肯喝第二口。

婦人按照楊妧那桌一樣的菜式送上來，侷促地說：「火燒原是早上就豆腐腦吃的，現下已經賣完了。」

靜雅毫不在意地揮揮手。「行了，退下吧。」探頭逐樣看了看面前的四碟肉、四碟菜，在心裡是拒絕的，可又想做出副輕鬆自在的樣子給張珮看，便伸筷子挾了塊羊臉肉，試探著咬了口，嚼一嚼，極快地嚥了下去，緊接著挾第二筷子，一邊招呼。「羊肉軟而不膩，美味極了，快來吃！」

李二娘和高五娘垂眸看眼地上的張珮，開口道：「縣主饒過二娘子吧，都跪了這麼些時候。」

靜雅「哈」一聲。「我可曾開口罰她？不是她自己想跪嗎？妳們不吃拉倒，這幾道菜做得著實不錯。」一邊咬著羊耳朵，再就一口蝦油豆腐，覺得舒坦極了。

李二娘兩人不好再勸，只得傻站著，一時陷入僵持中。

楊妧暗自替張珮遺憾，就這麼傻跪著，剛才的機靈哪兒去了？少不得點撥她一下。

她掏出帕子擦一擦楊嬋腦門並不存在的汗珠，溫聲道：「待會兒出門可不許亂跑，天氣這般熱，若是中了暑可怎麼辦？」

張珮如聞綸音，兩眼一閉，緩緩倒了下去。

李二娘連忙去扶她。「哎呀，暈過去了！怎麼辦，怎麼辦？」這題高五娘會，呼喊著道：「掐人中，用力掐！」

張珮不想醒得這麼容易，可被掐得實在疼，眼睛睜一下，又趕緊閉上。靜雅瞧在眼裡，譏笑一聲，推開高五娘。「我來。」從頭上拔下金簪，對準張珮人中穴戳了下去。張珮吃痛，猛地抬起頭，金簪自人中穴劃過，在上唇留下一道血痕。

李二娘嚇得尖叫。「救命，出血了！」

門外等候著的丫鬟婆子衝了進來。

余新梅不想蹚這趟渾水，拉起楊妧。「咱們趕緊離開這兒。」

楚昕跟余新舲緊跟著站起來。

「別急呀！」顧常寶熱鬧沒看夠，捨不得走，可見大家都出了門，很不情願地掏出一枚銀錠子扔給婦人，一步三回頭地離開，急步追上楊妧等人，不無遺憾地說：「你們走那麼快幹麼？我還是頭一次看女人打架。剛才張珮撓了靜雅一爪子，靜雅又搧了張珮一嘴巴，不知道最後誰能打過誰？」

余新梅「嘖嘖」兩聲，譏諷道：「想看回去看唄，誰也沒攔著你。」

「阿梅！」余新舲止住她，正要跟顧常寶賠禮，顧常寶揮揮手。「沒事，小爺我不跟女流之輩一般見識。不過余三哥，別怪我沒提醒你，令妹整天尖牙利齒的，當心嫁不出去。」

余新梅氣得跳腳。「我又不吃你家飯，要你管這個閒事？你還是操心你自己吧！」

楊妧笑道：「我先前逛攤子看中一支銀簪，妳幫我參詳參詳。」拉著余新梅走到前面。

時已正午，正是吃飯的時候，人群比先前少了許多。

余新梅長呼一口氣。「妳不用勸我，我就是討厭他。天天沒心沒肺的，看熱鬧不嫌事大……」忽地又嘆。「靜雅真能下得了手，妳看見她臉上神情沒有，狠得嚇人。」

楊妧抿抿唇，淡淡地道：「半斤八兩吧，張珮是得其所願而已。」

若是不存著算計的心，也不會鬧到這種地步。

不管怎樣，明天這事肯定會在京都傳開，靜雅一個狠毒的名聲跑不掉。

余新梅定住步子，歪頭打量楊妧幾眼，開口問道：「妳什麼意思，不想讓這兩人嫁到楚家？」

楊妧坦然地點點頭。她知道瞞不過余新梅，也沒想過瞞她，輕聲道：「兩人都一肚子壞心眼，世子爺值得更好的。」緊跟著又解釋。「秦老夫人待我極好，以後我也要依仗國公府這個大靠山，所以希望世子爺能覓得良配，我也跟著沾點光。」

余新梅彎唇，俯在她耳邊道：「妳想過沒有，靠別人不如靠自己……」

# 第六十四章

在回府的馬車上，楊嬋就禁不住睏睡著了，秦老夫人聽了一上午經書，也疲乏得不行，吩咐晚上各自在屋裡用，不必去瑞萱堂了。

楊妧倒還好，把廟會上買的東西以及楚昕買給楊嬋的各種小玩意都收拾起來，舒舒服服泡了個澡，披散著一頭長髮，只穿著白綾襖子和素綢褲子，鋪開紙筆給李寶泉寫信。

既然要跟長房分家，四進院子就太過空曠，兩進三開間已經足夠，關氏住正房，她跟小嬋住東西廂房，楊懷宣可以住在前罩房，四口人舒舒服服的。

眼下她手頭約莫一千二百兩銀子，到年底能攢到兩千兩，足以買到相當不錯的三進院。

寫完信，她又把楚昕送的那套湖筆找了出來。

雖然李寶泉跟何文雋是至交，可跟她半點關係都沒有，總不能白白麻煩人家。湖筆並非特別珍貴的東西，正好又能用得上，算是很合適的謝禮了。

剛將信和筆包好，青荇撩簾進來。「姑娘，大爺屋裡的蕙蘭姊姊過來了。」

楊妧忙道：「快請。」

下炕穿上繡鞋，蕙蘭已進了屋，屈膝福了福，盈盈笑道：「四姑娘，世子爺說有事跟您商量，現下正在外面等著。」

楊妧詫異。「他怎麼不進來？」以往他們兩人都是在院子裡說話的。

蕙蘭笑著搖頭。「不知道，世子爺吩咐我過來請您。」

想必是因為在陳家羊肉館的事。從裡面出來，楚昕就始終耷拉著臉沒理她，這會兒應該是討要說法來了。

楊妧笑笑，從衣櫃裡找了件亮藍色比甲穿在小襖外面，又套了條月白色挑線裙子。因怕楚昕著急，便沒梳髻，匆匆把墨髮結成兩條麻花辮，用綢帶繫上了。

出了院門走不多遠，就看到楚昕站在黃櫨樹下。

他也換了衣裳，穿件象牙白的圓領袍，墨髮用藍色綢帶束著，髮梢披散在肩頭，清雋中透著幾分不羈。

楊妧微笑著招呼。「表哥找我有事，怎麼不進院子裡說話？」

楚昕掃她一眼，漂亮的眸子裡蘊著層薄怒，「哼」一聲，轉身就走。

楊妧無奈地朝蕙蘭撇下嘴，邁著小碎步窸窸窣窣地跟在後面。

走進綠筠園旁邊竹林，楚昕停住步子，回轉身，怨氣十足地喚她的名字。「楊妧，妳到底安的什麼心？」

「表哥是說羊肉館的事？」楊妧正打算跟他解釋清楚，遂直入主題。「之前我跟您提過，靜雅對表哥頗有情意。」

楚昕冷冷地打斷她。「我不喜歡她。」

「可她喜歡你，又是縣主，我是擔心安郡王會請皇上賜婚。倘若皇上真的應允，表哥還敢違旨不遵？」

楚昕低聲咕噥。「我就是拚死不娶又如何？」

楊妧懶得聽他這種置氣的話，繼續道：「可若靜雅傳出刁蠻跋扈的名聲，安郡王就沒臉請皇上賜婚了，即便提出來，皇上也會三思。張珮打的就是這個主意，所以她才一而再地招惹靜雅。她跪在地上時，靜雅已經生氣了，如果表哥能夠安慰張珮幾句，給她撐撐腰，或者借帕子給她擦擦眼淚什麼的，靜雅的怒火肯定壓不住。」

楚昕犀利的眼神刀子一般飛過來，冷且狠，好像有宿怨世仇似的。「眾目睽睽之下，妳讓我給張珮擦眼淚，是想把我推給她？」

「不是這個意思。」楊妧耐著性子解釋。「沒讓你親手給她擦，就是安慰幾句也好。你們是嫡親的表兄妹，替她出頭再正常不過，先把靜雅縣主撇開，至於張珮……有姨祖母在呢，你不用擔心。」

「呵呵！」楚昕冷笑。「妳是讓我虛與委蛇？我做不到。」

楊妧一個頭兩個大。「表哥為何這般固執，通融一下圓滑一點有什麼不可以？」

楚昕反問道：「妳不固執，妳可以通融？」

「當然！」

楚昕突然上前一步，盯牢她眼眸。「那妳也別固執，別再說無意嫁人的話，通融一下嫁給我好不好？」

楊妧瞠目結舌，半晌反應過來，咬咬牙，掉頭就走。

「話還沒說完呢！」楚昕伸手攥住她的腕，眸底跳動著火苗。「妳說妳可以通融，那就是答應了對不對？」

「不是。」楊妧否認，拚命想甩開楚昕的手，可他力氣大根本掙不脫，一張臉漲得通紅。「放開我，要不我喊人了。」說著，已是淚盈於睫。

楚昕瞧見，心頭一軟，柔聲道：「別哭，我放開妳。妳先別走，咱們今兒把話說清楚。」覷著楊妧臉色慢慢鬆開手，從懷裡掏出帕子遞過去。「擦擦淚……要不我替妳擦？」

楊妧出來得急，身上荷包香囊帕子什麼都沒帶，又不能扯著衣袖拭淚，遂一把將帕子拽在手裡，用力摁摁眼窩，又擦了把鼻涕。

楚昕長長舒一口氣。「妳用了我的帕子，得還我條新的，或者給我做個香囊也行。我喜歡那個鳶尾花的。」

楊妧甕聲甕氣地回答。「不可能。」

楚昕默一默，又道：「等妳伯父和妳娘到了京都，我告訴祖母請人上門提親，好不好？」

「不好。」楊妧毫不猶豫地拒絕，抬起頭冷冷地望著他。「沒有這個必要，我娘不會答應你。她說過，我的事情我自己做主。」

她淚水未乾，烏漆漆的瞳仁濕漉漉的，亮得驚人。一縷碎髮被淚水沾在腮旁，襯著那張細嫩的臉，越發白淨瑩潤，宛如上好的羊脂玉。

楚昕驀地有股衝動，想伸手替她拂開那縷碎髮，拭去臉上的淚痕。

他抿抿唇，把頭轉向一邊。「妳覺得我哪裡不好，我可以改。」

日影開始西移，斜斜地照射下來，在竹葉上泛起金黃的光芒，楚昕神情肅穆目光暗淡，渾身籠著一股說不出的消沈與落寞。

就好像那年的黃昏，他拖著長劍一步一個血印從趙府走出。

楊妧心頭重重地震了下，不由自主地放輕了聲音。「不是你的錯，你很好，真的，是我自己——」

「那這兩年，妳不要跟別人訂親，好不好？」楚昕打斷她的話。

楊妧點頭答應。「好。」她原本就沒有打算跟誰訂親。

「說話算數，妳不許耍賴。」楚昕目光灼灼地看著她，慢慢彎起唇角。「妳教我的，妳說求人的時候，先說兩件別人肯定不會答應的事情，那麼最後一件，十有八九會應允。」

她教給他的道理，他用來對付她。楊妧氣結。

這時才察覺，兩人距離極近，近到幾乎能聽到彼此的呼吸，而楚昕又太高，足足高出她一個多頭，她必須仰著頭才能與他對視，大大減弱了氣勢。

之前他們談話都是隔著石桌，坐著又顯不出身高，所以她才能心安理得地擺出長者的架勢。

以後再有事情，還是在院子裡說好了。

楊妧沈著臉將帕子甩在楚昕身上，轉身往外走。

楚昕喚住她。「妳眼睛還紅著，別讓人看出來，稍等會兒再走。」頓了頓，再開口，聲音極輕。「楊妧，我等著妳長大。這兩年，我也會變成真正的君子，能讓妳靠得住的君子。」他不知從哪裡掏出只短匕，在楊妧身後竹竿上劃了一道。「現在妳到這裡，」往上挪一寸，再劃一道。「十四歲長到這裡，」再往上挪一寸，劃了道更深的記號。「等妳長到這麼高的時候，咱們就成親……妳要多吃飯，長快一點。」

楊妧愣一下沒作聲，快步走出竹林。

蕙蘭守在林邊，聽到腳步聲，笑盈盈地說：「我送姑娘回去。」

楊妧不客氣地拒絕她。「我認識路。」

急匆匆趕回霜醉居，楊嬋已經醒了，戴著兔子假面正跟團團追打嬉鬧；石桌上，那只八音匣子叮叮咚咚地奏著曲調，聲音清脆而歡快。

團團是楚昕送的，八音匣子是楚昕送的，兔子假面也是。楚昕帶楊嬋盪鞦韆，抱著她在廟會上來回走了兩趟，累得滿頭細汗。

楊妧莫名地有些煩躁。

隔天，果然傳來張珮與靜雅縣主發生爭執的消息。

張珮人中和臉頰各被金簪劃了一道，靜雅也受了傷，臉上被撓出三道紅血印。李二娘、高五娘等人或者被碎瓷片扎了手或者被椅子撞了腿，各有傷痕。

趕廟會的人把小小的羊肉館子圍得水洩不通。大家只看過市井潑辣的婦人打架，沒想到高門大戶的貴女們打起架來也這麼勇猛。

安郡王妃跑到宮裡哭，求楚貴妃給靜雅做主。張二太太進不了宮，大清早跑到順天府衙門口敲登聞鼓，狀告靜雅縣主動手傷人。

順天府尹哪裡敢審問皇室中人，案子最後還是落到楚貴妃手裡，連帶著李二娘和高五娘都接二連三地被傳喚進宮。

楚貴妃問明當時情況，兩邊各打五十大板，分別禁足半年，自尋傷藥，李二娘和高五娘各禁足一個月。

楚映原本存著氣，說好跟楊妧一起逛廟會，結果走散了，害得她找半天都沒找到那家羊肉館子在哪裡。

聽到這個消息之後，慶幸不已。「還好我沒去，說不定也跟著受連累……妳跟余大娘子不是在場嗎？她們為什麼打起來了？」

楊妧淡淡地說：「我們去得早，走的時候兩人還沒開始打呢。」

張夫人暗自為張珮擔心，秦老夫人卻很高興，吩咐廚房加了兩道菜。

# 第六十五章

七月不知不覺地過去了，八月初，楊妧接連收到了三封信。一封是關氏寫的、一封是楊溥寫的，還有一封是何文秀寄來的。

何文秀很少寫信給她，這才是她進京來的第二封，十有八九是給她報喪的。

楊妧先看關氏的，信上說家已經分了，二房那邊解脫得乾淨俐落，家產一文不要，只每年送一百兩銀子供給秦氏穿用。

楊溥行事倒也磊落，既然老家的祖產都是大房的，便將家中三百兩現銀都給了關氏，並說現有財物任由關氏挑。

關氏能挑什麼？房子是租賃的，剩下的不過是家具衣物鍋碗瓢盆，難道還能搬出去換錢不成？一家子人都還用著，索性什麼都沒要。

秦氏存著兩千兩銀子的私房，原打算給四個孫子科考舉業用，既然二房的兩個用不著她，秦氏便留下五百兩養老，其餘的平均分給了大房兩個孫子和楊懷宣。

這次分家，關氏共分得八百兩銀子，不能說不公平。

但秦氏確實也偏心，大堂兄今年秋試，二堂兄明年考童生試，可以說都快學出來了，而楊懷宣還沒起步，花銀子的地方多得很。

只是她的嫁妝銀子，無論怎麼分配，別人都沒法指摘。

關氏要跟楊妧商議的是，以後他們是在濟南府賃一處小院子住，還是回老家過活？老家有祖宅和田地，吃住花費少，可以把銀子省下來留著三個孩子嫁娶所用；在濟南府是因為習慣了，不願意挪動地方。

這兩個選擇都不好。

老家窮鄉僻壤，民風固然淳樸，但也有自私自利的刁民。他們一家四口不是婦孺就是病幼，楊溥又隔得遠，被人欺負了找誰說理去？而濟南府沒有謀生的路子，總不能攥著八百兩銀子坐吃山空。

楊妧把信放下，接著看楊溥的信。

楊溥沒提分家雞毛蒜皮的事，筆墨著重在楊懷宣身上，說他小小年紀能從曹縣走到濟南府，身上有股不服輸的倔強；在家養病期間，知恩懂禮頗有分寸，又見他目光清正，覺得是可造之材，這才起意收養。

楊懷宣在曹縣已經開過蒙，以後讀書的花費，楊溥願意一力承擔。

信末又提一句，關氏屬意回老家居住，他認為不可取，希望楊妧勸關氏留在濟南，他可以囑託舊交照拂一二，卻不提讓關氏一道進京。

想必是秦氏不願，趙氏自然就更不樂意了。

可楊懷宣心性好，這就是件很令人高興的事情。楊妧不想苛責大伯父，又拿起何文秀的信。

果然，信上說何文雋上個月過世了，因為家中辦喪事太過忙亂，到現在才有精力給她寫信。又寫何夫人中年喪子，悲痛難抑以至於神思恍惚，家裡把跟何文雋有關的東西全鎖起來了，清娘和青劍也不讓隨意走動。又告訴楊妧不必回信，怕何夫人看到傷情。

楊妧放下信，無謂地撇了撇嘴。

她才不相信何夫人會「悲痛難抑」，她進出靜深院三年，從沒見過何夫人探望何文雋一次。清娘原本就不在內宅走動，又怎會礙著何夫人？

何文秀是在告訴她，讓她不要打擾何家，所謂的「義女」到此為止，慢慢涼了就好。

楊妧本也沒打算攀附何家，斷不斷親無關緊要，只是覺得遺憾，前世何文秀幫她那麼多，她還不曾回報她……

因為被靜雅和張珮的事情鬧的，楚貴妃費心又費神，今年菊花會的請帖便發得晚，直到八月六號才發下來。

張家、李家和高家都沒拿到請帖。鎮國公府卻意外地收到了兩張，是楚貴妃特地指派方姑姑送來的，說讓家裡幾個女孩子去玩玩。

秦老夫人大手一揮，吩咐給姑娘們添置衣裳。正好衣錦坊關張轉讓，鋪子裡餘下一百多疋布，張夫人捨不得賠本賣，全都給拉了回來，其中不少顏色鮮亮的杭綢、府綢和各式緞面，秦老夫人給楊妧她們每人送了八疋。

張夫人心疼得幾乎要滴血，卻只能忍著。既然沒法往娘家送，而綢布放久了顏色發黃，花色也不時興了，真不如現在裁成衣裳穿。

比張夫人更煎熬的是張大太太。

今年張珺滿十三，按例是能拿到請帖的，即便不能，張瑤也會帶著張珺進去，可是因為張珮鬧這一齣，請帖是不用指望了。

張瑤的日子也非常不好過。

靜雅縣主是小姑子，張珮是娘家堂妹，她被婆婆罵了個狗血淋頭，不得已跑回娘家，可張二太太緊跟著過來，又指桑罵槐地說她不照顧堂妹。

張大太太看不過眼，冷著臉道：「妳有這個能耐朝阿瑤撒氣，怎麼不好好管教一下阿珮？上次阿珮在國公府作妖，連累得我們也不能上楚家的門，這次阿珮又招惹縣主，我們阿珺跟著吃多少掛落？」

張二太太可不是善茬，雙手往腰間一叉。「阿珮年紀小，確實調皮了些，可親家老夫人生氣都是因為妳們。內官監送的古籍是大哥親手接的，昭哥兒童生試考三次不過，是妳求著小姑要往宣府送……怎麼怪到我頭上了？阿珺嫁不出去更怪不到我，她長得十足像了妳，誰願意娶個整天愁眉苦臉的兒媳婦，看起來一副短命相？」

張大太太氣得一佛出世二佛升天，本是枯黃的臉色愈加難看，手指顫巍巍地點著張二太太。「有妳這麼咒自己姪女的？阿珺剛十三，還沒開始說親，哪裡就嫁不出去了？倒是阿珮一肚子壞水，更是得預防著點。」

兩人妯娌二十多年，對彼此家裡的事情門兒清，吵了一個時辰架，把對方家裡的骯髒事扒了個底，包括長房張繼文公器私用收受賄賂，二房張承文豢養外室，生了個私生兒子的事情全都抖出來。

張二太太驚呆了。她從來不知道自家相公在外面還有個私生子，當下顧不得吵架，帶上身邊的丫鬟婆子，氣勢洶洶地衝到國子監將張承文揍了一頓，問出來外室的地址之後，又衝到外室家中。

外室母子倆過得可比張二太太舒坦多了，獨門獨戶的兩進小院子，炕上鋪著綾羅被，桌上擺著青花瓷，瑪瑙碟子裡盛著還沒上市的秋梨，六、七個丫鬟在旁邊伺候著。

張二太太氣盛，外室也不是善茬，兩幫人撕扯在一起，讓左鄰右舍看了好一場大戲。

短短七、八天，大戲落了幕，張承文因為私德有虧，被國子監開除教職，外室則被接入家中納為姨娘，私生子入了族譜，堂堂正正地成了張家人。

張二太太看著私生子，恨不能一刀把他砍了，可私生子已經年有十二，身量比張珮高，心眼也比張珮多，張二太太根本奈何不了他。

聽到娘家這些事，張夫人張大著嘴巴，半天合不上，總算明白為什麼整天接濟娘家，張二太太還是哭窮，合著那些銀錢都用來養外室了。

想想自己送回去的三萬兩，張夫人羞愧得沒臉見人，假借秋燥躲在正房院好幾天，總算緩過勁來。

相較而言，趙氏卻興頭極了。

這次分家終於甩掉了三房這塊牛皮糖，還額外分得秦氏的一千兩銀子。更令人激動的是，她跟楊妡還可以參加菊花會。

據說元煦帝也要去，那就是說，她很可能目睹聖顏，這可真是天大的榮耀。

趙氏來回走路都帶著風，親自帶了兩塊上好的緞面去真彩閣做衣裳。

范二奶奶指著旁邊一摞布料，無奈地說：「原本太太的活兒，我無論如何都要接，但實在趕不出來。繡娘們已經忙了大半個月，菊花會之前還有二十多件……那邊一摞是月初送來的，都還沒開始做呢！如果接，恐怕要九月底才能交。」

趙氏悻悻然地回府請針線房的人做。

好在楚映和楊妧都有現成的新衣裳，不必趕著做，針線房痛快地接下了趙氏和楊妡的布料。

接連落了兩場雨，天一下子涼起來了，清晨跟晚上都要披著披風才成。石榴樹結了拳頭大小的果子，紅燈籠般掛在枝頭，春笑打下來兩個嚐了嚐，又酸又澀，根本無法入口。

門前那片黃櫨樹枝葉開始泛黃，遠遠望過去，金燦燦一片，煞是好看。

自從上次跟楚昕在竹林裡談過話，楊妧為了避開他，早晚都是從小花園裡來回，有時候甚至藉口散步，特意繞個大圈子。

若是在瑞萱堂遇見，楊妧便敷衍地行禮問候一聲，多餘的話半句都不說。

楚昕許是忙，每次都待不久，匆匆給秦老夫人請個安就離開，倒是相安無事。

中秋節過去沒幾天，就到了月底。

這天，楊妧牽著楊嬋剛走出霜醉居不遠，聽到有人喚她。「四姑娘，有件事想跟妳商議。」

楊妧側頭，見是楚昕站在黃櫨樹下。

傍晚時分已經薄有涼意，他卻只穿了件鴉青色道袍，身形修長而挺拔，髮梢垂在肩頭，被風吹動著四散飛揚。跟以前一樣，俊美中帶著少年人獨有的驕矜不羈。

楊妧不太想過去，可身邊站著青菱、春笑和綠荷，不遠處還有個蕙蘭。當著一眾下人的面，她不可能給楚昕沒臉，遂掛出親切的笑。「表哥有事請講。」

楚昕挑眉。「四姑娘請借一步說話。」

楊妧提起裙角慢慢走過去。

旁邊這麼多下人，她不信楚昕還敢動手拉扯她。

# 第六十六章

楚昕笑容暄和地看著她一步步走近，略側了側身體擋住秋風。「妳把披風攏一攏，這會兒起風了。」

「還好，不冷。」楊妧注意到他站在上風口，心頭浮起一股暖意，溫聲問道：「什麼事？」

楚昕眸底閃著光亮。「我們把茂昌行砸了。」

楊妧低呼一聲。「幾時砸的？」

「差不多未初時分，吃完午飯，顧老三說去燈草胡同聽曲……千家班在那裡搭著草臺子，不唱戲的時候可以點曲聽，就只聽曲，沒別的。」楚昕解釋一句接著道：「經過茂昌行，正看到有個老漢去兌米，說家裡婆子快不行了，臨去前給她吃頓新糧。說好的是一斗半陳米換一斗新米，老漢扛著半袋子陳米，只換回一小布袋新米。老漢不願意，說不換了，還是將就著陳米，給老婆子多買幾兩肉吃，可再往回換，半袋米少了足足有三成。」

「然後呢？」楊妧聽得津津有味，白淨的臉龐被夕陽映著，纖細的茸毛好似染了層金色的光輝。

楚昕聲音放得溫柔。「周延江先動的手，把店門口盛米的斗踢翻了，店裡夥計衝出來喊打喊殺，我們當然不能看著周延江吃虧。」

楊妧嗔一聲。「怎麼把他叫上了？他還是個孩子。」

「不是故意的，只是趕巧。」楚昕繼續道：「當時鄭御史一家正約了人在對面酒樓相看……真是巧得不能再巧了，對不對？」

楊妧想起楚昕也曾經相看過鄭御史的嫡次女，鄭二娘子，說她太漂亮像狐狸精變的，怕半夜三更現原形把他吃了，不由抿嘴一笑。

淺淺的笑容恍若春日枝頭才始綻開的野山櫻，明媚又帶著些繾綣。楚昕心頭一蕩，只覺得呼吸也急促了些，雙手無處安放一般。

他吸口氣，抬手扯下兩片黃櫨葉子，忽然反應過來，漂亮的眸子染上一層薄怒。「妳笑什麼？」

「沒什麼。」楊妧忙收住笑容。「鄭御史看到你們打鬥了嗎？」

「不可能看不到，米糧灑得滿街都是，旁邊百姓紛紛拿著簸箕往袋子裡撮，動靜極大。即便他看不到，茂昌行掌櫃也不會白吃這個虧。說不準，正忙著找人寫彈劾摺子呢！」

這倒也是。楊妧點頭表示同意。

楚昕怨氣散了些。「還有件事，我爹今兒回京了。」

「真的？」楊妧低呼一聲。這麼大的事情，她半點風聲都沒有聽到。

「城門剛開進的城，連衣裳沒換就進宮了。中午皇上留飯，不知道眼下回來沒有……要是我爹對我動家法，妳得替我求情。」楚昕把手裡樹葉遞給她。

他手指白皙修長，雖是常年習武，骨節卻不顯，只虎口處布著薄繭。指甲修剪得整整齊齊乾乾淨淨，呈現出健康的粉紅色，如同玉雕一般。

楊妧低低應道：「好。」接過樹葉問：「你爹對你動過家法嗎？」

「嗯，每次回來都請家法，但是祖母攔著不讓，就改成打棍子。我爹打人最疼，而且絲毫不通融。」

話語裡有著明顯的不滿，想必是挨揍不行。楊妧抿抿唇，再問：「那他打過阿映嗎？」

「沒有，阿映是女孩子，哪能動手打？」

因為是女孩子，所以不能動手打。這樣溫柔的一個少年啊！

楊妧眼前彷彿又浮現出他半蹲在地上，專注地跟寧姐兒談話的情形，心中不由湧起濃重的憐惜，重複道：「我不會讓國公爺打你的。」

「嗯。」楚昕應著，目光清亮如天邊星子，熠熠生輝。「走吧，祖母怕是等著了。」

一行人匆匆往瑞萱堂走。

瑞萱堂門口，有人佇立樹下，靜默地看著西邊。

夕陽如血，將天際暈染得五彩斑斕。霞光裡，楚昕穿鴉青色道袍，神采飛揚，正側頭看著身旁的女孩。女孩身量不高，披件大紅緞面披風，膚色很白淨，像是會發光一樣。

不知道說起什麼高興的事，女孩彎唇微笑，露出腮邊一對梨渦，靈動之極。楚昕也笑，眉目間柔情滿溢。

楚釗呆了呆。

轉眼又是兩年沒見，在他的印象裡，楚昕仍是那個調皮搗蛋，犯了錯只會梗著脖子死倔的臭小子，還從來沒見過他這般溫柔地對待別人。

不知不覺中，兒子已經長大了。

進宮時，皇上也誇讚楚昕懂事不少，知道討差事做。

楚釗臉上浮起與有榮焉的驕傲，有意再等一會兒。

楚昕見到他，驚喜地喚一聲。「爹！」急步上前，不顧地上塵土，跪下拜了三拜。「孩兒見過父親。」

「快起來。」楚釗伸手拉起他，順勢攬過他肩頭拍兩下。「長高了，也壯實了。」

楚昕挺直腰桿，指著楊妧介紹道：「濟南府過來的，楊家四姑娘和六姑娘。」

楊妧拉著楊嬋一同行禮。「見過表叔。」

離得近了，楚釗看清她的模樣。不是那種特別豔麗的漂亮，卻順眼，讓人看了很舒服，尤其那雙眼眸深潭水般沈靜透亮，是個很沈得住氣的女孩子。

楚釗笑應一聲。「快進屋吧！」當先跨過門檻。

身形晃動，楊妧聞到皂角的香味，又見楚釗衣衫整潔，料定他已經梳洗過，不由抿唇微笑。

楚昕瞧在眼裡，低聲問：「妳笑什麼？」

「不告訴你。」楊妧頓一頓。「你長得更像你娘。」

眉眼隨張夫人，但體型像鎮國公，肩寬腰細非常挺拔。楚釗年近不惑，正是一個男人最成熟的年紀，身形格外魁梧。

楚昕得意道：「我隨我爹和我娘的好處。」

楚釗聽到兩人低語，眸光閃了閃。

楚映、趙氏和楊妡已經在屋裡了，張夫人卻不在。

看到楚釗，少不得又彼此見禮，秦老夫人指著楊妧。「二姑娘是長房的，這兩個小的是三房的。長房你表兄正打算往京都調動，聽說略有眉目。」

楚釗看向趙氏。「不知表兄想去哪裡，或者我能幫助一二？」

趙氏支吾著。「應該是吏部，我也不太清楚。」

吏部太大，底下分著四個清吏司，在底下還有科、庫。

楊妧輕咳聲。「文選司。伯父行事端方眼力極好，現在濟南府是正五品，若不能升遷，平調去文選司最合適。」

文選司掌官吏班秩遷除，是個很有權力和「錢」途的職缺，但楊溥並非貪得無厭之人，所以在文選司乾了許多年，深得上峰賞識。

「文選司。」楚釗掃她一眼，隨即移開，沈吟道：「我盡力而為。」

目光犀利，彷彿能看透她所思所想一般，雖只短短數息，可楊妧還是感覺到一種無形的壓力。

是上位者的威嚴，也是歷過生死之後的淡然與無畏，也難怪楚昕對他既敬愛也害怕。

楊妧屈膝行禮。「多謝表叔。表叔大可放心，我伯父為人清正，連年考績都是優等……舉賢不避親仇。」

話音剛落，張夫人撩簾進來。她穿玫紅色杭綢褙子，梳著墮馬髻，比往日更見明媚，尤其是一雙眼眸，水波瑩瑩泛著光。

秦老夫人笑道：「都餓了吧，趕緊擺飯。」

席開兩桌，上首一桌坐著秦老夫人與楚釗和楚昕，下首則由張夫人和趙氏帶著姑娘們占一桌。

菜餚非常豐盛，尤其楚釗那桌，因為桌子小，顯得格外滿。

楊妧注意到，楚釗時不時把視線落在張夫人身上，很關注她吃用得好不好。

兩人定然非常恩愛，也所以，前世聽到楚釗戰死，張夫人會自刎而亡。張夫人固然持家能力不足，可作為一個妻子，她並非沒有可取之處。

一大家子人安靜卻無比溫馨地吃完飯，丫鬟們撤下碗筷，沏了茶上來。

趙氏等人不便久待，略坐片刻就離開。

走到梧桐樹下，楊妧突然想起什麼，吩咐春笑先帶楊嬋回去，低聲問荔枝。「能不能請世子爺出來一下？」

荔枝笑著答應，沒多久，楚昕甩著袖子出來。

此時天已全黑，廊檐下掛了兩盞大紅燈籠已經點亮，在地上映出昏黃的光暈。

楊妧往暗影處挪了挪，問道：「國公爺能在家裡待幾天？」

「三天，大後天回宣府。」

楊妧點點頭。「你的箭法練得怎麼樣，果真能百發百中？現在天黑了也能射中？」

「當然。」楚昕毫不猶豫地說。「妳不信，我可以當場演練給妳看看。」

楊妧莞爾。「我信。待會兒你問國公爺有沒有空指點一下你的箭法，前陣子你說《太公兵法》裡有不懂的地方，正好請教他。」

「我問過秦二，已經明白了。」

「明白了也可以再問，統領全軍的將軍跟軍士所處位置不一樣，看法肯定也有不同，多聽幾個人的意見大有裨益。」

楊妧無可奈何地看向楚昕。

就連前世的寧姐兒，才五、六歲的孩子，犯了錯也知道先拿個秋梨或者端杯茶水討好她。她喝過茶水，知道了寧姐兒的孝心，再來處罰總會有些心軟。

楚釗也是為人父母的，他在家時間短，若是知道楚昕的功夫大有長進，而且願意請教他，肯定特別高興。即便明天得知被彈劾的消息，也會自省一下，沒準是因為他教導得少的緣故，自然會手下留情。

楚昕怎麼就學不會討好別人呢？

楊妡又道：「順便告訴國公爺你想去宣府，國公爺若能支持你，你就可以早點去。不過，若是國公爺不同意，你也不能尥蹶子，把你自己的理由和想法一條條擺出來，知道嗎？」

「我知道。」楚昕似羞似惱。「我已經改了。」

楊妡不再囉嗦，好脾氣地說：「那你進去吧，我回了。」

她是很希望楚昕能夠出去歷練一番。在府裡，說句不好聽的，張夫人腦子裡就是一汪水，根本頂不起事，秦老夫人又溺愛太過，幾乎把楚昕捧在了心尖尖上，所以養成現在的一些習氣。可若是跟在楚釗身邊，見識廣袤的草原雄峻的高山，眼界肯定不一樣。

楚昕不急著進屋，吩咐荔枝尋了盞氣死風燈，又指了兩個小丫鬟。「妳們送四姑娘回去。」看著楊妡繞過影壁才回返屋子。

只這會兒工夫，風好像更大了些，紅燈籠搖曳不止，連帶著地上的光暈也胡亂晃動著。

荔枝盯住光暈看了會兒，想著適才時斷時續聽到的談話，心裡升起一種怪異的感覺。

分明楊妡比楚昕還小幾歲，可說話的語氣及神情，卻好像長輩對待晚輩……

# 第六十七章

隔天，楊妧早早到了瑞萱堂，豈料楚映更早，已經在東次間坐下了。楚釗正服侍秦老夫人喝銀耳羹。

楊妧請過安，楚映便問：「阿妧，明天菊花會妳穿什麼衣服？咱倆穿一樣的吧！我想穿粉色繡玉簪花的褙子配墨綠色裙子。對了，我哥答應過帶我買珠釵的，到現在都沒買，今天一定要去，咱倆一起。」

「我不去。」楊妧不假思索地拒絕她。「我要等林醫正。」

楚釗飛快地掃了楊妧一眼。

楊妧笑著跟秦老夫人解釋。「前幾天見林醫正走路不太俐落，這不天涼了，給他做了副護膝。」

雖然林醫正始終沒有找到楊嬋不肯說話的原因，但每次給秦老夫人請平安脈的時候，會順便幫楊嬋也把下脈，還開了個食療方子。這幾個月來，楊嬋身體明顯強壯了許多，都未曾生過病。

楚映嘟著嘴抱怨。「可以等林醫正走了再去，或者請祖母轉交也行啊。」側眸瞧見楚昕正撩開門簾進來，嬌聲道：「哥，你答應我去同寶泰，我想今天去。」

「今兒不方便。」楚昕抬頭，腦門上一塊明顯的鼓包，腮邊還有道暗紅的血絲。

秦老夫人頓時急了，一迭聲地問：「怎麼回事，磕著了還是碰著了？下人們都怎麼伺候的，搽過藥沒有？快過來讓祖母瞧瞧。」

「技不如人。」楚釗輕描淡寫地說了句。「這點傷用不著搽藥。」

「怎麼不用搽，破了相怎麼辦？」秦老夫人左看右看仔細打量好一陣子，確實沒多嚴重，可仍舊沒好聲氣。「動手也沒個輕重，難怪大清早過來獻殷勤。」

楊妧一聽便明白，抬眸看向楚昕。

楚昕面紅耳赤地解釋。「我跟父親比箭，稍遜一籌，後來提出比試槍法……」

她不知道說什麼好。早跟他說摸著黑射幾囊箭就行，卻非得動刀動槍。

楚昕的功夫是跟師傅在演武場練出來的，楚釗卻是在戰場上實打實拿性命拚出來的……如果是白天還好點，楚釗手底下有數，可又是在晚上，才剛月初，哪裡有月光？

楚釗將兩人神情看在眼裡，淡淡開口。「阿昕的功夫大有長進，只是實戰經驗過於欠缺。」默一默，對秦老夫人道：「明年中秋，我帶阿昕到宣府歷練幾年。這個季節，瓦剌人忙秋收顧不上打仗，熟悉幾個月到了開春，阿昕也該見見血了。」

三、四月，冬糧已經吃完了，而新米還沒收穫，地裡也沒瓜果，瓦剌人最喜歡這個時候犯邊。

楚昕眸底驟然迸發出閃亮的光芒。「太好了！爹，這一年我肯定好好習練功夫，研讀兵書！」

秦老夫人卻沈了臉。「我不同意。刀槍不長眼，昕哥兒才多大歲數？萬晉朝又不是沒別人，我可只有這麼一個孫子。反正昕哥兒到哪兒我都跟著，他要去宣府我也得去。」

「祖母！」楚昕梗著脖子要分辯，瞥見楊妧搖頭，要出口的話便嚥了下去。

楊妧沒有勸說秦老夫人，反而接著楚映先前的話頭，盈盈笑道：「表哥今兒若是有空，陪我和阿映去同寶泰吧，明天我們都穿粉色襖子，想戴一樣的珠釵。」

「對呀，對呀！」楚映連聲附和。「也梳一樣頭髮，打扮成孿生姊妹。」

剛才還說不去，片刻間又改了主意，而且楚昕和楚映好像都很在乎她的看法。

楚釗目光在楊妧身上停了數息，轉而落在楚昕身上。

楚昕臉上帶著傷不太想出門，可楊妧難得提出要求，他當然要答應她。

正猶豫，聽楊妧又道：「順便到三條胡同吃午飯，上次阿映說東興樓有幾道菜……」

「炸響鈴和燴三丁，都好吃得不行。哥，去吧！」

兩人眼巴巴地看著他，楚昕拂不開面子。「好，幾時出門？」

楚映問楊妧。「妳說呢？」

「吃完飯換過衣裳就走，先去余閣老家接上阿梅，要是余三哥在家也叫上他。明天余三哥在菊花會當差，如果有事，少不得麻煩他照應。」

荔枝覷著秦老夫人臉色，見她沒有異議，連忙打發丫鬟到外院吩咐車馬。

少頃，趙氏跟楊妲走進來，紅棗帶著小丫鬟擺了飯。

張夫人卻沒有露面。

秦老夫人吩咐廚房在灶上溫著雞湯和銀耳粥。

小別勝新婚，張夫人和楚釗大半年沒見……確實需要喝雞湯補一補。

楊妧抿唇微笑，又想起楚釗明年要帶楚昕去宣府，更覺高興，很愉快地吃完了早飯。

回霜醉居的路上，她叮囑楚昕。「……還有一年才去宣府，表哥別跟姨祖母爭執，若是姨祖母動氣，反而容易壞事。先觀望著，說不定有別的變數。」

秦老夫人能跟秦芷置氣三十多年，可以想見也是個脾氣硬的，如果非不讓楚昕離開，誰能勸得住？

再者，張夫人跟楚釗這般恩愛，說不定能懷個孩子，這樣秦老夫人就不會把全副心思放在楚昕身上了。

雖然前世鎮國公府只有楚昕一根獨苗苗，可這世楊家能多個楊嬋，楊懷宣也不是之前的楊懷宣，楚家為什麼不會有變數？

楚昕唯楊妧之命是從，當下應了。

楊妧又道：「待會兒在街上遇到人，別提腦門上的包。如果實在有人多嘴詢問，就說自己不小心碰的，千萬別提國公爺，知道了嗎？」

楚昕眸中閃過絲疑惑。

楊妧給他解釋。「昨天跟茂昌行動手的事，估計今天很多人都知道了。表哥帶著傷出去，別人會自動認為是茂昌行的人打的……表哥向來在京都橫著走的，連您都敢打，可見茂昌行素日多麼囂張霸道。」

楚昕恍然大悟。「難怪妳要去余閣老家，還要在外面吃午飯，是想多走幾個地方……妳真聰明。」

「這不叫聰明，只是內宅裡上不得檯面的小心機。」楊妧搖頭，誠摯地說：「表哥這樣就很好，行事磊落堂堂正正，或者像國公爺和何公子，他們才是有大智慧的人。」

適才，楚釗看她那一眼，眸子裡帶著了然，彷彿一切盡在掌握之中，但他什麼都沒說。

前世，大房跟三房暗地裡互相算計較勁，堂兄妹之間說話也是含諷帶刺的；嫁人之後，楊妧又跟婆婆和陸知萍打交道，全是雞毛蒜皮勾心鬥角的事，所以楊妧習慣玩這個小心思。

楚昕卻不同，他熱烈如驕陽、溫柔似皎月，是要胸懷家國建功立業的，可以用大智慧而不能玩弄小聰明。

三人出去逛了大半天，回來後聽說鄭御史寫了摺子彈劾榮郡王、鎮國公和忠勤伯教子無方，縱容家中子弟當街鬧事，楚釗奉皇上口諭進宮廷對。

楚昕來不及換衣服，當即也趕到宮裡。

周延江和顧常寶已經在御書房門前跪著了，楚昕二話不說，老老實實地跪在顧常寶身旁。

太監瞧見，轉身稟報給元煦帝。

元煦帝「哼」一聲，瞥一眼下首穩穩當當坐著的楚釗，合上面前摺子。「傳他進來。」

楚昕進殿，先給元煦帝磕頭，又拜見二皇子周景平，最後朝楚釗喊了聲「爹」。

元煦帝一眼注意到他白淨腦門上的大鼓包，挑眉問道：「你平常不是挺能耐，打架從來沒有吃虧的時候，怎麼昨兒真挨了揍？」

「我爹打的。」楚昕記著楊妧的話，老老實實承認。「昨天在街上沒吃虧，茂昌行二十多夥計被我和周延江打得落花流水，都沒讓隨從上。」

元煦帝冷笑。「還挺得意。說說為什麼給人把上千斤白米撒大街上了？」

楚昕把昨天的事情說了遍。「老漢家中本就貧寒，一進一出便損失三成米，夥計也甚是可惡，罵罵咧咧地嘴裡沒好話，若是都像茂昌行這樣，我跟顧老三兌換米糧的時候也大斗進小斗出，豈不賺大發了？可聖上的聲名就受了連累。」

「合著你們還是替朕著想？行了，外頭等著去。」

元煦帝沒說跪，可楚昕見那兩人都跪著，本著有難同當的原則，依舊跪在顧常寶旁邊。

跪了約莫兩刻鐘，二皇子跟楚釗相繼出來。

二皇子居高臨下地看著他們。「雖然你們初心是好的，但處事方法不妥當，念你們是……」

「初犯」兩個字在舌尖打了個轉又嚥了下去。楚昕跟顧常寶應該算「累犯」了。

他頓一頓。「都起來吧，下不為例。」

楚昕跟在楚釗身後出了宮門，各自尋到各自的馬，疾馳回府，在門前下了馬，自有小廝接過馬鞭牽了馬去。

楚釗意味深長地看著楚昕。「歪打正著給社稷百姓出了分力……真是長大了，知道如何廷對了。」

楚昕想說什麼又沒說。這可不是歪打正著，而是有意為之，從攛掇老漢換米到安排鄭御史相親，中間不知費了多少工夫和銀錢才換來這麼個「巧」字。

不過能做成這件事，而且沒被楚釗打，楚昕還是非常得意的。

翌日一早，楊妧在霜醉居吃過早飯，打扮齊整了往瑞萱堂給秦老夫人過目。

隔天楚釗回宣府，秦老夫人想讓他們兩口子在家裡膩歪一天，便親自帶趙氏以及楚映、楊妧等人去菊花會。

三個姑娘站成一排。楚映穿粉色繡玉簪花襖子，墨綠色羅裙上也繡一圈玉簪花，看著清麗婉約。楊妧也穿粉色襖子，卻用靛藍色杭綢在衣領和袖口處絎了道牙邊搭配靛藍色羅裙，顯得俏皮明媚。兩人都梳垂掛髻戴珠釵，格外顯小。

楊姮接受了上次逛廟會的教訓，這次特意穿著月白色小襖搭配湖藍色湘裙，很是素淡，外面披風也素，有種不勝秋風的蕭瑟感。

秦老夫人暗嘆口氣，隨即釋然。

這樣也好，不會被那幾位爺瞧中，省得惹出麻煩。至於楚映和楊妧，兩人年歲本就小一歲，這樣打扮顯得更小，十一、二歲似的，幾位爺都已行過冠禮，等不了這許多年。

一行人被丫鬟們簇擁著走到角門。

楚昕穿件青蓮色繡銀色纏枝花紋的杭綢直裰，已經牽好馬等著了。腦門上的包消了腫，泛出青紫色，卻絲毫無礙於那張俊臉。

見楊妧等人出來，他悄悄說了句。「大皇子還差一位側妃，聽說今天有意挑一位……」

# 第六十八章

「對啊，」楚映不明所以。「徐側妃是去年秋天過世的，正該添一位，怎麼了？」

楚昕摸摸腦門。「就是突然想起來，隨口這麼一說。好像徐側妃就是大皇子在菊花會上看中的，大皇子最喜歡墨菊。」

楊妧聽懂了，微笑道：「不知道今年哪家的姑娘有這個恩寵？」

楚昕見她明白，沒再多話，牽了馬走在前面。

因景山腳下地方小，參加菊花會的勛貴又多，怕馬車沒地方停，趙氏伺候秦老夫人一輛車，三位姑娘坐一輛車，其餘丫鬟們坐一輛車。

上車後，楚映嘀咕。「墨菊有什麼好，紫不溜秋的，我喜歡胭脂點雪或者瑤臺玉鳳。」

楊妧笑道：「我也覺得瑤臺玉鳳好看，堆雪一般。但是墨菊難養，物以稀為貴，所以才受大家追捧。要不待會兒別看墨菊了，不知道菊苑有沒有芙蓉托桂？」

「不知道，我也是第一次去，應該會有。我覺得芙蓉托桂有點俗，不若瑤臺玉鳳高潔，也不若胭脂點雪嬌媚，就好像……就好像田莊裡的村婦戴了滿頭金簪。」

楊姮接話道：「我倒是覺得墨菊不錯，花朵很大，顯得富貴。」

三人低低說笑著，不知不覺到了菊苑門口。

楊妧剛下車，聽到有人呼喊。「四娘，四娘。」

回頭瞧，卻是明心蘭拽著位十四、五歲的少女，正提著裙子往這邊走。明夫人跟在後面，臉色陰沈，想來是嫌棄明心蘭行為不夠端莊。

楊妧駐足等她。

明心蘭笑著引見她身邊的少女。「廖家十四姑，名字叫做方惠。這是楊家二姑娘和四姑娘，這是楚姑娘。」

廖十四梳著雙螺髻，戴了支赤金鑲芙蓉石髮簪，穿著件玫瑰紅繡菊花的褙子。長相一般，圓臉柳葉眉，然而氣度卻極好，笑容溫和舉止端莊，看著就像閨訓有方的大家千金。

幾人相互見過禮，一道往入口處走。

入口有兩個，各有六位手持紅纓長槍的軍士把守，右邊的入口專供女賓同行，軍士們神情肅穆地查驗諸位女眷手中燙金灑花玉版宣的請柬。

一張請帖可以進三人，每人可帶一位下人。楊妧帶著青菱，楚映帶了藕紅，楊姮則帶了桃果。

進了菊苑，楚昕走近前，指著旁邊的石子小路對秦老夫人道：「祖母，沿著小路往前直走有一條小溪，過了橋就是女賓歇息之處。我們男賓在西邊，我現在往忘憂樓去，散了之後，我在入口地方等您。」

秦老夫人點點頭，仔細地叮囑他。「我看那邊有不少舞刀弄棍的，你當心點，臉上傷還沒好。」

「我明白，祖母放心。」楚昕瞥一眼楊妧，目中漾起淺淺笑意，闊步離開。

廖十四目光落在楚昕身上，有點移不開。

她從來沒見過這樣俊美的男子，眉峰如山般挺秀，雙眸如墨般漆黑，臉上的笑容恍似月下澗水，溫柔清潤。腦門上雖然有塊青紫，卻無損於他的容顏。

陽光照在他青蓮色直裰上的纏枝花，折射出晶亮的光芒，像是無數光點在跳動。

廖十四聽到了自己的心跳得那麼快那麼急，彷彿下一刻就要從心口蹦出來一般。

她慢慢紅了臉，扯一扯明心蘭的衣袖，輕聲問道：「這位公子是誰？」

「他呀，」明心蘭大大咧咧地說：「鎮國公世子，阿映的兄長。」頓一頓，壓低聲音。

「京都有名的小霸王，跟顧家老三是一丘之貉，狼狽為奸。」

原來是他！廖十四聽過楚世子的大名，卻是無法跟面前這人聯繫起來。一個有著那般溫柔笑容的人，怎可能是囂張跋扈的京都小霸王？

廖十四下意識地朝楚昕離開的方向過去，那道修長的背影已經不見。她抿抿唇，抬眸瞧見明夫人跟秦老夫人走在前面，忙加緊兩步上前攙住明夫人的臂彎。「夫人，腳下有青苔，當心滑。」

明夫人笑道：「還是惠姐兒仔細。」扭頭看一眼正興高采烈跟楊妧說話的明心蘭，無奈地嘆口氣。「不像心蘭，都要說親的人，還整天毛裡毛糙的。」

「都一樣，阿映也是孩子脾氣。」秦老夫人側眸打量著廖十四。「這是哪家姑娘？」

廖十四屈膝行禮，落落大方地說：「見過老夫人，我姓廖，在家排行十四，老夫人喚我十四即可。」

明夫人補充道：「是江西廖家的姑娘，老二媳婦的表妹，最是穩重又知書達禮，前陣子進京住在府裡，我想讓她幫著給心蘭壓壓性子。」

「廖家姑娘？難怪。」秦老夫人眸中閃過一絲欣賞和喜愛，抬手將腕間玉鐲擼下來，往廖十四手裡塞。「留著戴了玩。」

「老夫人使不得，這太貴重了。」廖十四忙推辭。

「拿著，長者賜不可辭。」秦老夫人親自給她套在手上，笑道：「十四這手長得好，福相。」

廖十四稍顯豐腴，手也肉嘟嘟的，手背上四個明顯的窩窩。

廖十四推辭不得，再度行禮致謝。「多謝老夫人賞，我受了您這麼大的禮，不如我給您做兩條額帕吧？」抬眸看著秦老夫人頭上墨綠色的額帕，笑道：「我也做條墨綠色的，繡金黃色的長壽菊。不過我女紅一般，比不過您戴的這條，您可千萬別嫌棄，就是覺得不好看也多少鼓勵我一下，讚個好。」

秦老夫人「哈哈」笑得舒暢。「廖家姑娘的女紅再不好，別人家的就沒眼看了。我這條額帕是四丫頭做的，四丫頭是個手巧的，妳們倆八成能玩到一處。我們家阿映手拙，繡條帕子都繡不好。」

廖十四回頭。

楊妧正跟明心蘭說得有趣，彎起眉眼笑靨如花，腮邊梨渦跳動，明媚中透著俏皮。靛藍色的羅裙被秋風揚起，露出粉紅色繡鞋的一角，嬌柔可愛。

廖十四聽明心蘭提過她的兩個知交。余新梅自不必說，余閣老的嫡親孫女，不管在見識還是處事上肯定有可取之處。她不明白的是，楊妧出身不高，竟然也能得到明心蘭青睞，肯定是個極有心機之人。

廖十四眸光閃了閃，笑道：「阿映妹妹才不拙，早就聽說她擅詩文也擅作畫，單是這兩樣就知道她心思靈動。其實吧，家裡又不缺針線上的人，沒必要把女紅學多麼精巧，會拿針已經足夠了，倒是該學學如何待人處事管家治下。」

楊妧家中並不富裕，想必沒有中饋要主持。

秦老夫人深以為然。張夫人就沒有這種才幹，以至於到現在都沒法接手家裡中饋。

幾人徐徐前行，一邊賞景一邊談笑。

廖十四極擅察言觀色，專門挑了秦老夫人愛聽的話說，加之她學識頗好，言談之間引經據典，引得秦老夫人讚嘆不已。

走了約莫盞茶的工夫，果真見到一條清澈見底的小溪，小溪對面是成片的菊花。此時正值花期，菊花開得極盛，有金黃、有淺綠、有雪白，團團簇簇美不勝收。

菊圃旁邊搭著兩排帳篷以供客人歇息，帳篷前面掛著棉布簾子，有煙霞色也有天水碧的，一是為了遮擋秋風，也是為了讓客人們休息時能夠隱密一些。當然有喜歡熱鬧的可以撩起門簾，隨時跟相熟之人打招呼。

兩排帳篷之間的最前頭，另有一座帳篷格外大，門前侍立著兩位宮女，不用問，肯定是楚貴妃召見女賓的地方。

有兩位穿著官綠色比甲、薑黃色羅裙的侍女笑吟吟地上前行禮。「見過老夫人、明夫人。」一位指著左邊第三頂帳篷。「老夫人請隨我來。」另一位則指著右邊第五頂帳篷笑道：「明夫人這邊請。」

離楚貴妃的帳篷越近越是尊貴。

廖十四稍猶豫，對明夫人道：「不如咱們先送老夫人過去。」自然而然地跟在了秦老夫人身後。

# 第六十九章

明夫人回帳篷也是一個人，覺得沒意思，不如跟秦老夫人和趙氏聊會兒天，遂笑應道：「好。」

帳篷門口掛著木牌，上寫「鎮國公府」的字樣。撩開天水碧的棉布簾子，裡面竟然很寬闊，正中一張八仙桌配六把椅子，桌上有茶壺茶盅等物，另有一張長案，擺著筆墨紙硯，這是備著哪家女眷興之所至想要賦詩作詞。

侍女們提著熱水壺、端著點心魚貫而入，其中一位指著桌上兩個竹製茶葉盒。「有明前龍井和君山銀針，老夫人、夫人想喝什麼？」

明夫人笑著看向秦老夫人。「龍井性涼，要不喝君山銀針？」

君山銀針算是黃茶，茶性略溫。秦老夫人點頭。「我也是這個意思。」

廖十四從侍女手裡接過熱水壺，盈盈笑道：「寒夜客來茶當酒，竹爐湯沸火初紅。秋日風起，品茗賞菊實屬雅事。」

秦老夫人誇讚道：「廖家姑娘個個飽讀詩書，就才學和見識上，廖家說排第二，沒人敢說自己第一。」

前世廖十四嫁得很不錯，是當年的探花郎，好像就是明年春闈取中的探花郎，當時還被傳為美談。

「老夫人過譽了，哪裡當得起這般說法？」廖十四順次給諸人續上茶，微笑道：「江西祖屋院子頗大，祖父經常唸叨庭樹純栽橘，園畦半種茶。家裡也有兩畝茶園，可能是水土問題，茶葉口味一般，但在茶園四周種了不少玫瑰花，摘下來的茶葉會帶著玫瑰香，我們姊妹還挺喜歡喝的，但是家裡爺們都不怎麼愛。」

趙氏好奇地問：「真的有玫瑰香？」

「有一點。」廖十四言笑晏晏。「我帶了些茶葉進京，若您不嫌棄，回頭送點給老夫人和太太嚐嚐。」

說著話，各家女眷陸續過來給秦老夫人見禮，免不了問起廖十四。廖十四在旁邊微笑以待，甚是殷勤。

趙氏輕輕蹙起眉。

她來桃花會是為了給楊姮相看親事的，這半天卻讓廖十四得了巧，心裡頗不是滋味，悄聲吩咐桃葉。「把二姑娘叫來。」

沒多大會兒，楊姮進來，不解地問：「娘喚我什麼事？」

趙氏道：「早起時不是有些頭疼，外面待久了怕妳受風，先喝盞茶暖一暖。」

「早晨不疼了。」楊姮抿兩口茶，還要繼續往外面去，趙氏惱怒地瞪她一眼，臉上卻帶著笑。「廖姑娘在這端茶倒水伺候半天了，還沒撈著玩，妳快替替她，讓廖姑娘也去逛逛景。」

「不用。」廖十四言語溫柔。「二姑娘儘管玩去。我平常最怕出門走動，寧可躲在家裡看書做針線，我娘常罵我手上勤快腿腳懶。祖父卻替我開解，說我性子最隨他，喜歡待在家裡松花釀酒春水烹茶。」

廖十四的祖父名正，跟那位乞骸骨的內閣次輔是堂兄弟，原本考中了舉人，但因進京趕考時遇上雪天路滑，不當心摔斷了手腕，雖然骨頭已經接好，但寫字卻遠不如從前。科舉考試若沒有一筆好字，很難被取中。廖正便沒有再進學，而是把精力都用到族學上。他治學嚴謹，為人公正，帶出好幾位進士，極受族中子弟敬仰。

廖十四這話說得有水準，明貶自己懶，暗裡卻點出她極受廖正看重。

被家族看重的子女，得到的資源也多。

廖十四敏銳地察覺到秦老夫人好像目光閃動了下。

她微笑著繼續道：「二姑娘放心去玩，其實相對於菊，我更喜歡蘭。古往今來吟誦菊的詩句，我只喜歡東坡居士的『輕肌弱骨散幽葩，更將金蕊泛流霞』，但是寫蘭的名作佳句卻非常多，不勝枚舉。」

楊家貧寒，幾位少爺的教育很受重視，可女孩子們卻未請過夫子。楊妧又不是個用功的，在詩詞上極為有限，有心想背一首吟蘭詩壓壓廖十四的風頭，可絞盡腦汁也沒想到個出彩的句子。

這時，溪邊傳來排山倒海的「皇上萬歲、萬歲、萬萬歲」，元煦帝和楚貴妃在一眾身穿甲冑的士兵的護衛下闊步而來。

帳篷裡的眾人剛要跪下，其中一個士兵呼喝道：「皇上口諭，今日皇上與民同樂，故免除跪拜，無須多禮。」

又是一片謝恩聲。

楊妧和楚映等人坐在明家的帳篷裡，撩著布簾將一行人看了個仔細。

元煦帝身後，跟著位身穿紫紅色緞面直裰的男子，便是時年二十六歲的大皇子。

大皇子六年前娶了正妃，四年前的菊花會上同時挑中兩位側妃，一位姓徐，另一位姓張；徐側妃兩年前故去了，張側妃則纏綿病榻，三天兩頭請太醫。所以還差著一位側妃的缺。

楊妧明白楚昕「無意」中提起來的話的意思，因為前世大皇子的側妃也命運多舛，先後死了好幾位。

可即便死得再多，也有女孩主動往他跟前湊。

大皇子從不選位高權重的大戶千金，反倒更中意小官吏家的姑娘。

按照前世的軌跡，大皇子應該在明年的菊花會上補足側妃的缺額，但是世事難料，誰知道這世會不會發生變化呢？

楊妧打定主意絕不往種植墨菊那邊的花圃去。

大皇子身後，是二皇子周景平，也就是前世何文秀的夫婿。他穿件鴉青色團花暗紋杭綢直裰，五官長得很周正，可眸光之間頗有些怯，不似大皇子那般傲然自得。

二皇子生母原是坤寧宮當差的宮女，趙皇后病逝的第一個上元節，元煦帝去坤寧宮感念故人，順便臨幸了宮女。

這事說起來於元煦帝的顏面不太光彩，所以宮女始終沒得名分，只是在誕下龍嗣之後才給了個美人的位分。宮女倒聰明，不等二皇子滿周歲，便將他託付給沒有兒子的李昭儀，自己投湖身亡。

這事之後，元煦帝照例每年上元節都去坤寧宮小坐，可再沒有宮女敢近前伺候，直到若干年後，又出了個趙良嬪。

楊妧有些好奇，眼下何文秀尚未進京，不知道二皇子會不會另選他人，又能選中誰？

只比二皇子錯後半個身的是十九歲的三皇子周景然。他身穿寶藍色繡玉蘭花直裰，眉目端秀神情疏朗，唇角噙一絲淺笑，尊貴中帶著清雅。

明心蘭低聲跟楊妧介紹。「三皇子生母是葉淑妃，葉家世代居住在河南潼關，眼下當家的是三皇子的舅父，在潼關衛任指揮僉事。」

指揮僉事是正四品的武官，也正是因此，三皇子才非常高調地跟大皇子叫板，爭奪皇位。

楊妧早已知道，卻裝作跟頭一次聽說般，連連點頭。「相貌不錯，意氣風發。」

看著她這副淡然的樣子，明心蘭輕笑。「就知道妳是個有成算的。」略頓了頓，往斜前方努努嘴。「妳看那邊。」

斜前方是楚家的帳篷。楊姮站在門口，兩眼閃動著熱切的光芒，臉上滿是憧憬與嚮往。

明心蘭搖頭。「心還挺大。」

「富貴迷人眼呀。」楊妧譏刺一笑。「待會兒我提醒她一下。不過皇家人個個精明得很，楊家的家世擺在這，我二姊又不是什麼絕色，倒也不必太過擔心。」

明心蘭「吃吃」地笑。「妳說得是。」

廖十四也看到了楊姮呆呆的目光，眸中飛快閃過絲鄙夷，旋而換上溫婉的笑。

她對皇室沒興趣。

祖父專門給她們幾個才學見識好的姑娘講過，廖家屹立百年不倒，其中一條就是從不介入皇位爭奪。不單是為官的男丁，還包括女眷，這幾十年來，廖家從未有過嫁進皇家的姑娘。

萬晉朝雖然重文輕武，但江山社稷離不開武將，皇權的穩定也要倚重武將。

廖家在文官中已經有了相當大的影響力，若能結交幾個武將，便可保廖家長盛不衰。廖十四所以拒絕忠勤伯府提親，除了顧常寶確實紈袴，很大程度上也是為家族考慮，想嫁進武官世家。

原本首選是東平侯府或者清遠侯府，誰想到歪打正著跟鎮國公府牽上了線。

鎮國公府的帳篷僅在兩位郡王和定國公之後。可更重要的是鎮國公世子，俊美的臉龐恍似皎皎明月，清貴英武卻又稍稍帶著點痞氣。

廖家男丁多，也有相貌比較出色的，但都是儒雅斯文，身姿遠不如楚昕挺拔。如果能嫁給這樣的他，就算是京都一霸又如何？

廖十四頓覺臉龐熱得發燙，忙掩飾般低下頭給眾人續了熱茶。

眼看著諸位皇家子弟走進帳篷，大家不約而同地舒了口氣。

明夫人笑道：「二皇子跟三皇子都還沒訂親，不知這次誰家能傳出喜訊來？」

楊姮忙豎起耳朵。

秦老夫人淡然道：「左不過就是那幾家，都是有數的。」

話音剛落，只見數位宮女分別往各處帳篷走去，沒多大工夫，便有神情略帶緊張的婦人帶著自家女兒走進正中的大帳篷。

明心蘭悄聲告訴楊妧。「妳瞧見沒有，那些人都是從掛著煙霞色門簾的帳篷出來的。」

楚家和明家的帳篷都掛著天水碧的門簾。

楊妧默默地看著那些女孩子，她在前世的各種花會裡見過大多數。只不過前世她們都是已婚的婦人，遠不如現在年輕鮮嫩。

女孩子們怯生生地進去，不過盞茶工夫便出來，有的歡喜有的懊惱，神情各異。

楊妧不感興趣，疑惑地往隔壁余家的帳篷瞥一眼。「都這會兒了，阿梅怎麼還不來？」

「是呀，往常她都嫌棄我磨蹭，今兒我可得好生說道說道。」明心蘭嘟著嘴，忽而眸子睜大，甩著手裡帕子笑道：「這人真不經唸叨，說曹操曹操到。」

竹橋上，穿丁香色織銀仙鶴紋團花褙子、戴赤金鑲青玉石雙喜簪子、氣勢威嚴身姿挺直，闊步往這邊走來的不正是錢老夫人？她身後穿蔥綠色方勝暗紋褙子的少女則是余新梅。

余新梅也瞧見她們，興奮地揮動著手裡帕子。

及至走近，明心蘭抱怨。「怎麼才來？我都等了小半個時辰了。」

「還不是我祖母？」余新梅大剌剌地坐下，倒半盞茶一口飲盡，又續半杯捧在手裡。「男賓那邊在比武，舞棍弄刀的，祖母非要看，站得我腿都痠了，我三哥也上場比劃了兩下。」側頭對楚映道：「楚世子在射箭，我祖母說他箭法不錯，說不定能給妳贏個彩頭回來。」

楚映嘟著嘴一臉平靜。「左不過是弓箭扳指等東西，我又不稀罕，要是能贏套書還差不多。」

去年菊花會聯句最好的三人各贏得了一套新書。

「那也比顧老三強。」余新梅嫌棄地搖搖頭。「他文不成武不就，沒一樣拿得出手的，偏偏穿了件極其扎眼的緋色暗花直裰，繫條白玉帶，上面掛著成排荷包，這邊扎一頭那邊扎一頭到處亂竄，不知道的還以為他是賣荷包的呢！」

幾人哄堂大笑。

沒多久，皇子們被內侍們簇擁著離開，竹橋對面的男賓則在內侍的引領下，陸陸續續過來拜見元煦帝。

在一眾或藍或灰的長袍短衫中，顧常寶那身緋色直裰格外顯眼。已是秋風瑟瑟的天氣，他手裡搖一把紫檀木的扇子，邁著方步，那副趾高氣揚的模樣要多欠揍有多欠揍。

余新梅「嘖嘖」兩聲。「看見了吧，也不怕風大扇了舌頭……真想一腳踹他個大馬趴，看他還神氣。」

楊妧微笑，目光瞄向他腰間玉帶。果然掛著一排荷包，足足有五、六個，都是繡的菊花，難得個個不重複。

這時有個寶藍色的身影竄到帳篷門口。「楊四！」竟然是周延江。

楊妧站起身問道：「你怎麼也來了，來賞菊？」

「跟我三舅來的。」周延江指指身後的顧常寶。「我才不稀罕菊花，我來比武，妳不知道剛才我一鼓作氣打敗了四個人，最後敗在余三哥手下。」

楊妧誇讚道：「你連勝四場已經很好了。」

「第五場我也能贏，如果真刀實槍地打，我根本不怕他，可是他使詐。」周延江滿臉不服。「對了，白獅子下崽了，但我現在還不能給妳，過幾天斷了奶才行。」

他不提這事，楊妧都快忘到腦後邊了，忙道：「我不著急。」

眼角瞥見楚昕正施施然朝這邊走來，周延江又把自己剛才的戰績說了遍。「余三哥使詐，要不我就贏了。」
楚昕拍一下他肩頭，笑道：「兵不厭詐，不管陰招陽招，能贏就是本事。」
許是熱，他腦門沁出一層薄汗，被陽光映著閃閃發亮。比腦門更亮的是那雙眼眸，烏漆漆的，仲夏夜的星子一般。
楚映問道：「哥，你比試了嗎？」
「還沒有，剛才試了試弓，讓他們先比出前三名再跟我比。」話語裡是不加掩飾的狂妄與自得。
他在箭法上應該是很自信的。楊妧喜歡看他意氣風發的樣子，可又覺得他行為不太妥當，下意識地抿了抿唇。
楚昕似是猜出她要說什麼，彎了眉眼解釋道：「試弓時，我特意露了手五箭連發，這不是要來拜見皇上？回去之後，他們肯定比出結果了。只要有實力，沒有人不服。我看有幾個人的箭法不錯，待會兒再跟他們私下切磋切磋，或許還能結交一二。」
楊妧很是欣慰。
她是覺得敢在菊花會的演武場上亮相，肯定都是心高氣傲有幾把刷子的，怕楚昕託大得罪他們。沒想到楚昕完全用不著她擔心，反而還會借此機會結交別人。

# 第七十章

而斜對面的帳篷裡，廖十四暗搓搓地盯著這邊，恨不得將滿口銀牙咬得粉碎。大庭廣眾之下，他們卻有說有笑絲毫不知道避諱……不是說京都的規矩較之其他地方更嚴苛？秦老夫人竟然也不派丫鬟阻止他們，若是傳出去，府裡的名聲還要不要？

廖十四咬咬唇，忽然意識到根本不用傳，周遭都是人，而且都是有臉有面的人，可見秦老夫人壓根兒不在乎。

想到此，廖十四更覺心塞，有心不往那邊瞧，可根本管不住自己，視線彷彿自有主張般黏在那抹青蓮色的身影上，捨不得移開。

楚昕似乎笑得更加歡暢了。她瞧不見他的正面，只能看到他身子微微前傾，肩膀不停地聳動，墨髮用青色緞帶高高束在腦後，髮梢披在肩頭隨風肆意飄散，幾多瀟灑幾多不羈。

廖十四暗悔，早知道就到明家的帳篷裡了，說不定還能跟楚昕說幾句話。即便插不上話，至少能多看他幾眼。

似乎察覺到她的目光，楚昕突然轉過身，臉上笑容倏忽不見，取而代之的是警戒與審視。

廖十四原想溫柔大方地衝他笑笑，可沒等擠出個笑容，楚昕已經淡漠地移開視線，復又轉回去。

廖十四深吸口氣，不敢再瞧，聽錢老夫人正說先頭演武的事情，遂關切地問：「這個時候舞刀弄槍，傷了人怎麼辦？」

錢老夫人道：「無妨，演武用的都是木刀木劍，箭矢也是去了箭頭的，最多就是受點痛楚，傷不了人。」

「那就好。」廖十四赧然地笑。「我膽子小，最怕見血，以前屋裡養的金魚死了兩條，我都哭個不停。」

這時，明家帳篷又傳來嬉笑聲。

錢老夫人看兩眼，見顧常寶正手舞足蹈地說著什麼，轉頭對秦老夫人道：「顧家老三也是出息了，前兩天新舸在隆源行看見他，一把算盤打得飛快，帳目上也清楚。」

秦老夫人道：「原本他也不是壞孩子，以前因為年紀小不懂事……難得湊一塊兒，看這群孩子給高興的。」

她完全不覺得楚昕他們湊在一起有什麼不妥當。

光天化日，四周都是人，能做出什麼逾矩的事？秦老夫人相信自己的孫子和孫女，斷不會說污七八糟的話，再者楊妧和余新梅也在，那兩人素來沈穩懂事。

何況大家心知肚明，菊花會就是適齡男女彼此相看的場合。婆婆固然要相看將來的兒媳婦，可小倆口也得看對眼才成，否則豈不成了怨偶？

秦老夫人笑著看向廖十四。

「妳跟二丫頭也過去湊個熱鬧，沒得在我們跟前受拘束。」

這話正說在廖十四心坎上，心裡歡喜得不行，卻強作平靜地問楊姮。「二姑娘，咱們一起去看看？」

趙氏巴不得她早點走，替楊姮回答道：「廖姑娘忙活這半天，快去鬆散會兒，阿姮在這伺候就好。」

過去還是不過去？廖十四臉上掛著靦腆的微笑，心思轉得極快。

如果過去，意味著把討好幾位夫人的機會讓給了楊姮，而且那邊還有個顧常寶。忠勤伯夫人託人上門求過親，雖然不曾傳出去，可顧常寶心裡肯定有數，就怕湊到一起尷尬。

可想看楚昕一眼的願望如此強烈，以至於她的雙手因為激動而略略顫抖，呼吸也有些急促。

廖十四打定主意，笑道：「那我去跟余姑娘見個禮，這邊辛苦二姑娘了。」

至於顧常寶，想必他不會主動提起這件事，畢竟他是求親被拒的那個，更尷尬。

她抿抿頭髮，抻了下裙裾，又咬了咬嘴唇以便讓唇色更紅潤些，深吸口氣，裊裊娜娜地朝明家帳篷走去。

楚映最先看到她。「廖家姑娘過來了。」

「廖十四？」顧常寶猛地轉過頭，面色不豫地上下打量廖十四好幾眼，「嘖嘖」兩聲。「原來長成這副德行，我還以為是什麼絕世佳人。」

「妳……」廖十四完全沒料到顧常寶如此直白和粗魯，想分辯又不知如何分辯，一張臉漲得又紫又紅。

偏偏顧常寶還不算完，譏誚道：「萬幸這親事沒成，否則看見妳這副尊容，我隔夜飯都要吐出來。真他娘的晦氣！」拿摺扇拍一下周延江肩膀。「流年不利，出門碰見掃把星了，走，咱們上那邊去。」

周延江還沒反應過來就被顧常寶拉扯著到了錢老夫人跟前。

廖十四既羞且怒，眸子裡瞬時蘊了淚，可憐兮兮地看向楚昕。

楚昕卻跟沒看到她似的，側過頭，漂亮如星子般的眼眸盯著楊妧，低聲警告。「別打我的主意，要是再敢算計我，我跟妳沒完。」

他可沒忘記，楊妧曾幾番三次想把這位廖十四按在他頭上。

楊妧明白他的意思，點頭應道：「不會。」

楚昕彎彎唇，甩著袖子大步走到斜前方的楚家帳篷，半個眼神都沒給廖十四。

廖十四生生被晾在原地。

長這麼大，她還從未受過如此屈辱。在江西自不必說，便是在京都，因為廖家的名頭加上明夫人幫襯，她走到哪裡都會被人誇一聲端莊大方博學多才，何曾被這般冷遇？

廖十四用力咬住了下唇。

明心蘭起身招呼她。「十四，外面有風，快進來喝茶。」

楊妧執起茶壺倒了大半杯，遞到廖十四手裡。

顧常寶那幾句話，她聽得清清楚楚。求親不成再正常不過，兩家彼此遮掩一下，事情就過去了，男女兩方各自再相看別家。怎知顧常寶會當眾說出來，換成誰都接受不了。

楊妧有意化解她的尷尬，含笑問道：「我們沏的是龍井，老夫人那邊喝的什麼茶？」

掌心溫熱的觸感讓廖十四鎮定下來，她吸口氣，臉上掛出親和的笑。「秦老夫人說龍井性涼，所以沏了君山銀針。」

廖十四端起茶盅打量下茶湯，再抿一口，細細品過。「湯色明亮、香味清冽，果然好茶，喝著像旗槍。」

楊妧回答。「是雀舌吧？」

「不可能。」廖十四含笑反駁。

如果是明心蘭或者楚映說這話，她還會考慮一下，但這話出自楊妧之口……楊家家境一般，說不定連旗槍都沒見過，怎可能分辨出來？

廖十四胸有成竹地說：「雀舌也是好茶，但味道濃醇，不可能這麼清。再者清明前茶樹剛發芽，哪裡會有一芽兩葉，要說是雨前茶還差不多。我家裡有茶園，平日裡喝旗槍都習慣了。」

楊妧笑笑，沒再說話。

廖十四以為她理虧詞窮，也沒再多說，站起身，笑盈盈地看向余新梅。「是余家妹妹吧？經常聽心蘭提到妳，久聞大名，今日總算有緣相見。我姓廖，叫方惠，聽錢老夫人說妳臘月才滿十四，我比妳虛長半年。」

余新梅才不跟她論序齒，客氣地福了福。「早聽說廖家姑娘學識好氣度好，果然名不虛傳。」聲音裡有明顯的疏離。

廖十四自然聽出來了，心裡頗為納罕，屈膝還了禮，又問明心蘭。「剛才妳們聊那麼高興，在說什麼呢？」

明心蘭倒不好冷了她，笑道：「在說顧三爺荷包上繡著的菊花，問他是什麼品種，五種菊花竟然答錯了三種。」

趁兩人說話，余新梅拉起楊妧的手。「喝了一肚子茶，陪我去趟官房。」

明心蘭苦笑著端起茶杯。

杯底臥著兩根茶葉，都是一芽兩葉。

一芽兩葉是雀舌，一芽一葉是旗槍，最鮮嫩的茶只有芽沒有葉，叫做蓮心。分明是雀舌，廖十四錯認作旗槍倒也罷了，偏偏還含沙射影地嘲諷楊妧沒見識。

也就是楊妧好氣度，倘若換個人掀開茶壺蓋倒幾片茶葉出來，看她臉面往哪裡放。

此時，余新梅也正說起廖十四。

「……廖家姑娘真讓人意想不到。先前我還覺得顧常寶不近人情，當眾給人沒臉。現在想想，廖家拒親的時候，說不定是什麼嘴臉呢？」

楊妧笑道：「不可能，忠勤伯的身分，廖太太心裡應該有數。不過，廖十四這副做派，也確實挺……果然不能輕易相信傳言。」

余新梅「哼」一聲。「剛才真想把我的茶杯裡的茶葉讓她看看，後來又想，既然廖家傳出學識好的名頭，可見她們很重視名聲。如果真這樣做，怕她記恨咱倆……寧可得罪君子，不可得罪小人。」

楊妧點頭表示同意。「再者認錯茶葉不算大事，萬一她惱羞成怒哭一場，咱倆的罪過就更大了。這種場合，多一事不如少一事。」

「就讓她當成旗槍好了。」余新梅幸災樂禍地說：「等哪天她在人前炫耀菊花會上喝旗槍，肯定有人願意指正她。」

廖十四這種愛炫耀才學的性子，不讓她誇口實在有難度。

兩人淨過手仍回帳篷。

廖十四給楊妧斟茶。「四姑娘，這茶確實是雀舌。今年天兒暖和，茶樹發芽倒比往年早兩日，不承想明前也有雀舌。」說著，從髮間拔下一支釵。「剛才是我說話不妥當，這釵給四姑娘賠禮，請收下。」

楊妧驚訝不已，連忙推辭道：「不過是談論茶葉，哪裡說到賠禮不賠禮了？廖姑娘這般做法，好像我貪圖妳的髮釵似的，快收起來。」

楚映給她幫腔。「廖姊姊收起來吧，就說阿妧沒那麼小氣，不會在意的。」轉而誇讚道：「廖姊姊真正是君子坦蕩蕩，知道自己認錯茶葉，當即要給阿妧賠罪。」

楊妧無語。

廖十四是想堵她的嘴，明知道楊妧不可能要她的金釵，卻偏偏做出這副姿態。只要楊妧敢拿金釵，隔天就會傳出她貪戀錢財小肚雞腸的話。恐怕也只有楚映覺得廖十四坦誠錯誤，為人率直吧？

有女官笑著來傳話，溪邊橫波館擺著琴瑟笙簫等樂器，又有各色顏料，請諸人隨意取用，若有得意的詩作、畫作可呈到御前鑒賞。

這便意味著元煦帝和貴妃娘娘已召見完畢，大家可以自由活動了。

廖十四跟楚映言談投機，約定一起寫幾首菊花詩。

楊妧對詩詞沒興趣，走馬觀花般賞過菊花後，就跟余新梅和明心蘭拾級而上，走不過十五、六丈，到達位於半山坡上的歲寒亭。

自亭中往下看，菊苑景色一覽無遺。

以小溪為界，左邊是男賓所在，右邊則是女眷的遊玩之處。小溪兩岸除了兩座竹橋還有處處遊廊相連接。遊廊旁邊則是一片墨菊，老遠望去，濃濃淡淡的紫色甚是顯眼。

這時有叮叮淙淙的琴聲響起，悠揚婉轉，是前朝古曲〈臨水斜陽〉。彈琴之人技藝頗佳，將水邊夕陽斜照的寧靜安然刻畫得絲絲入扣，少頃，琴聲開始變得急促，彷彿一葉扁舟拂開荷葉，劃水而來。

楊妧凝神聽了片刻，聽出來是陸知海的琴聲。他幼時左手食指受過傷，按弦時角音要弱一些。

沒想到他也來了。

陸知海做事沒有擔當，詩詞歌賦卻還算精通，長得也是人模狗樣的，不知道誰會瞎了眼往陸家那個大火坑裡跳？

她能撇清陸家，這應當算是她重生以來最令人高興的一件事吧？

一曲罷，有人和了首〈落雁平沙〉，似是女眷這邊彈的。接著又是男賓那邊彈了首〈流水〉，女眷這邊和了首〈佩蘭〉。

蘭生空谷，無人自芳；苟非幽人，誰與相將？

幾首曲子下來，終於有了尋求知音的意味。楊妧抿唇微笑，將目光投向那片堆雪似的瑤臺玉鳳。

花叢旁有兩道纖細的身影，一道是粉色襖子墨綠色裙子，很顯然是楚映。另外那個穿玫瑰紅褙子的是廖十四。

看來兩人在尋找靈感，打算吟誦白菊。

余新梅歪頭看著楊妧腮邊淺淺的梨渦，突然促狹般伸手在她面前晃了晃。「妳看誰看得發呆？我且問妳，楚世子說的那話是什麼意思？別以為我沒聽見。」

楊妧微愣。「什麼話？」

余新梅學著楚昕的口氣。「別打我的主意……噯，妳打他什麼主意了？」

「還不是因為妳？」楊妧總算反應過來。「中元節廟會我就想告訴妳，先前咱們在假山旁邊說的話被人聽了個一清二楚，就因為我說廖十四跟世子爺般配，世子爺特地來找我對質……今兒是在警告我。」

余新梅恍然。「難怪顧老三每次看到我都像要活扒了我的皮似的，看來以後不能背地裡論人是非。」

「那多沒樂趣呀！」明心蘭坐在亭邊木椅上，背靠著木柱子慢悠悠地說：「咱們找個空曠的地方說，今兒這地方就選得好，前後左右都沒人，不怕被人聽見。」

這地方確實好，半山坡上視野開闊，最關鍵的周遭一丈之內都是矮草，根本藏不住人。

余新梅笑道：「我以為妳想打楚世子的主意。我改變看法了，之前說嫁給楚世子這樣的人跟著揪心，可這幾個月下來，我祖母誇了楚世子好幾回了。真的，阿妧，還是上次那句話，靠別人不如靠自己，我感覺楚世子……襄王肯定有夢，就是不知道神女是否有心？」

「唉。」楊妧長長嘆一聲。「妳就別拿我打趣了，這是不可能的。齊大非偶，世子爺是國公府的獨苗苗，在貴妃娘娘眼裡，只怕跟今天那幾位爺的分量差不多。」

三人正說著體己話，忽聽有人呼喊「請太醫，快請太醫」。只見幾位身穿甲冑的侍衛手持長槍將遊廊處那片墨菊圍了起來，又有穿著灰衣的內侍小跑著穿梭在花叢間。

墨菊叢裡，赫然站著位身穿紫紅色長袍的男人。

大皇子好像就穿著紫紅色。楊妧倏然心驚，發生什麼事情了？

# 第七十一章

地上鋪著猩紅的地氈，為了緩和大片紅色給眼睛帶來的不適，一溜十幾把太師椅上都搭著墨綠色的椅袱，長案兩旁各擺了兩盆枝葉茂盛的綠蘿。

矮几上擺一支景泰藍雙耳圓肚香爐，青煙裊裊散出，屋裡薰染上淺淺淡淡的檀香。

元煦帝倚著墨綠色大迎枕斜靠在羅漢榻上，雙目微合，兩個宮女手握美人錘輕輕給他捶著腿，楚貴妃則攥一柄繪著美人春睡的團扇有一下沒一下地搧著。

方姑姑躡手躡腳地進來，掃一眼似睡非睡的元煦帝，欲言又止。

楚貴妃努努嘴，起身走到支撐帳篷的圓木柱子旁，低聲問：「怎麼回事？」

「是楊家二姑娘。」方姑姑聲音平靜，不帶一絲起伏。「二姑娘到溪邊洗手，許是腳底發滑不當心，落了水，剛巧大皇子在遊廊上，濕漉漉地給抱出來了……因怕著涼，所以喚了太醫去診脈。」

「蠢貨！」楚貴妃咬緊後槽牙低斥一句。因為憤怒，以至於面容有些扭曲。

小溪是為了澆花特意引的水，不過半人深，七、八歲的孩子掉進去也淹不死。楊二落了水，悄沒聲出來便是，何至於哭爹喊娘地喚人？這個蠢貨，分明是故意的！

楚貴妃從牙縫裡擠出兩個字。「人呢？」

「還在遊廊那邊，侍衛已經封了去路，閒雜人等不得進入。事情處置得快，知道的人並不多。」

剛才不多，可這會兒恐怕很多人知道了，再過個三兩日，整個京都都會傳遍了。偏偏今天來的都是有頭有臉的體面人，想下封口令也不容易。

楚貴妃默一默，開口道：「告訴老夫人把楊家母女送走，送回濟南府，馬上走，一刻不能耽擱。」

方姑姑應聲離開。

楚貴妃靜靜地站了會兒，眼前浮現出當日在儲秀宮的情形。

楊二捧著酸梅汁看似置身事外，一雙眼睛卻骨碌碌地看著楚映跟靜雅鬥嘴。她以為楊二膽小不敢惹事，沒想到竟然走了眼。

倘若大皇子就勢把楊姮納為側妃，國公府很可能要受到牽連，那麼她這二十多年的不生不養豈不成了笑話？

楊姮願意自尋死路她不管，可不能連累楚家！

楚貴妃深吸口氣，對綠枝道：「打聽一下誰跟著世子來的，我有話要吩咐，再看看大姑娘和楊四姑娘在幹什麼。」

吩咐完，心事重重地回到羅漢榻前，復又拿起團扇。

元煦帝睜開眼睛。「有事？」

楚貴妃不忙回答，柔聲問道：「皇上再瞇一會兒，大清早起來上朝，又接連召見這麼多人。」

「剛打了個盹兒，精神好多了。」元煦帝坐起身，楚貴妃忙端來杯溫茶，伺候他飲了半盞，這才不徐不疾地說：「有位姑娘賞菊不當心踩到水裡去了，大殿下剛好經過把她拉了上來，因怕裙子潮濕受了寒氣，讓周太醫過去診下脈……大殿下這份善心難得，遇見事情喜歡伸手拉扯一把。」

元煦帝眼皮微掀。「哪家的姑娘？」

「濟南府同知楊溥的次女，跟國公府沾點親，上回臣妾還召見過她。」楚貴妃面上帶笑，心裡卻把楊妧罵了個狗血淋頭。

君王自古疑心重，元煦帝說不定會覺得是她授意的。

楚貴妃簡單介紹了秦氏兩姊妹當年的恩怨。「……二月裡，老夫人病好之後把楊家幾位姑娘接來小住，原打算明天就走，陪楊家老太太過重陽節。臣妾尋思給她們個體面，回到濟南府也好有個吹噓顯擺的事情，就接來賞個菊見見世面。」

楊溥官聲不顯，也沒有太過出色的政績，元煦帝沒印象，也沒再追問，倒是提起先前聽到的一首琴曲。「像是〈臨水斜陽〉，彈得不錯，還有曲〈流水〉也極好。」

楚貴妃笑著喚來內侍。「打聽清楚誰彈的曲子，每人賞〈琴曲〉一部、筆墨一套。」

此時，楊妧披一件藍底聯珠團花雲錦斗篷正蜷縮在馬車裡，頭微低著，眼睛亮得詭異，說不清是害怕還是激動。

她只是慕名去看那片墨菊，都說墨菊難養，可遊廊邊卻有好大一片，深深淺淺的紫色，漂亮極了。

而溪水清澈見底，似乎有魚在遊玩，她心裡歡喜，忍不住蹲下身子去掬水，誰知石上有青苔，腳底發滑，沒站穩便滑進水中。

其實溪水不深，她能上岸的，但有內侍呼喊「落水」，緊接著大皇子就來了。他讓她站著別動，自己走到水裡將她抱起來，吩咐人沏熱茶，又讓人取斗篷、請太醫。

等太醫的時候，他問她的芳名年紀，柔聲安慰她別怕，握著她的手問她冷不冷，神情關切，態度誠懇，絲毫沒有皇室中人高高在上的倨傲。

而他的手又是那麼溫暖，熱得她渾身像著了火，五臟六腑都在發燙。

再然後，秦老夫人跟趙氏匆匆過來，說趕緊回家換裙子，內侍引著她們繞了幾個彎，從小路出了菊苑。

楊妡略略抬眸，秦老夫人臉上一片平靜，可眼底卻像籠了層冰霜，看得人心底生涼。

趙氏則緊抿著唇，兩眼盯著車簾上墨綠色的穗子，不知道在想什麼。

自從坐上馬車，秦老夫人和趙氏都沒開過口。

楊妡心中沒底，下意識地攏緊身上的斗篷。斗篷不知道薰了什麼香，淺淡卻好聞，絲絲縷縷往她鼻孔裡鑽。

這香味讓她鎮定了些。雖然她跟陌生男人拉拉扯扯不合規矩，可她並非有意落水，而且那人是大皇子。大皇子說事急從權，讓她別擔心。

馬車拐進荷花胡同徐徐停下來。

小嚴管事在角門等著，親自攙扶了秦老夫人下車，低聲稟告。「備了三輛馬車，點了八個侍衛跟車，再兩刻鐘就能出發。」

秦老夫人掃一眼路邊正在套車的車夫點點頭，待走進二門，對趙氏道：「妳隨我來，二丫頭和四丫頭也一起來。」

幾人一同進了瑞萱堂。

秦老夫人也不叫坐，單刀直入地說：「剛接到信，說濟南府老太太身子不舒服，讓妳們回去侍疾。」

「啊？」趙氏訝然。「前天才收到信，沒說老太太哪裡不好？而且阿姮，大皇子說……姨母，我們能不能過兩天再走？」

大皇子把楊姮從水裡抱出來，不可能不給個說法。

秦老夫人斷然拒絕了。「還是盡快走吧，我不耽誤妳們盡孝心，外面車馬都備好了，屆時替我跟妳們老太太問好……荔枝，過去幫著收拾下東西。」毫無通融的餘地。

楊妧明白，秦老夫人這是要跟楊家撇清關係了。

如果大皇子真納楊姮為側妃，鎮國公府勢必要劃歸到大皇子陣營裡。畢竟楊家跟楚家沾著親，楊姮是拿著楚貴妃送的帖子，讓秦老夫人帶去菊花會的，這段關係怎麼都掰扯不開。

再進一步，沒準還有人猜測楊姮此舉是楚貴妃授意的。

不管是楚貴妃還是鎮國公，都不願意牽扯到奪嫡之爭中，否則楚貴妃也不可能二十多年不生養孩子。

所以秦老夫人才毫不留情地趕她們走，而且越快越好。

趙氏面色白了紅，紅了白，片刻沒好氣地說：「行，走就走，當初說讓來的是姨母，眼下要趕人走的也是姨母……姨母可別後悔，俗話說得好，三十年河東三十年河西，說不定哪天姨母也會求到我們楊家頭上。」

楊妧氣得險些吐血。趙氏說的這叫什麼話？拋開秦老夫人是長輩這層不說，這幾個月，她們在楚家吃的穿的用的，已經花了好幾百兩銀子，況且這次是楊姮惹出來的禍。

臨走前能不能客氣幾句，至少留個以後再見面的情分？可她張口一句話就把後路堵死了。

秦老夫人也氣得哆嗦，卻仍保持著冷靜，語氣淡淡地說：「放心，我就是討飯也討不到你們楊家門上。」

上輩子楚家固然沒得善終，可楊家也沒發達了。

趙氏甩袖離開。

楊妧本想求秦老夫人寬容幾日，她盡快找到房子搬出去，可趙氏這番話出口，她也沒臉再求了。

磨磨蹭蹭走到院子，瞧見紅棗，低聲囑咐道：「給老夫人倒杯蜂蜜水，多開解著些，鬱氣積在心裡容易傷身。」

紅棗輕聲應下。

回到霜醉居，楊妧把來時的箱籠找出來，將屬於她的東西再度裝進去。至於衣裳，她只挑了幾件平日常穿的，其餘諸如懷素紗裙子、雲錦褙子等一概沒帶。

青菱一邊幫她收拾一邊掉眼淚。「分明二姑娘惹出來的事，姑娘卻跟著受連累，就連六姑娘……團團和兩對兔子怎麼帶？」

「所以說一榮俱榮一損俱損呀。」楊妧嘆口氣，安慰道：「別哭了，天下沒有不散的筵席，趕緊去洗把臉，再把小嬋的衣服也抱過來，別讓姨祖母催促。」

沒多大工夫，有婆子在門外等著抬箱籠，青菱、青荇等人一陣忙活，終於把東西收拾齊整。

來的時候是一個箱籠加一個包裹，回去的時候仍是一個箱籠加一個包裹。

楊妧笑著對青菱道：「回頭把八音匣子和華容道還給世子爺，替我謝謝他……櫃子裡的衣服都沒怎麼穿，妳們看著誰穿了適合就拿去分了吧，相處一場也算是個念想。」

婆子進來抬了箱籠出去。

楊妧牽著楊嬋低聲跟她解釋。「咱們要換個地方住，在姨祖母家裡住了這些天，臨分別了，要跟姨祖母說一聲，感謝她的照顧。」

楊嬋乖巧地點點頭。

兩人走到瑞萱堂，小丫鬟攔住了，說秦老夫人精神不濟懶得見人。楊妧沒勉強，跟楊嬋對著大門磕了三個頭。

起身往二門走的時候，迎面遇見了楚昕。

楚昕急赤白臉地說：「妳先別走……我去跟祖母說，讓妳和小嬋留下來。」

「表哥。」楊妧搖搖頭。「這事，不走也得走，姨祖母不會答應的。眼下姨祖母正在氣頭上，你去說了，反而惹得她不高興，更容易壞事。」

楚昕梗著脖子。「我不管，祖母要是不同意我就鬧，反正以前也沒少鬧，我是為了妳……」

他是為了楊妧才願意改變，如果楊妧離開，那他仍舊做個紈袴好了。

看到那張漂亮臉龐上不加掩飾的倔強，楊妧心頭莫名地顫了顫，柔聲道：「表哥，我有事請你幫忙……」

# 第七十二章

「有什麼事情妳儘管說，我肯定會做到。」

楊妧抿嘴笑笑，先打發春笑帶楊嬋往外走，而後慢悠悠地說：「我沒打算離開京都。」

楚昕眸光驟然一亮。「那妳為什麼收拾箱籠？」

「祖母生病，我當然要回去侍疾，不回去豈不是顯得我不孝？但是走出京都沒多遠，小嬋身體不適，無法趕路，只能打道回京都求醫。」

楚昕臉上笑容綻開，挑高了眉毛問：「要我做什麼？」

「不用你。」楊妧微笑著說。「想借臨川用幾天，頭一件事讓他在大興或者固安訂間客棧作為今晚安歇之處，然後明天在京都訂間客棧。至少要住六、七日，不要太貴的地方，能將就住就成。這幾天要把住處安頓好，還得麻煩臨川找一趟李寶泉大人，如果不行的話，就往房屋經紀那裡跑一跑。」

「臨川一個人不夠用。」楚昕當即分派。「讓含光隨妳去大興，不要去固安，固安太遠了，臨川和遠山在京都打聽房屋。」

楊妧凝眸想一想，反正用一個人也是用，用兩個人也是用，遂不推辭，笑著應聲好，又叮囑道：「進去見了姨祖母多開解她些。另外，國公爺明天要回宣府，晚上必然要替他餞行，這些都是府裡大事。表哥是世子，將來要承繼國公府，若是動輒胡鬧的話，跟吃不著糖滿地打滾的孩童有什麼區別？以後你說話還有什麼分量？胡鬧是最沒用的……等明兒國公爺離開，姨祖母的氣消了，您再慢慢和姨祖母商量。」

楚昕赧然低頭。「我是一時著急，別的事情上，我並沒有胡鬧。」

楊妡「嗯」一聲，溫聲道：「表哥進去吧，我也該走了。」跟青菱一起走出角門。

趙氏等得不耐煩，沒好氣地說：「人家已經把妳趕出來了，妳就是再磨蹭，還能死乞白賴地留下來不成……馬車都裝滿了，妳這箱籠沒處放。」

楊妡看了眼，最後面的馬車放了四個箱籠和三個大包裹，塞得滿滿當當，前面兩輛載人的馬車也各塞了兩個大包裹。不但沒處放箱籠，就是人也沒有地方坐。

小嚴管事笑著解釋。「已經讓人再去套車了，馬上就好，四姑娘且稍待片刻。」

話音剛落，李先把車套好了，婆子們將箱籠抬進去，還餘出一半地方正好供楊妡、楊嬋和春笑乘坐，佟嬤嬤則跟桃葉她們擠在一處。

這時，含光牽了馬過來，掃一眼馬車，眉頭微皺。

楊妡笑道：「沒事，只半天工夫，不礙什麼。」從青菱手裡接了包裹。「妳回吧，多謝妳這陣子照顧我和小嬋。」

青菱咬著唇，眸子裡淚水不住地打轉。「姑娘，要是您找到落腳之處，能不能給我個信？我雖然沒法出府，可知道您在哪兒，心裡也能安生些。」

楊妧點點頭，上了馬車。

出了城，路上行人漸少，楊妧悄悄撩起車簾。含光緊跟著上前問道：「姑娘什麼吩咐？」

楊妧道：「能不能跟小嚴管事商量下，到了濟南府且耽擱一、兩天，順便把我娘接到京都來？待會兒到了打尖的地方，我給我娘寫封信。」

關氏和楊懷宣孤兒寡母地進京，楊妧不放心，正好借國公府的馬車，也省得另外雇車了。

此時的瑞萱堂，秦老夫人剛吃完飯，紅棗站在炕邊低聲回稟著事情。「叢桂軒瑪瑙碟子少了一對，博古架上的汝窯粉彩花斛沒了。疏影樓不見了一對青花釉裡紅的梅瓶，其餘布疋、胭脂水粉和筆墨紙硯都沒留下。」

秦老夫人輕蔑地撇下嘴。

紅棗繼續道：「霜醉居裡東西倒沒少，還留下許多布疋衣物。青菱把東西都歸置起來了，說有機會給四姑娘送去……這幾處院子裡伺候的，是仍回原先的地方，還是另行指派其他差事？」

秦老夫人長長嘆口氣。「叢桂軒和疏影樓收拾整齊了，仍舊鎖起來。妳把名冊給莊嬤嬤，讓她看著安排。霜醉居那邊先放著吧，人員不用動，讓青菱好生經管著，別以為主子不在就散漫性子。」

這話，分明是還想接四姑娘回來住。紅棗心頭一跳，也不敢多問，自去吩咐人往各處傳話了。

楊嬋是在大興酒樓吃飯時候「生病」的。

只除了肚子疼，並沒有別的癥狀，趙氏的意思是繼續趕路，楊妧不放心，堅持要請郎中。「伯母若是著急，那您就先行一步，我們途中加緊點腳程便是。」

趙氏巴不得撇開她們，半句關心的話沒說，直催著小嚴管事趕路。小嚴管事看得連連搖頭。

趙氏離開後，楊妧便住進了客棧，先請郎中給楊嬋把了把脈。

楊嬋肚子並不痛，卻因為秋燥有些犯咳嗽，郎中開了劑降燥止咳的方子。

趁客棧夥計煎藥的空檔，楊妧給關氏寫了封長信，含光快馬加鞭交給了小嚴管事。

隔天一早，李先駕著馬車往京都趕。臨川在城門口等著，直接將她們帶到同福客棧。

同福客棧位於廣濟寺附近，靠街是座二層小樓，從外面看跟其餘客棧並無差別，裡面卻別有洞天。內院裡有面鏡湖，沿湖四周植了楊柳和翠竹，綠樹掩映中有七、八棟青磚圍牆的小院落，以供人口多的大家庭居住。

臨川訂了最裡面的五號院，院子不大，青石磚鋪地，西牆邊爬著滿牆薔薇，枝葉雖已有些泛黃，卻仍濃密，小小的三間正房整齊而乾淨。

楊妧低嘆聲。「這間小院怕是要不少銀子吧？」

臨川咧著嘴笑。「世子爺看中這裡清靜，而且有個院子可以讓六姑娘鬆散鬆散……昨兒小的去找過李大人，李大人說院子倒是有，一座三進院，一座四進院都在南薰坊，但眼下騰不出來，至少冬月底主家才能搬走。」

這也是意料中的事情。

之前楊妧想多攢點銀子，到年底至少攢出一千兩，所以跟李寶泉說定的是年底，誰知道中途出了這種變故。

臨川接著道：「遠山已經跑了幾家房屋經紀，不是房子不合適就是地角不合適；即便這兩、三天能找到，搬進去之前總也得稍微佈置收拾一下，所以世子爺先交了半個月房錢，若是來不及，還可以隨時再續。」

半個月的話，關氏差不多也該到了。不管怎樣，她務必要在半個月之內把住處安頓好。

楊妧抿唇笑笑。「多謝你。」

「當不得姑娘謝。」臨川臉龐微微發紅。「房錢裡含著一日三餐，屆時有婆子送來，姑娘有需要漿洗的衣物也只管交給婆子，世子爺會一總兒結帳。」

楊妧點頭應了聲好。

一夜秋雨，黎明方停，天氣驟然冷下來，楊嬋真的病了，不單咳嗽加重，還開始發熱。

郎中診過脈說是風寒，開了三劑解表散寒的方子。

楊妧自責不已，小孩子不經念叨，她假託楊嬋生病，果然就生了病。

連續幾天，楊妧不眠不休地照看楊嬋。楊嬋病得蔫蔫的，吃不下東西，楊妧也跟著沒胃口，很快圓圓的下巴就變尖了。

楚昕早晚各來一趟，有時候帶半斤點心，有時候帶包窩絲糖，有時候買二兩剛出鍋的醬肉用油紙包著，外面再裹層棉布，顛顛地帶過來。

他習慣當街縱馬，趕來時醬肉仍是熱著。楊妧用刀切成小塊，尋只盤子盛了。兩人也不進屋，就站在院子裡，你一塊我一塊分著吃。

楊嬋病了六天，第七天頭上終於康復，胃口也大為好轉，用紅棗燉的小米粥喝了足足一大碗，還吃了只核桃卷酥。

楊妧長舒一口氣，唸了聲「阿彌陀佛，感謝救苦救難的觀世音菩薩」。

也就是這天，臨川終於在四條胡同尋到一處看著還不錯的宅院，樂顛顛地請楊妧過去瞧。

宅子在四條胡同最東頭，原先的主家姓常，約莫四十多歲，湖北英山縣人，在京都開了間茶葉鋪子。因家中老父親病故，常掌櫃回家奔喪，也有點想葉落歸根的意思，因而打算將鋪子和宅子賣掉。

鋪子地角不錯，早已經轉手了，宅子卻遲遲沒找到買主。

原本這排屋舍都是四進院，但常家後面一牆之隔有口水井，占用了一部分地面，便建成了大二進的宅子。屋裡桌椅板凳俱都齊備，灶上用品也一應俱全，稍微清掃一下即可入住。更讓人心喜的是院子有株一丈多高的桂花樹，可以想像初秋時節，院子裡該是何等的芬芳清甜。

主家開價兩千八百兩銀子，比附近其他差不多大小的足足貴出六百多兩。

楊妧毫不猶豫地搖搖頭。「房子好歸好，但是太貴了。」

加上趙氏給的五百兩，何文雋送她打簪子的二百兩，她手頭上共有一千四百兩銀子，即便加上關氏分家得的八百兩也不夠。況且她也不能把所有家底都用在宅子上，手裡總得攥著點銀錢才有底氣。

房屋經紀笑道：「姑娘別只聽價錢，妳看滿屋子花梨木家具，剛打了三年，都沒怎麼用過。因常掌櫃家裡女眷都在湖北，沒來京都住過，衣櫃、五斗櫃跟新的差不多，鍋灶碗盆也至少八成新。要不是實在離得遠帶不走，常掌櫃還真捨不得便宜賣了。」

楊妧將三間正房逐次看過，又到東西廂房瞧了眼，長長嘆口氣。

經紀說得不錯，家具確實很新，但是她也確實買不起。

楊妧不無遺憾地走出大門，猛抬頭，竟然瞧見了范二奶奶。

# 第七十三章

范二奶奶不可置信地看看楊妧，又看看她身後的房屋，忽而笑了。「沒想到在這兒碰到妳，還以為認錯人了。妳想要買宅子？」

「來看看。」楊妧含笑回答。「過幾天我娘要來，不方便總借住國公府，想買處小宅院住著。妳怎麼會在這裡？」

范二奶奶指著旁邊的四進院子。「這就是我家。都到門口了，進來坐會兒。」

楊妧推辭道：「改天吧，小嬋這幾天纏磨人，出門久了怕她哭鬧。」

范二奶奶並不勉強。「既然知道門了，隨時都可以來玩。修哥兒前兩天還唸叨六姑娘，妳要是能搬過來，正好讓修哥兒跟六姑娘做個伴。這房子挺好的，常掌櫃在外面跑動的時候多，家裡沒怎麼住。」

楊妧如實道：「要價太貴，我手頭沒那麼多銀錢。」

范二奶奶熱情地問：「差多少？我倒是有點閒散銀子，妳先拿去用。」

楊妧苦笑。「我連半數銀子都沒湊夠，我想先去別處看看，實在找不到合適的再說。」

常掌櫃這房子雖好，但也不太容易往外賣。有錢人家不喜歡用舊家具，而家境不太富裕的，定然也覺得貴。松木家具或者柳木家具，一整套做下來至多二百兩銀子，沒有必要非得買花梨木的舊家具。

范二奶奶豪爽地說：「也行，如果需要妳儘管開口，多的沒有，一、兩千總是能拿出來。」

楊妧謝過她，回到同福客棧，打算吃完午飯再四處跑一跑。豈料半下午的時候，臨川卻送了房契和文書來。

就是四條胡同的宅子，主家降了二百兩，以兩千四百兩銀子成交的。費用已經結清了，只需要楊妧在文書上買方那裡留名畫押，摁個指印即可。

楊妧驚訝不已。「這是誰買下的？我可不能要。」

臨川道：「世子爺吩咐小的結算的銀子……上午接到小嚴管事送來的信，說三太太他們已經啟程了，最多五、六日就能進京；現在買下來，明後天就可以找人清掃院子修剪花木，柴米油鹽也要買，還有被褥鋪蓋……這處宅子真的再合適不過，小的見姑娘也挺喜歡。姑娘想想，若是再耽擱下去，怕是來不及了。」

這話說得有道理。常家宅子的好處就是稍微打掃一下即可入住，要是買了別處宅院，還得另外採買家具置辦各式物品，說不定還要修繕門窗。

眼下住的客棧也不便宜，多耽擱一天就要多交一天費用。

楊妧嘆一聲。「那你稍等會兒，我把銀票找出來帶給世子爺。」

「小的可不敢收。」臨川苦著臉道：「姑娘也知道，小的就是個跑腿傳話的，要是收了銀子，世子爺肯定要罰我板子，到時候還得麻煩姑娘說情……世子爺說他忙完會過來，您有什麼話，當面跟世子爺說吧！」

看他說得可憐，楊妧不好再為難他，笑問：「世子爺最近很忙？」

「忙！跟顧三爺倒騰糧米這是一件事，二皇子打算改制量具，這又是一件事。還有定國公府上三爺想請爺聽曲，周大爺想叫著爺去西山打獵，爺都沒騰出工夫答應。」

聽起來確實不得閒，這也說明楚昕開始受到重用。楊妧微笑，心裡頗有點老懷寬慰的感覺。

一等就是一個多時辰，直到暮色四合，開始起了夜風，楚昕才匆匆過來，身姿挺拔地站在院子裡，身上只穿件單衣，夜風掀動他的袍襬，有種不勝寒涼的單薄。

楊妧裹著斗篷嗔怪道：「天冷了，表哥怎麼不披件斗篷？若是受涼染病，姨祖母又要擔心。」

楚昕唇角微彎，黑眸在暮色裡閃閃發亮。「我不冷，一路騎馬過來，身上還出汗……妳把文書簽了名字嗎？共是三份，妳自己留一份，一份交給主家，另一份讓遠山拿到府衙備案。明兒讓李先送妳到四條胡同，妳看看哪裡需要修整，有什麼要添置的儘管吩咐臨川去買，他腿腳快。」

楊妧點頭應好，將手裡匣子打開。「裡面是八張銀票，總共一千一百兩，表哥先收著，餘下一千三百兩——」

「我不要，」楚昕打斷她的話。「要不是妳，我也不會領修繕倉場的差事，那樁差事賺了四千多，這次的糧米至少也能賺七、八千兩銀子……就當作我給妳的謝禮好了。」

楊妧輕笑。「我不過動動嘴皮子，哪裡值得這麼多銀子？」

楚昕非常堅持。「我送出去的東西不可能拿回來。妳不想要，那就扔了。」

一千多兩銀子，怎麼可能扔了？楊妧無語，思量片刻，商量道：「那我給你寫個借條吧？我估摸著兩年一準能還上。」

楚昕抿抿唇。「好。」大不了他拿到借條就撕掉，反正不可能要她的銀子。

楊妧撩起夾棉門簾讓楚昕進屋。「表哥坐會兒喝口茶，我馬上就寫。」

楊嬋正趴在飯桌上描紅，瞧見楚昕，立刻張開手臂迎上來。

楚昕笑著牽住她的手。「今兒不能抱，表哥身上髒。」

外面光線暗，楊妧沒注意，這會兒就著燈燭倒是看清了，楚昕鴉青色長衫肩頭沾了一層土，袍襬也蹭上好大一片土。不由問道：「表哥下午幹什麼了？」

楚昕笑答。「在漆器鋪子扛木頭……讓人做了幾套量具，有圓的有方的，然後送到戶部給二皇子過目。二皇子不滿意，說是做成扁的更適合，又回漆器鋪子跟工匠量尺寸……不知不覺天就黑了。」

因怕楊妧等得著急，也是因為一天沒見到她，心裡牽掛，所以連身上的土來不及撢就快馬加鞭地趕過來。

楊妧沏好茶，尋來雞毛撣子。「表哥站著且別動，我幫你撣一撣。」抬手輕輕去拂楚昕肩頭的土。「鋪子裡不是有夥計，還非得讓表哥親自動手？」

楚昕笑笑。「我喜歡自己動手幹活。夥計最多扛兩塊板子，我能扛四塊。」聲音裡有藏不住的得意。

楊妧輕「呵」一聲。真是幼稚，連這種事情也要跟人比。可臉上卻不由自主地露出微笑，被燭光映著，越發動人。

楚昕垂眸看著她腮旁跳動的梨渦，心頭熱熱地蕩了下，低喚出聲。「楊妧。」

楊妧「嗯」一聲。「什麼事？」

「沒事。」楚昕溫柔地凝望著她，黑眸裡星光閃動璀璨奪目。

楊妧突然明白了他的意思，臉「唰」地熱辣起來。

她掩飾般把雞毛撣子塞給楚昕。「衣服下襬上還有土，表哥自己撣一撣，我把借條寫出來。」

走到飯桌前，深吸口氣平靜下心緒，鋪開一張宣紙，藉著楊嬋描紅的殘墨，提筆開始寫。

楚昕胡亂往身上撣兩下，放下雞毛撣子，探頭看楊妧寫的借條。「只寫兩年還，還沒算利息呢？」

楊妧抬眸。「表哥想要怎麼算，三分利還是四分利？」

楚昕想一想，開口道：「太少了，一成利吧。」

「一成？」楊妧手一抖，筆尖戳在紙上，暈了兩行字。很顯然，這張借條沒用了。

楚昕笑道：「我來寫。」另外鋪一張紙，從她手裡接過筆，在硯臺裡蘸了墨，慢慢寫下「楊妧」兩個字，將筆架在筆山上，低聲問：「楊妧，非得這麼見外嗎？」

楊妧溫聲解釋。「不是見外，親兄弟還得明算帳，涉及到銀錢，還是……」

「我們又不是兄弟。」楚昕目光灼灼地盯著她。「妳要真想算帳，那就從頭理一理。我剛認識妳的時候，我跟顧老三約好去杏花樓，妳為什麼攔著不讓我去？妳為什麼告訴我領差事？妳為什麼一次次幫我？」

那是因為她不想看著他重蹈前世覆轍，不想讓他再落得凌遲至死的下場。

楊妧想分辯，卻沒法說出來，只聽楚昕續道：「我知道妳是為了我好，我也要對妳好，比妳對我還好……妳真想一筆一筆地都算清楚，以後誰都不管誰，誰都不理誰？」

「我不是這個意思。」楊妧一個頭兩個大。

她只是要把買宅子的錢還給楚昕，怎麼會扯到互不搭理上面？

楚昕壓根兒不聽她的話，自顧自地說：「反正我決定了，妳再跟我提錢的事，以後我就不讓妳管。妳真的不想管我了？」

# 第七十四章

楊妧不知道該怎麼回答，腦子裡像纏繞著一團亂麻，毫無頭緒。

兩世為人，雖然她在外表上只是個十三歲的少女，但在內心裡卻已經是為人娘親的婦人，楚昕在她眼中，與其說是表哥，更像晚輩或者弟弟。

她願意對他好，可絕不是男女之間的那種好。

楊妧竭力釐清思緒，慢慢地說：「表哥，這是兩碼事。咱們是親戚，是表兄妹，理應守望相助，如果你遇到為難的事情，我怎麼可能撒手不管？」

楚昕「哼」一聲，緊接著她的話問：「現在是妳為難，為什麼就不讓我管？我又不差這兩千兩銀子。」

又來了！楚昕好像專門會用她的話來反駁她。

楊妧想一想，假如換個位置，楚昕急需銀錢，她會不會拿銀子出來？毫無疑問，她會。遂釋然地笑。「好，我收下。等以後我發財了，五倍十倍地還你。」

「我記著了。」楚昕得意地昂起下巴，黑亮的眼眸斜睨著楊妧。「那妳趕緊把文書簽好。」

楊妧將三份文書一一畫押，待要摁指印時，楚昕先一步咬破食指，擠出幾滴血珠。他肌膚白淨，殷紅的血珠掛在指腹，有種怵目驚心的美。
楊妧還待猶豫，楚昕笑著催促。「快點摁，要不就乾了，我還得再擠。」
楊妧抿抿唇，伸手蘸了他指腹血珠，在文書上摁了指印。指印先是鮮紅色，隨即變得暗紅。
楚昕伸出手指。「看吧，這會兒已經凝了。」
他手指修長且勻稱，拇指套一枚綠玉扳指，虎口處布了層薄繭，看上去強壯而有力道。
楊妧不敢多瞧，默默地移開了目光。
楚昕將兩份文書摺好，塞進懷裡，笑道：「我回去了，妳把房契和文書收好。明天早上李先駕車過來接妳，我辦完事直接去四條胡同找妳。」
楊妧應著，送他離開，掩上院門落了鎖，又將屋門上閂，對飯桌前仍在寫寫畫畫的楊嬋道：「別寫了，洗把臉早點睡覺，明天咱們去新家看看。」走近前去端燭臺，看到紙上橫七豎八的幾個字：表哥喜姊。
「喜」的旁邊塗著好幾個墨團，想必是要寫「歡」字，但「歡」字難寫，總是畫不對，所以又塗黑了。
楊妧嗔道：「斗大的字認不得一籮筐，就尋思胡說八道，趕緊洗臉去。」
楊嬋鼓鼓腮幫子，兩眼亮晶晶地閃著光，一副「我什麼都知道，妳瞞不了我」的模樣。
楊妧臉龐熱辣辣的，她羞惱地瞪著楊嬋。「還不快去？」

楊嬋撇下嘴，蹦蹦跳跳地進了內室。

楊妧用力將紙揉成一團，側眸瞧見楚昕寫的「楊妧」兩個字。

他寫臺閣體，字跡淳和豐潤，卻又隱隱透出幾分張揚，是藏也藏不住的鋒芒。

她盯住看兩眼，將紙湊近燈燭，燒成了灰燼。

一夜不曾安睡，直到外面敲過了三更天的梆子才慢慢合眼。

好在李先來得也晚，辰正時分才到，楊妧從容地吃完早飯換了衣裳。

到達四條胡同時，臨川已經到了，正在影壁前跟個穿秋香色褙子，約莫三十五、六歲的婦人說話。

婦人上前給楊妧行禮。「我是隔壁范家的管事，夫家姓杜，我們奶奶打發我來看看有什麼需要幫忙的。」

楊妧連忙道謝。「二奶奶有心了，也辛苦杜嫂子特地過來，快請進。」

臨川開了鎖，把窗戶都打開。楊妧昨天走馬觀花地瞧過一遍，這次引著杜嫂子再看一遍，正好合算一下各處需要添置什麼。

逐間屋子看完，杜嫂子心裡有了數，笑吟吟地說：「院子雜草要拔了，地面清洗一遍，然後家具什物該擦的擦一擦，這些粗重活計交給我，其餘精細活兒姑娘再慢慢做。」說著，回去喚來六個身板結實的婆子，熱火朝天地做起來。

沒多時，范二奶奶帶著范宜修也過來了。

范宜修瞧見楊嬋，立刻湊上去「妹妹、妹妹」地喊個不停。「妹妹，妳會吹竹哨了嗎？我能吹曲子了，待會兒我吹給妳聽。妹妹妳又認識了幾個字？學完《三字經》沒有？」

范二奶奶滿臉無奈。「妳看看，簡直是個話簍子，我天天被他纏磨得不行，這下好了，有六姑娘做伴，我也少聽他嘮叨幾句。」

楊妧笑道：「我巴不得小少爺多來幾趟。」

兩人正說笑，楚昕闊步而入。

他穿件靛青色箭袖長衫，束著白玉帶，身姿挺直得好像草原上的白楊樹。

楊妧給范二奶奶引見。「這是國公府世子。」

范二奶奶忙福了福，楚昕躬身還禮，聲音清越。「我表妹年紀小，表嬸對京都不熟悉，一家子老弱婦孺，以後還要仰仗二奶奶多加照拂。」

「應該的，我跟四姑娘原就相識，現在又是鄰居，自然要更親近些。」范二奶奶笑應著，偷眼打量楚昕。

她早聽說楚昕的名頭，卻沒想到真人長得這般出色。鼻梁高挺、額頭飽滿、眸光清亮、神色溫謙，好像是從畫裡走出來的人物似的，跟傳言中的飛揚跋扈全然不同。

楚昕沒再理范二奶奶，而是微側了身跟楊妧說話。「遠山去買米麵了，過會兒瑞安瓷器行會送碗碟過來，還有屋裡的擺件，都讓他們一併配好了。」

瑞安瓷器行主要賣越窯的秘色瓷，也有少量青花瓷或者釉裡紅，是京都頗有名氣的瓷器店。

楊妧笑道：「有盤子碗就好，擺件用不上，放著還怕打破了。表哥倒是幫我買些紙筆來吧，弟弟跟小嬋都要寫字。」

楚昕點頭。「下午讓遠山去。還需要什麼，讓他一遭買了來？」

范二奶奶不動聲色地打量著兩人。

男的英武、女的俏麗，站在一起說不出的養眼。而且兩人離得近，相距不過一尺，平常人至少要相距三尺才覺得舒服，只有極其熟悉而且親近的人才會這般不設防。

范二奶奶恍似窺見什麼秘密般，彎起唇角，揚聲道：「四姑娘，妳正忙著，我就不在這裡添亂了……讓六姑娘跟我去吧，喝水吃點心都方便，午飯也在我那裡吃。妳幾時走，打發人過去喊一聲就成。」

楊妧求之不得。

屋裡，婆子們正抬水擦桌子擦地，根本沒法待，而在院子裡待久了又怕楊嬋冷，去范家最好不過。

她囑咐楊嬋幾聲別調皮，讓春笑跟了她去范家。

待范二奶奶離開，楚昕又往楊妧身邊湊了湊，打量幾眼房子格局，低聲問：「屋子收拾好，妳打算住哪間？」

楊妧思量著回答。「我娘肯定要住在正房，她住東屋，弟弟住西屋，我和小嬋住廂房。

過幾年，弟弟搬到前院住，讓小嬋住西屋。」

「過兩年妳就及笄了。」楚昕含笑看著她，轉而道：「我昨天回府用過飯，練了半個時辰箭，又打了兩趟拳，然後看那本《戰事偶得》，一直到大半夜都沒睡著。」

楊妡抬眸。「為什麼？」

「高興。」楚昕慢悠悠地重複一遍。「我很高興。」

躺在床上，想到楊妡拿著雞毛撣子幫他撣土，心裡的歡喜就收不住。

他只見過母親給父親撣土。

還是他七、八歲的時候，也是個秋天，父親肩頭落了片柳葉，母親把枯葉摘掉，就勢撣了幾下。父親回身捉住母親的手，母親羞紅著臉飛快鬆開。

那會兒本來祖母是有些生氣母親的，可看到這一幕就不生氣了，反而樂呵呵地對莊嬤嬤說：「讓廚房裡燉雞湯，沒準兒家裡要添丁。」

記憶裡，父親跟母親從未吵過架，也正因此，祖母雖然對母親多有不滿，卻一直忍讓著，直到今年花會才真正發作。

假如他跟楊妡成親，必定也不吵架，他會收斂脾氣寵著她，嬌慣著她……早點添丁。

正在遐想，中褲突然就濕了一大片。

楚昕只好起來沖澡、換褲子，待到再睡下，已經快四更天了。

早上仍舊是卯初起床，可他半點都不睏，匆匆到漆器鋪子轉一圈，又到二皇子跟前晃了晃，打馬直奔四條胡同。

范家下人極其能幹，剛過午時，便把裡外各處收拾得乾乾淨淨，就連窗櫺也擦得纖塵不染。

楚昕負手站在院子當間，沈聲道：「辛苦各位了，本應當叫桌席面宴請大家，只是家中著實不便，還請見諒！」

話語很謙和，可眉宇之間卻有種無法掩飾的倨傲，而且袍邊掛著的竹報平安的玉珮水頭極好，青碧潤澤，一看就知道不是凡品。

婆子們齊齊朝這個相貌出眾的富家公子行個禮，恭聲道：「不敢當，都是分內的事，二奶奶已經交代過了，不敢叨擾公子和姑娘。」

楚昕朝臨川使個眼色。臨川掏出荷包，抓出一把銀錠子，嬉笑道：「哪能虧了大娘嬸子，辛苦這半天，我家爺和姑娘請諸位吃酒。」

每人賞兩個銀錠子，銀錠子一兩一個，每人就是二兩銀子。婆子們歡天喜地的離開。

楊妧輕蹙了眉頭。「表哥賞得也太多了。」

「這樣他們才不敢輕視妳。」楚昕收起適才的倨傲，笑容喧和。「妳餓不餓？中午想吃什麼？讓臨川去東興樓叫兩個菜在家裡吃好不好？我估摸著瓷器行該來人了。」

似是驗證他的話，話音剛落，門口傳來男子粗噶的喊聲。「家裡有人嗎？」

臨川出去引了兩人進來，前頭是瑞安瓷器行的二掌櫃，後面跟著位挑籮筐的夥計。

碗碟配了四套，兩套是二十四頭的，平日裡自家用，兩套是一百零八頭的，以備待客用。

楊妧無奈。「我家在京都的親戚朋友不多，輕易不宴客，用不了這些碗碟。」

「姑娘所言差矣。」二掌櫃長著張圓臉，看起來慈眉善目的，天生帶著幾分喜相。「初來乍到誰都沒朋友，可吃過兩次飯保管就有了交情。親戚也是，經常聚一聚，情分才深厚。再者，少爺進學、姑娘做生，家裡長輩慶賀壽誕，豈不都要設宴？」

楊妧心裡有幾分鬆動。別人不提，她是一定要請余新梅和明心蘭來做客的。

二掌櫃繼續道：「這兩套碗都是極實用的，您看這青瓷的釉光，潔淨細膩，春天時候擺出來，幾多清雅。再看這釉裡紅的紋路，纏枝牡丹，極富貴又喜慶，過年或者賀壽時候用，多少體面。」

楚昕跟著勸解。「確實不錯，都要了吧。即便眼下用不上，過一、兩年也總該需要。」

碗碟要了四套，茶具順理成章也是四套。

二掌櫃笑得滿臉開花，從籮筐裡翻出一套瑪瑙碟子。「這套碟子是專門定製的，逢年過節時孝敬各位主顧，今兒特地來送給姑娘，以後多照顧我們生意。」

碟子是乳白夾雜著灰色，工匠就著灰色刻成喜鵲登枝的圖樣，別具匠心。最難得是一套六只，喜鵲的姿態各不相同卻都栩栩如生。

白送的東西當然要，楊妧毫不客氣地收了。

二掌櫃又拿出一對青花瓷繪著竹石芭蕉紋路的梅瓶，不等開口，楊妧的臉已經綠了。

「我不要了，家裡瓷器夠了。」

二掌櫃道：「正宗景德鎮產的青花瓷，小店不得利，只要個本錢，這對梅瓶十兩銀子，姑娘意下如何？」

十兩銀子確實不貴，前世陸知海買過一對蓮托八寶的梅瓶，花了將近三十兩。

楚昕覷著楊妧臉色，拍板決定。「要了。」

二掌櫃跟小夥計挑著空籮筐離開，楊妧看著滿桌子瓷器，心裡懊悔不已。原本她只打算買幾只碗和碟子，再買一套茶具，誰知道會憑空多出這麼多東西來？

楚昕看著她笑。「我總算知道了妳喜歡什麼東西。妳看著這些瓷器時，眼裡會發光。」拿起那對梅瓶。「這個放妳屋子裡，疏影樓旁邊種著兩株綠萼梅，香味特別濃，開花之後我給妳送兩枝，滿屋子都是梅香。」

楊妧嗔道：「花十兩銀子買這對梅瓶，就為了你那兩枝綠梅？」

「插松枝也好看。」楚昕好脾氣地說：「楊妧，妳不用擔心銀錢，我會賺很多銀子，到了夏天在院子裡給妳搭架天棚，一夏天不被蚊蟲咬。」

這話還是她說給楚昕聽的，說太祖皇帝時，巨富沈仲榮為避蚊蟲，每年端午都在家裡搭天棚。當時是為了給楚昕找點正經事情做，讓他別整天鬥雞走馬，沒想到他竟然一直記著。

可是，楚昕賺了銀子，是要孝敬長輩養育兒女，是要交給妻子掌管的。她算得了什麼？

楊妧下意識地嘆口氣。這滿桌子的瓷器共一百二十兩……欠楚昕的銀錢越來越多了，她幾時才能還得清？

此時的鎮國公府，廖十四正在清韻閣和楚映一道吃午飯。

菊花會上，她跟楚映相談極為投機，話裡話外明示暗示了好幾次想來楚家拜訪。

大前天，楚映終於給她下了帖子，廖十四收拾了早就準備好的額帕、香囊、自家茶園裡的茶葉，又「親自」下廚做了兩樣點心，樂顛顛地來了。

楚映先帶她到瑞萱堂請安。

廖十四把禮物一一顯擺出來。「繡萬壽菊的額帕是孝敬您的，這條寶藍色繡忍冬花的給張夫人，兩條帕子給阿映，還有支扇子套是送給世子爺的，繡的是節節高升，圖個好意頭。」

秦老夫人拿起來仔細打量著，針腳勻稱且細密，繡花也不錯，栩栩如生的，跟楊妧的針線活差不多，可在配色和花樣上，明顯缺少幾分靈氣。扇子套用的是翠竹圖樣，非常厚實。遂誇讚道：「手藝真好，比起映姐兒何止強了千倍百倍。」指著扇子套對楚映道：「單是這份心靜，妳就得好生學學。」

「老夫人過獎了。」廖十四笑盈盈地說：「我離楊四姑娘可差得遠。對了，楊家兩位姑娘呢？」

秦老夫人道：「家裡長輩得了急病，從菊花會回來，一刻都沒耽擱，回濟南府侍疾了。」

「哦，可真是遺憾，本來我還想跟四姑娘探討一下針法呢。」

秦老夫人眸中閃過一絲不耐。

菊花會上，她對廖十四印象還不錯，覺得她行事大方又有才學，沒想到竟也是個暗藏心機的。

廖十四思量周全，闔家上下都備了禮物，連楚昕都有，唯獨沒有楊家人的，想必已經知道楊妧她們走了，卻又巴巴地問。

秦老夫人有意壓壓廖十四的氣焰，笑道：「四丫頭確實手巧，同樣的額帕，她做的戴起來就是舒服，襪子也是。」秦老夫人提了提裙角，露出襪沿上精緻的寶相花圖樣。「襪底用了兩層布，格外暖和……穿慣了四丫頭做的襪子，再穿別人的就不太對勁。」

同樣，戴慣了楊妧做的額帕，戴別人做的也不對勁。

廖十四呆了呆，又捧過點心匣子。「老夫人嚐嚐酥皮餅。因不知老夫人口味，做了兩種餡料，點紅點的是紅豆沙，沒有紅點的是椒鹽味的。」

秦老夫人敷衍著誇一句「廖家姑娘的能幹是出了名的」，掂了只紅豆沙的，掰開兩半，一半遞給楚映，另一半放在口中品了品。「好吃，酥皮做得尤其好。四丫頭就做不好酥皮，試了好幾次都起不了酥，妳是怎麼做的？」
廖十四漲紅了臉。
她哪裡知道？不管是酥皮還是餡料，都是家裡廚子做的，她只是在出鍋的時候拿著毛筆在上面點了個紅點。
她支支吾吾地說：「就是加水和麵，多放糖和雞蛋。」
秦老夫人笑笑。「難怪味道這麼好……妳們也別在跟前拘著了，十四頭一次來，映姐兒帶她到處走走，園子裡菊花開得一般，幾棵黃櫨真正是漂亮。」
廖十四求之不得。她正想到處溜達溜達，說不定會偶遇楚昕。
自從菊花會後，她再沒見過楚昕，心裡真正是朝思暮想，作夢都會看到那張俊俏卻又不失英武的臉。
打發走廖十四，秦老夫人低低「哼」一聲。「離四丫頭差遠了。」
楊妧離京之後去而復返的消息，秦老夫人早就從小嚴管事那裡知道了。
楚昕也沒瞞她，如實說了楊妧要把關氏接過來的打算，也說他正在幫楊妧找住處。
秦老夫人嗟嘆不已。她知道楊妧有點聰明，卻沒想到她竟如此果敢。
在京都生活可不是那麼容易，一個十三歲的小姑娘帶著個不會說話的妹妹，敢在京都置產安居，這份魄力就是成年男子都未必有。
這陣子，楚昕早出晚歸，口口聲聲喊著累，笑容卻越來越多，臉上的喜色遮都遮不住。

今兒更是，大嘴咧著幾乎都合不上。

秦老夫人心知肚明，有心打趣他幾句，又捨不得讓寶貝孫子受窘。

這也是命中注定，前後兩世，楚昕都喜歡上楊妧。前一世錯過了，這一世，她勢必要成全寶貝孫子。

秦老夫人思量片刻，吩咐紅棗。「去告訴青菱，把霜醉居的被褥都晾一晾，收在箱籠裡，花斛賞瓶等擺件也都裝起來。」

等楊妧搬了家，她打算把這些東西送過去。

時間倉促，一個沒及笄的小姑娘未必能置辦周全，而且被褥總是自己用慣了的好。

# 第七十五章

廖十四在楚家磨蹭了一上午，臨到午時，突發奇想地要作畫。

楊妧這陣子不在，楚映頗為無聊，好不容易有廖十四做伴，立刻興致勃勃地將宣紙和幾種作畫的大小白雲找出來，又吩咐藤黃藕紅調顏料。

調製顏料所需時間長，廖十四順理成章地在楚家留了飯。

可惜國公府的規矩是早晚到瑞萱堂吃，午飯都是各人在自己屋裡用。

楚映在清韻閣招待廖十四，秦老夫人和張夫人都吩咐廚房加了菜。

廖十四瞧著牆角盛開的菊花，話題自然而然地轉到楚昕身上。「這就是世子爺在菊花會上得的彩頭？」

「對，」楚映目露得意。「我哥得了三盆，一盆紫雁點雪在我娘屋裡，還有盆瑤臺玉鳳，祖母放到霜醉居了，說是給阿妧。」

廖十四笑道：「老夫人對四姑娘真好。」

「是呀，阿妧字寫得好，經常給祖母抄經，也常常做襪子、荷包等小玩意兒討好祖母……她的針線活真正是好，妳看她送我的帕子。」楚映從抽屜裡翻出一沓帕子。「上面兩條是阿妧的手藝，底下是藕紅做的。」

廖十四將帕子展平。

一條是鵝黃色絹面，右下角繡叢紫色的鳶尾；另一條是淺丁香的綢面，綴著四、五朵顏色各異的百日蓮，精緻之外還透著女孩子獨有的俏皮靈動，非常精巧。

她仔細再看，發現不過是套針、鋪針和滾針等常見針法，任何一個稍通刺繡的姑娘都會，兩張帕子只是勝在圖樣新奇而已。

廖十四長舒口氣，不鹹不淡地誇了句。「四姑娘果真是個玲瓏心竅。這花樣子倒是少見，妳有沒有，能不能借我描幾張？」

楚映搖頭。「沒有。」

廖十四臉上掛出別有意味的微笑。

「我還以為四姑娘會描給妳呢！我們家裡姊妹誰要是有了新樣子都會往各處送一份，大家也常湊在一起做針線，沒有誰會藏著掖著。」

楚映渾不在意地說：「我對這些不感興趣，如果是琴譜，那我就定要來抄一份。」

廖十四笑道：「阿映真是大度。按說妳喜不喜歡是另外一回事，可姊妹之間是要毫無保留的，四姑娘又借住在你們家，更應該對妳好……不管怎樣，她都分了老夫人對妳的好，這話沒錯吧？」

楚映覺得廖十四說的有道理，秦老夫人確實偏心楊妧，可是又隱隱覺得哪裡不太對勁。

廖十四見好就收，起身看了看顏料快調好了，笑問：「妳打算畫工筆還是水墨？咱們以菊為題如何，我畫綠水秋波，妳畫技好，就畫瑤臺玉鳳好了？」

這話楚映愛聽。她平時也覺得自己詩畫不錯，遂笑道：「十四專愛取巧，妳這裡有現成的花，我還得跑霜醉居一趟。」

廖十四很仗義地說：「我陪妳就是了。」

兩人一路有說有笑地往霜醉居走。

霜醉居門口那片黃櫨已被秋意染得滿樹金黃，遠遠望去，美不勝收。

廖十四感嘆。「真羨慕四姑娘，這處風景比清韻閣還要漂亮。」

「清韻閣很好啊，春天楊柳堆煙，夏天滿池荷花，秋天能賞殘荷，冬天落了雪湖面才叫一個清雅，枯荷柳枝跟水墨畫似的，一年四季都是風景。霜醉居只有這個季節好看……不過霜醉居地方大，以前曾是祖父的書房，特別敞亮。」

說話間，藕紅已經上前叩了門，有汪汪的犬吠聲傳來。

「團團，閉嘴。」青菱讓小丫鬟將狗栓起來，急急地迎出去。「姑娘、廖姑娘，裡面請。」

楚映道：「我們來看看那盆瑤臺玉鳳，待會兒要作畫。」

青菱含笑指指廊下。「昨天有朵蔫了就剪了，今早竟又開了兩朵。」

翠綠的枝椏間盛開著四朵雪白的花，細長的花瓣重重疊疊足足有碗口大，繁茂之極。

廖十四看兩眼便移開目光，四下打量起庭院。

霜醉居果然敞亮，正房三間帶兩耳，每一間都有窗戶。院子也特別開闊，有樹有翠竹，翠竹足足有兒臂粗，上面栓了隻灰黃色的小狗，小狗「嗚嗚」叫著，目光警戒。

再旁邊，竟然有兩個兔籠。

廖十四心裡酸得幾乎要出水了。

廖家人多，她同一輩的單女孩子就有十七個，她跟兩個姊姊和一個妹妹同住，臥房雖然各占一間，廳堂卻是四人共用，每天不知有多少摩擦。

她很喜歡小貓小狗，有年跟人要了通體雪白的小奶貓，可養沒兩個月就不見了。

十六妹說，她瞧見十三姊的奶娘將小奶貓摁在水裡……

她在自己家裡，連養隻貓咪都不能，楊妧寄住在別人家，卻既養狗又養兔子，憑什麼？而且住這麼大的院落，使喚這麼多丫鬟。

幸好楊家人都離開了，否則以後她若嫁進來，也絕對容不得楊妧她們住在這裡。

楊妧忙了一天半，中午在客棧吃過飯，打算收拾好東西搬到四條胡同，小院裡來了兩個不速之客。

一個是三十出頭的婦人，穿件青色襖子薑黃色裙子，另一個則是二十五、六歲，身形魁梧、面容冷肅的男子。

「清娘！」楊妧手一抖，拎著的包裹落在地上。她顧不得撿，緊走兩步衝過去，再喚道：「清娘，公子他……」淚水已簌簌而下。

清娘看著滿臉淚水的楊妧，眼圈倏地紅了。

她吸口氣，仰著頭用力眨眨眼，片刻，臉上已經帶出笑意。「姑娘可別哭，公子囑咐我好幾回，到京都見到姑娘，千萬不許惹得姑娘哭，否則九泉之下碰到……他也罰我抄書，我可是最不耐煩抄書了……路上趕得緊，嗓子眼直冒煙，姑娘幫我倒杯茶喝吧？」

楊妧忙擦擦眼淚，將清娘和青劍讓進屋裡，倒出兩杯茶，問道：「公子走前可安生？大夫怎麼說？」

「安生。」清娘心中絞痛，酸辣的淚意直衝上來，忙低下頭飲一大口茶，慢慢嚥下去。

「我就能把得一手好脈息，哪裡還用得著大夫？」

再喝口茶，語氣平靜地說：「那天是個大晴天，牆角素馨花開了一片，公子坐在院子裡賞花，還說素馨花聞著香，向日葵就沒什麼香味。過了會兒，公子沒再出聲，我以為他睡著了，去把了脈，公子突然睜開眼，叮囑我和青劍進京找妳，然後說他累了……公子去了也好，前陣子他身上舊傷痛得厲害，白天黑夜不得安睡，有時候實在疼得狠了，吼著讓青劍把他打暈……他走了，就不用受傷病之苦。」

前世，何文秀也這般說，說何文雋故去，不管對何家還是他本人，都是一種解脫。

楊妧聽著，心裡稍覺安慰，可淚水卻止不住，一行行往下落。

「中元節，我在護國寺請沙彌唸了兩卷《往生咒》，原打算點盞長明燈給公子照著亮，可聽別人說，一個人只能點一盞燈，我怕何夫人點了，就沒點……何夫人可曾替公子點了長明燈？」

清娘沈默不語。

豈止沒點，若非怕別人閒話，何夫人甚至連喪事都不想大辦。

何文雋臨故前幾天，已經是燈盡油枯。清娘去正房院稟過幾次，何夫人只說請大夫來診脈，雞湯倒是不間斷地遣人送去，可她一眼都沒去瞧過。

何文秀和何文香倒是去過一回，看著躺椅上何文雋形銷骨立的模樣，兩人連半盞茶的工夫都沒待上，匆匆離開了。

七月初一那天，何文雋像是預知到什麼，大清早就吩咐青劍幫他換上楊妧做的那身衣裳，坐在院子裡給楊妧回信。

那封信，斷斷續續已經寫了三、四天。

那天也是，何文雋寫不過兩行就覺得氣喘吁吁，他放了筆，在樹蔭下面睡了一大覺。

醒來後，精神出奇的好，他把清娘和青劍喚到身邊說：「這個家有我沒我不差什麼，沒了我反而更清淨……我唯一放不下的是阿妧。我有個不情之請，你們幫我照看她……告訴她別難過，人總躲不過生老病死。」

臨終遺言，清娘怎可能不答應？

何文雋淺淺地笑了，打發青劍去拿牆上掛著的那柄刀，乘機對清娘說：「見到阿妧，妳幫我問句話。」

清娘屏息等著他的下文，等了許久，何文雋才斷斷續續地說：「這輩子錯過了，問她願不願意許我一個來生？」可不等清娘答應，卻又改口。「算了，別問了……我不捨得阿妧為難。若有來生，我會健健康康地去找她。」

說完那句話，何文雋便嚥了氣。

# 第七十六章

清娘趕去正房報喪。

何夫人正和兩個女兒高高興興地選布料裁新衣，因為書院的張太太來遞話，說是山東布政使宋家的第三子正在婚配年齡。

宋夫人看中了何文秀，想約在中元節那天，在大明湖邊見個面。

布政使是從二品大員，職掌一省的民生財政，何夫人歡喜得不行，務必要讓何文秀漂漂亮亮地去相看。

聽到清娘的稟告，何夫人臉色立時垮了，咕噥一句。「太不是時候了。」

如果再拖上一個月，哪怕半個月也好，興許何文秀的親事就能定下。

可人死不能復活，又是七月天，熱得要命，想瞞都瞞不過。

何夫人神情冷淡地命人撤換了家裡的紅燈籠和各樣喜慶擺設，換了素服，又打發人往各處報喪。

靈堂佈置得很體面，棺木也用了上好的楠木，可夜裡只有清娘和青劍帶著幾個婆子在守靈。

何夫人「悲痛過度」，早早去休息了，而何猛跟何文卓想必還沒有收到家書。

靈堂雖然用了冰，卻仍擋不住天熱，停靈五日便發葬了。

過完七七隔天，何夫人身邊的錢嬤嬤去了靜深院，對清娘道：「夫人因為傷心，這陣子大病小病不斷，今兒又請大夫來號了脈……大爺已經入土為安，妳和青侍衛盡心盡力伺候這麼些年，夫人每人賞你們二十兩銀子，各自回鄉吧，也免得夫人瞧見你們就想起大爺……」一邊說，一邊攥著帕子摁眼窩。

清娘瞧著院子裡亭亭直立的向日葵。「我得過幾天收拾了東西就走。」何文雋說過，向日葵成熟了，要帶到京都給楊妧看一看。

錢嬤嬤唉聲嘆氣地說：「大爺的書和字畫，夫人想留給二爺做個念想。要不，我替夫人做個主，這屋裡的東西，妳和青侍衛各挑一樣帶走吧，也算服侍大爺一場。」

清娘性子疏放不愛動腦，卻不代表她是個傻子。錢嬤嬤的語氣無疑是覺得她貪圖財物，想搜刮點東西再走。

清娘冷笑。

早幾天，何文雋已經安排了後事，書帶不走，可字畫都是要交給楊妧的。

這些年，靜深院的花費都是從何文雋所立軍功的賞銀裡出的，沒有用過公中的錢，還餘下六百兩，她和青劍每人一半平均分了。

既然錢嬤嬤說他們各人能挑樣東西，清娘毫不猶豫地把那方易水硯包起來，青劍則要了之前含光送過去的那柄烏鐵短刀。

錢嬤嬤當著他們的面將靜深院鎖了。

區區一把鎖自然攔不住清娘和青劍，兩人在客棧住了幾日，等到向日葵成熟，翻牆進去把花盤砍了。

進京之後，兩人直奔鎮國公府拜訪楚世子。楚昕不在府裡，有個叫承影的給他們指了同福客棧。

清娘解下肩頭包裹，拿出兩個碟子般大小的圓盤。「這就是向日葵，公子讓帶給妳嚐嚐，上面黑色的種子能摳下來……我嚐了幾粒，沒滋沒味的，說不上好吃。」說著，已俐落地掰下十幾粒。

楊妧費了半天工夫剝開，裡面尖尖的一粒果仁，除了略有清甜外，確實沒什麼滋味。

清娘笑道：「公子說，也可以跟南瓜子一樣炒了吃。我不會炒這玩意兒，幾時姑娘親自炒吧，我也跟著嚐嚐。」

一番打岔，楊妧悲傷的情緒逐漸消散，臉上開始露出喜色。

不多久，臨川與李先進來搬箱籠。

坐在車上，楊妧慢慢合計著。外院空著，青劍可以住，那麼清娘跟她一起住東廂房好了。只是昨天她是算著人頭買的被子，如今多了兩人，少不得還要添置些被褥枕頭等物。

青劍是何文雋的侍衛，每月要發月錢，可清娘以後有什麼打算呢？

不知不覺就到了四條胡同。胡同口停著輛黑漆平頭馬車，恰恰堵在楊家門口。

楊妧正覺詫異，就見有人從院裡衝出來，眼淚汪汪地喊道：「姑娘！」

竟然是青菱！楊妧驚喜不已。「妳怎麼來了？」

「老夫人讓來送東西。」青菱赧然地抽抽鼻子。「青荇和綠荷也來了，在裡面收拾呢！」

楊妧急步繞過影壁，綠荷正從屋裡出來，笑著告狀。「青菱姊姊打著迎接姑娘的名頭懶了好一陣子，姑娘要好生罰她才對。」

青荇也道：「我同意，罰青菱去生火沏茶。」

院子裡一片歡聲笑語，就像之前的霜醉居一樣。

青菱當真進了廚房，轉一圈灰溜溜地出來。「這個火該怎麼引？」

楊妧也不會，以往做點心都有婆子幫忙生火，她還真沒親自燒過鍋。

清娘主動請纓。「還是我來吧！」進廚房先搜羅些枯葉點燃了，再架點細的枝葉，等燒出旺炭才塞進幾塊木柴。

清娘先燒開一鍋水，把鍋刷乾淨，重新換一鍋水，燒開了沏在水壺裡。

楊妧找出茶葉罐。茶葉是她剛買的，雖然是碎末賣相不好，但味道不錯，道地的雨前龍井，只是運輸或者分裝過程中壓碎了而已，價格非常便宜。

青菱瞧見，心頭酸了酸，給大家各沏一杯茶。

青荇和綠荷高興地飲了半杯，繼續幹活去了。青菱對楊妧道：「前幾天，老夫人就吩咐我把霜醉居收拾好了，早上大爺提起姑娘今兒搬家，老夫人就催著我來了……都是姑娘用慣的東西，老夫人說即便住在外面，也不能委屈了姑娘。」

楊妧認出來，桌上的茶壺連帶著六只粉彩茶盅，正是霜醉居的那套。她嘆口氣，低聲道：「回去替我給老夫人磕頭，說過了這陣子，我再去請安。」

她已經從臨川那裡聽說了，菊花會過後第二天，大皇子打發了長史到國公府拜訪，還特意提起楊妲，問她有沒有傷風受寒，想請她出來一見。

人當然是見不成。

秦老夫人據實回答，楊老太太生病，楊家諸人回濟南府侍疾了，以後不見得會進京。言外之意是楚家跟楊家也就不會有多密切的往來。

這陣子，二皇子和三皇子選妃的事卻靜悄悄的，丁點水花都沒有。大皇子納側妃的消息卻傳得沸沸揚揚，一會兒說定了陳家，一會兒說定了顧家，不知道孰真孰假。

事情明朗之前，楊妧自然不好三天兩頭往國公府跑。

其實楊妧是很佩服秦老夫人的，並非所有人都能這般果敢，倘若稍稍猶豫，楊妲沒有當天離開，說不定就被長史堵個正著，事情會怎樣發展，就沒法預料了。

至少，大皇子真要納側妃，秦老夫人不但攔不住，還得做出個歡天喜地的樣子。

青菱走後，日影已經西移。

楊嬋得回了她的兔子和小狗，高興得在院子裡亂竄，楊妧則乘機將各人的床鋪鋪好。

一晃眼，鴿灰的暮色便層層疊疊地籠罩下來。

家裡沒買菜，清娘便生火熬了鍋小米粥，青劍到外面買回來三籠扁包子，大家湊合著吃了一頓。

剛吃完飯，楚昕沒進屋，就站在桂花樹下。

已是九月中旬，明月如同圓盤般高高掛在墨藍的天空，月光穿過枝椏縫隙落在楚昕身上，那張俊俏的臉龐散發瑩瑩光華，漂亮得讓人移不開眼睛。

楊妡微笑著問：「怎麼這個時候過來，吃飯沒有？」

「剛把量具的形狀定下來，明兒開始動工，頭一批先做五千件，在順天府分發。」楚昕有些疲憊，精神卻極好。「小嚴管事讓人送了信，他們歇在固安，明天下午大約酉初到京都。」

「真的？」楊妡眸光驟亮。「我娘怕是不方便跟小嚴管事一起進城，要不我去迎一下？」

楚昕彎起唇角。「正想跟妳商量，中午讓李先送妳到大興，就是之前妳住過的客棧，陳文和陳武會雇車在那裡等。妳娘帶的行李不多，一輛牛車足夠了。」

小嚴管事的那幾輛車上有國公府的徽記，太招人眼目。楊妡用力點點頭。「午正時分走，來得及嗎？」

「來得及。」楚昕柔聲道：「上午臨川會帶人牙子過來，妳挑幾個下人使喚。我替妳算了算，外院需要一個門房，一個來回傳話的，一個採買的；廚房至少要兩人，灑掃上兩人，妳跟小嬋各兩個丫鬟，妳弟弟一個書童一個跑腿的伴當，還有妳娘身邊也得兩人。」

楊妧「噗哧」笑出聲。「哪裡需要這許多人？之前我們在濟南府，一大家子才用十幾個下人。洗衣掃地這些活兒我都能幹，做飯也沒問題，我只是不會生火……五、六個人足夠用了。」

清娘站在窗前，悄悄將窗戶支開一條縫，外面的情形盡收眼底。

月色似水，在地面泛起銀白色的光點，楊妧攏一件緞面披風，笑靨如花，旁邊那位少年身形修長眉目如畫，黑眸映著月光的清輝，蘊含著綿綿情意。

真是賞心悅目的一對佳人。

清娘原打算夜深人靜之時，替何文雋問一聲的。

何文雋教導楊妧三年，對她用情極深，原本他不至於這麼快故去，總能熬過這個冬天，可楊妧離開，他也了無生意。

求一個來生難道不成嗎？

可看到這副情形，清娘忽然就明白了何文雋的意思。

楊妧是要嫁人的，會喜歡上別人，所以何文雋說不捨得她為難。

面前的這位少年就極好，至少生得漂亮，看身形站姿像是練過功夫，只不知功夫如何。

清娘正想著，就見楚昕戒備起身形，飛快地往這邊瞥來，她倏地後退，躲開了他的視線。

楚昕不動聲色地側轉了身子，溫聲道：「聽承影說，濟南府來人尋妳，是何公子身邊的人？」

「嗯。」楊妧沒打算隱瞞。「青劍是何公子的侍衛，之前含光見過。清娘懂醫，原本是照顧公子起居的，他們跟在公子身邊好多年，就像家人一樣。我想留下他們，也會像對待家人一樣待他們。」

楚昕心頭泛酸。楊妧從沒說過待他像待家人一般，可待何文雋的人就這般親近。

他輕嘆一聲，仍強作大度地說：「留下也好，有青劍在，就不怕宵小之徒前來找事……明天妳娘來，我跟妳說話就不方便了。我還能來找妳嗎？」

# 第七十七章

楊妧微笑。「能，有要緊的事情當然可以來找我。」

只是再不可能像現在這樣隨意地聊天，屆時，身邊會有關氏守著，也會有丫鬟跟著伺候。

楚昕明白她的意思，抿抿唇。「那我走了，明天一早約了隆源行掌櫃議事，下午要去漆器鋪子。」

「好，表哥早點回吧，晚了怕趕上宵禁。」

楚昕「嗯」一聲，轉身走出幾步，又回轉來。「楊妧，妳別忘記答應我的話。」

楊妧一時想不起來，笑問：「什麼話？」

楚昕直直地盯著她眼眸。「妳應允我及笄前不會訂親，不許反悔。」

「嗯。」楊妧重重點頭。「我不反悔。」

楚昕啟唇笑了，眸光閃亮。「我等妳長大。」步履輕鬆地走出二門。

楊妧輕嘆一聲。她是答應這兩年不會訂親，卻沒說要他等著。

仰頭望著天上明月，靜靜地站了片刻，這才回屋。

隔天，臨川帶了人牙子過來。

人牙子約莫三十七、八歲，穿著官綠色夾棉比甲薑黃色羅裙，收拾得乾淨索利，瞧著院子正中梳著雙環髻的楊妧，吃了一驚。

她做這行生意，經常出入富貴人家，可大都是夫人太太出面挑人，有時候也會囑咐體面的管事嬤嬤。楊家可好，竟然是個尚未及笄的小姑娘挑人。

臨川瞧見人牙子眼中的詫異，喝一聲。「我們家就是姑娘做主，妳識相點，要是敢耍什麼花招，小爺把妳皮揭了！」

「不敢，不敢！」人牙子忙道：「今兒帶的這些都是正經來路的，絕不會給姑娘惹麻煩。」

臨川道：「別囉嗦，趕緊把人帶進來。」

人牙子偷偷瞟楊妧一眼，先將丫頭們叫了進來。

一排六個，站了三排，共十八人，看著都還本分，並沒有長相狐媚、眼珠子亂轉的。

楊妧先剔出幾個鞋面邋遢，指甲縫不乾淨的，又打量一番，剔出兩個面相愚笨，看起來腦筋不太靈光的。

最後剩下八人，分成兩排站在院子當中。

清娘走過來，俯在楊妧耳邊道：「左邊頭一個像是元氣不足，右邊倒數第二個也別要，不像個姑娘家。」

元氣不足意味著體弱多病，自然不適合當差；可是不像個姑娘家……楊妧抬眸望去，見右邊那位約莫十五、六歲，肌膚很白淨，頗有幾分楚楚動人之色，恍然明白清娘說的「不像姑娘」是什麼意思了。

想必是曾經服侍過男主子，不知緣何又被發賣了。

楊妧將剩餘六人叫到跟前，逐個問了年紀、名字、以前當過什麼差，會些什麼手藝，最後選出三個來。

一個十五歲，看著挺穩重的，打算給關氏；一個十六歲，針線活不錯，還有個剛十三，口齒挺伶俐，楊妧想留在自己身邊跑腿。

人牙子帶的丫頭多，婆子才八個，其中一個婦人帶了個八歲的兒子。

婦人婆家姓劉，河南人，去年夏天黃河發水，家裡漢子拚命把他們兩人救出來，自己體力不支被淹死了。母子倆一路乞討進京尋親，親人沒找到，只能自賣起身求個活路。

婦人家中開過飯館，會灶上活計，楊妧便留了這對母子。

丫頭六兩銀子一人，那對母子合起來八兩，共花了二十六兩銀子。楊妧寫了買賣文書讓各人畫押摁了手印，又按數把銀子交給人牙子，臨川帶著他們離開。

此時太陽已經升得高了，照在身上暖洋洋的。

雁叫聲聲，打破了此時的沈寂，楊妧仰頭望著蔚藍天際的一行大雁，緩慢開口。「進了這個家門，各人除了當好自己的差事，最重要的是忠誠，要記得誰是你們的主子。」

秋陽下，楊妧穿天水碧夾棉襖子，靛藍色羅裙，臉上脂粉未施稚氣猶存，一雙眼眸卻沈靜，恍若靜水寒潭，一眼望不到底。

五人齊聲應「是」。

楊妧一一掃視過他們，唇邊慢慢漾出淺淺的微笑。「若是差事做得好，我也絕不會虧待你們。」

因是秋天，便給三個丫鬟以「秋」為名，分別叫憶秋、念秋和問秋，婦人仍稱作劉嫂子，她那個八歲的兒子叫做劉吉慶。

楊妧給她們指派完差事，讓春笑先教她們規矩。現在的春笑可不是當初濟南府那個什麼都不懂的小丫頭，在國公府這幾個月，她真正是長了見識。尤其看到荔枝、紅棗幾個一等丫頭的言談舉止，比趙氏還要氣派，春笑花了不少工夫偷師。

這會兒終於有了用武之地，春笑擺出大丫鬟的姿態，板起臉一絲不苟地教導起他們。

吃過午飯，楊妧帶著問秋和青劍一道去大興。

關氏站在客棧門口望眼欲穿，瞧見楊妧，不等開口已是滿臉淚水。她胡亂擦兩下，淚眼婆娑地盯著楊妧上上下下打量好幾圈，哽咽道：「瘦了。」

「娘，」楊妧眼圈也泛了紅，用力攥住關氏的手。「先回屋。」

關氏點點頭，進到房間掩上門，一把摟住楊妧嚎啕大哭。「我的孩子，讓妳受苦了……早知道再不叫妳離開我身邊，看妳瘦得……都掉了好幾斤肉。」

楊妧陪關氏哭一陣子，慢慢收了淚，端著銅盆伺候關氏洗了臉，笑道：「我沒瘦，進京前做的那幾件衣裳都有點緊了。娘，您瞧，原先才到您鼻子，這會兒快跟娘一般高了。」

關氏看了看。「離我還差一寸呢，倒是長高了……小嬋怎麼沒來？我聽嚴管事說她半路生病了，是什麼病？好了沒有？」

「早好了，就是秋燥犯咳嗽。來回一個多時辰的路，沒得讓她跟著折騰……娘頭髮散了，我給您重新梳一下吧。」

關氏應聲好，忽然想起身後的楊懷宣，忙把他推到跟前。「這是宣哥兒，七歲，五月二十二生的，比妳早四天。」

楊懷宣躬身給她作揖。「見過姊姊。」

他生得鼻直口方眉宇開闊，相貌很周正，穿件蟹殼青的直裰，論年紀跟范宜修差不多大，可他眼眸中明顯多了幾分沈靜與堅毅，顯得非常老成。

經歷過生死，又沿路乞討大半年，看過世態炎涼，自然要早熟得多。

楊妧微笑著拉他的手，掌心粗糙的觸感刺痛了她。

七歲孩子的手，竟然會有薄繭和毛刺。楊妧嘆口氣，柔聲道：「我給你準備了房間，等回家看看合不合意。夫子也尋好了，明兒休息一天，後天開始讀書，好不好？」

楊懷宣眸光驟亮。「多謝姊姊，我不用休息，明天就能開始。」

楊妧笑道：「夫子要先知道你學到什麼程度才能講課，跟你一同讀書的還有個小夥伴，明兒可以先認識了。」

她徵求過范二奶奶的意思，可以讓楊懷宣跟著范宜修一同上課。繆先生也已經答應，只不過要先考校一下楊懷宣的程度。

楊懷宣乖巧地點點頭。「好。」

這時，門口傳來腳步聲，青劍敲門進來。「姑娘，外面騾車已經備好了，現在走還是等會兒？」

楊妧瞥一眼窗外已有些西移的太陽。「這就走。」

她扶著關氏下樓，關氏笑嗔道：「我沒老，不用妳扶，妳仔細看著樓梯，別踩空了。」

楊妧莞爾。

家中出現變故，關氏仍舊心直口快，絲毫未變，這種感覺真好。

陳文、陳武恭敬地上前行禮。「姑娘，眼下趕回去，騾車要出城怕是有點晚，要不要回府拿國公爺的帖子，請城門守衛通融一二？」

楊妧笑道：「路上快點走，不用歇息。」

也就是國公府的侍衛，連催促的話都說得如此婉轉。

陳文得令，跟騾車的車夫說了幾句。這一路果真趕得急，風馳電掣般回到了京都。

楊嬋正跟團團在院子裡瘋跑，額頭上沁出一層細密的汗珠。看著她明顯比以前結實的身板和紅潤的臉色，關氏眼圈紅了紅，不等眼淚出來就催促春笑帶楊嬋去洗臉換衣裳。

楊妧乘機把下人喚來給關氏磕頭，又帶關氏各處瞧了瞧。

一溜三間正房，窗明几亮，東次間用屏風隔成兩間，靠北窗擺著架子床和衣櫃，南面那間則放著妝檯、五斗櫃以及臉盆架子。牆角有座高几，擺了只青花瓷的梅瓶，裡面兩枝盛開的菊花；西次間也隔成兩間，南間擺著書桌、長案、書櫃等物。書桌上文房四寶樣樣俱全，長案一頭擺只廣口圓肚瓷瓶，插著各種毛筆，另一頭則供一盆兩尺左右的崑山石盆景。

東西廂房都是三間，中間是小小的廳堂，楊妧住東廂房的北屋，清娘住南屋。春笑隨著楊嬋住在西廂房，而問秋念秋等人則住在正房後面的倒座抱廈裡。

關氏逐間屋子看過，臉色越來越陰沈。「阿妧，妳實話告訴我，到底怎麼回事，這屋子是誰的？娘雖然沒見識，不知道京都房價多少，可這滿屋子花梨木家具，桌上擺著的茶盅茶壺，妳屋子裡的梅瓶花斛，沒有七、八百兩銀子下不來。」

楊妧從箱籠裡翻出屋契文書。「確實是咱家的房子，家具是原先主家留下的，也因此比別處貴幾百兩。」

關氏仔細看兩遍，狐疑地問：「妳哪來這麼多銀錢？阿妧，咱們住處差點、吃穿差點沒什麼，妳可千萬不能做傻事。」

「娘，」楊妧溫聲道：「我明白輕重，知道哪些事該做、哪些事不該做……隔壁范二奶奶開綢緞鋪，我給她做衣裳樣子，她先後給過我四百兩銀子；大伯母給了五百兩，再有之前零零碎碎攢的，又跟國公府世子爺借了一些湊全了。娘放心，我不可能做傻事。」

關氏嘆口氣。「妳從小就主意大，我怕妳看見富貴榮華走上歪路……妳借了世子多少錢，我這裡有八百兩，趕緊還上。」

楊妧想起楚昕晶亮如星子的眼眸和倔強而傲嬌的神情，猶豫著道：「娘，世子爺答應我兩年之內還。您的錢先收著，萬一哪天有急事，咱們手上不能沒銀子。再者要是碰到合適的店面，我想買一間做個小生意。」

關氏想想家裡四口人，除了婦孺就是孩童，還有五、六個伺候的下人，如果沒有進項確實不成，便不再堅持，轉而問道：「我看著清娘眼熟，是何家的人吧？她怎麼到咱家了？」

「她跟青劍都是何公子的人，公子臨終前讓他們來找我。娘，公子於我有大恩，並非只是每月三兩的酬銀……若非公子引見，我在京都也沒法站穩腳跟。他們既跟著我，以後就是咱家的人。」

關氏點點頭。「行吧，我聽妳的。對了，妳在楚家過得可好？妳大伯母回去後把楚家好一頓罵，氣得不行。」

楊妧道：「娘看小嬋就知道了。太醫院的林醫正每五天給姨祖母請一次脈，順道也給小嬋把脈。小嬋聽的八音匣子是西洋船來的東西，玩的七巧板華容道都是世子爺送的，還有院子裡的兔子和狗，也都是世子爺送的。大伯母來的時候帶了兩個箱籠和一車土產，回去的時候可是四個箱籠和好幾個大包裹……我們在楚家住了足足半年，少說也花了五、六百兩銀子，大伯母沒良心，祖母不會也認為楚家虧欠了大伯母吧？」

關氏抿嘴笑道：「這倒沒有。妳祖母將妳大伯母叫到內室待了半天，妳大伯母出來時，衣裳濕了半邊，頭髮上還掛著茶葉梗。二丫頭也哭哭啼啼，說不想在濟南府說親。」

楊妧長舒一口氣。看來開始給楊姮說親了，秦氏總還是明白事情的輕重。

隔天，楊妧備了幾樣點心帶關氏和楊懷宣去范家拜訪，進二門的時候，剛巧有男子出來。

那人約莫二十七、八歲，穿件青蓮色雲紋團花直裰，眉目端秀神情疏朗，看上去有些面善，像是在哪裡見過似的。

楊妧正思量，只聽杜嫂子開口招呼。「二爺，隔壁楊太太和姑娘、少爺。」

那人忙退後兩步讓開路，笑著揖一下。「見過楊太太，內子正在屋裡等著。」接著囑咐杜嫂子道：「好好招呼著，別怠慢客人。」

原來他就是范真玉！

楊妧忽然想起來，前世確實見過他。

# 第七十八章

正思量著，范二奶奶已提著裙角迎出來。

楊妧給關氏引見過，指著楊懷宣道：「這便是我弟弟，今年七歲。」

「真是巧，修哥兒月初剛滿七歲。」范二奶奶打量他幾眼，讚道：「真是個齊整孩子，看著就比修哥兒穩重。」回頭吩咐身邊丫鬟。「去竹苑等著，若是修哥兒上完課，趕緊過來回一聲。」笑著將楊妧幾人讓到東次間。

炕上攤著一疋緙絲，寶藍色的底色上織著雲紋牡丹瑞果紋，甚是華麗。

楊妧低呼。「真漂亮！」

范二奶奶嘆道：「這是新出的花色，打算貢上的，也不知能不能入了貴人的眼？」

楊妧伸手摸了摸上面的牡丹花。「聽說元后喜歡菊，這才有了菊花會。貴妃娘娘最喜歡芍藥，國公府種了好幾種芍藥花。」

萬晉朝雖未硬性規定妃嬪們所用衣飾物品的花色，但何文秀入住後宮時，屋裡的擺設器具都是粉彩牡丹。如今元后既逝，貴妃不喜牡丹，其餘諸人未必敢用這種花色。

范二奶奶眸光閃動，言語間更加熱情。「到炕上坐著。」

楊妧好奇地問：「江南不興盤炕，二奶奶還習慣？」

「開始嫌來回脫鞋麻煩，這會兒覺得挺自在，坐累了隨時靠一靠。」范二奶奶拿只大迎枕遞給關氏。「我和四姑娘投緣，很能說得來，楊太太也別拘禮，就跟自己家裡一樣。」

關氏笑道：「阿妧淘氣，幸得二奶奶能容讓她。」

「哪裡。四姑娘可是老成得很，我那鋪子得虧她才打出名堂……剛開業那會兒，每天上門的客人兩隻手能數得過來，到現在接的活計都排到年底了。楊太太幾時有空去瞧瞧，現在就該置辦過年衣裳了。」

關氏驚訝地挑起眉毛。「這才九月中，離過年還有兩個多月，也太早了。」

楊妧笑著解釋。「真彩閣生意紅火，要是晚幾天，就不接活計了。」

關氏恍然。「哎喲，改天我一定去瞧瞧。」

「擇日不如撞日，就今兒。」范二奶奶直爽地說。「見完繆先生之後咱們就走，三個小的留家裡玩，咱們逛完鋪子去吃館子，正經逍遙一回。」

關氏剛來京都，楊妧正有意帶她周遭逛逛，便不推拒，笑應道：「好啊，中午到三條胡同吃飯，我做東。」

說著話，丫鬟撩簾進來，脆生生地說：「回奶奶，少爺那邊下課了。」

三人忙下了炕，喚上楊懷宣一同往竹苑走。

繆先生四十出頭，身材瘦小，穿件灰藍色織亭臺樓閣圖樣的直裰，留著山羊鬍，眸光卻很亮，淡淡地掃過幾人，停在楊懷宣身上。「進來吧。」

門戛然闔上，將楊妧等人擋在門外。

范二奶奶訕訕地賠笑。「繆先生性情冷淡，人卻是極好的。」

關氏不以為忤。「沒事，讀書人泰半如此，只要有真才實學便好。」

片刻工夫，楊懷宣走出來，小臉緊繃著，可眼中卻閃爍著興奮的光芒。

繆先生看向關氏。「妳是楊懷宣家中長輩？」

「是。」關氏忙屈膝行個福禮。「先生有何交代？」

「懷宣比宜修進度稍慢，心性還不錯，以後每天辰正過來，午時散課，給他準備一本《千字文》和一本《論語》。」

關氏連連應好。

繆先生略頷首，提上書袋揚長而去。

范宜修跳著歡呼。「太好了，以後我可以跟懷宣一起上課了！娘，把我那個繡松樹的書袋給懷宣吧，他還沒有書袋。」

范二奶奶笑應著，連聲吩咐人去取。

書袋用了雙層的青色嘉定斜紋布，上面繡一枝遒勁的松枝，很是清雅，裡面備著一盒筆一盒墨錠和半刀裁好的宣紙。

楊懷宣躬身道謝。范宜修拍著他自己的書袋說：「咱倆是一樣的，我的繡著翠竹。」仰頭看向范二奶奶。「娘，也給小嬋妹妹做個書袋，繡上梅花，這樣我們就是歲寒三友了。」

楊妧「噗哧」笑出聲。這三位的年齡加起來不足弱冠，還歲寒三友？

關氏也忍俊不禁。

范二奶奶卻滿口答應。「行，回頭給小嬋做個梅花的。這會兒娘要出門，你跟懷宣和小嬋在家裡玩，不許淘氣。」

范宜修重重點頭。「娘放心，我會照顧好客人。」

關氏頗為感觸地說：「二奶奶把修哥兒教得真好，原先我還擔心孩子沒有玩伴，這下可放心了。」

范二奶奶道：「我家修哥兒別的都好，就是話多，以後楊太太可別嫌我們煩。」

三人有說有笑地出了門。

范二奶奶指點著哪裡有菜市場、何處有雜貨店，要是家裡臨時需要零碎活計的小工往哪裡找，關氏一一記在心裡。

不過盞茶工夫便到了雙碾街，楊妧注意到最頭上的衣錦坊不見了，而是換了織錦閣的招牌。

范二奶奶道：「那家生意當真不錯，地角好，店面大。梅掌櫃很會來事，頭一天開業，整條街每家鋪子都送了疋府綢，還請我們當家的吃過兩次酒。後來，到我們店裡的客人如果想要府綢，我都推薦他們往織錦閣去……唉，和氣生財嘛。」

楊妧道：「妳也很能幹了。」笑著指給關氏。「娘，門前最熱鬧的就是二奶奶的鋪子，叫真彩閣。」

只這會兒工夫，已有三、四人興高采烈地出來，個個手裡拎著藍布包裹，顯然都是買了布疋的。店裡人更多，摩肩擦踵的，連平日只管打雜的小藝都在忙著接待客人。

范二奶奶張羅著要替關氏量衣，楊妧忙拒絕道：「我的手藝不比繡娘差，而且這麼好的顯擺孝心的機會，可不能憑空沒了。不過我得買幾疋布，妳給我去個零頭吧！」

說著挑了一疋寶藍色杭綢、一疋松花色杭綢、兩疋丁香色棉布和兩疋藏藍色棉布。

范二奶奶一看就知道她要做什麼，低聲道：「庫裡有幾疋泅過水的細棉布，稍微脫了顏色，倒真正細軟，如果不嫌棄，我一併給妳送過去，納鞋底子或者做棉襖裡子都能用。」

楊妧笑道：「好呀，求之不得。」

范二奶奶低聲吩咐了小藝。

午飯是在東興樓用的，三人沒要雅席，而是在一樓靠窗找了張桌子。窗扇半開，陽光直射進來，照在身上暖洋洋的。

楊妧點了有名的炸響鈴、燴三丁，再點個八寶豆腐湯和三碗白米飯。

正等菜時，有人坐到了斜前方的座位，竟然是李寶泉和一位花信年紀的婦人。

楊妧過去行禮，李寶泉替她引見身邊婦人。「這是拙荊田氏，這是楊姑娘，何公子的義妹。妳尋到合適房子不曾？很是慚愧，沒能幫上忙。」

楊妧給田氏福了福，答道：「李大人切莫這麼說，我已經麻煩您很多了……我前陣子買了宅子，我娘他們也來了。家裡都是婦孺，不方便請李大人做客，太太幾時得閒，還請過來喝杯粗茶，我家就在前面四條胡同最東頭那間，非常好認。」

田氏含笑應了。「改天定然去叨擾。」

「我定然掃榻相迎。」楊妧笑著點點頭，重又回到自己桌旁。

闞氏便問：「那人是誰？」

楊妧回答。「大理寺左寺正，之前我拜託他幫忙找過房子。」

范二奶奶著實驚訝了下。

她還記得，當初她跟楊妧住在同一家客棧，應該是腳前腳後進京的，這才半年時間，楊妧結交余新梅這樣的大家閨秀不奇怪，畢竟是住在國公府，碰面的機會多，可她竟然認識八竿子打不著的官員，這就讓人刮目相看了。

范真玉剛到京都那幾個月，天天在外面晃，都是捧著豬頭找不到廟門，想送銀子都送不出去。

又想起，前兩天門口經常出現的高頭大馬和那些衣著簡單卻氣勢不俗的侍衛，范二奶奶默默地抿了抿唇。

吃過午飯，楊妧哄著楊嬋歇了個晌覺，剛睡醒，真彩閣送來布料。

除去她買的布疋之外，另有四疋細棉布，從邊角看確實褪了色，裡面卻還鮮亮，摸上去非常舒服。

關氏也道：「好好的布料賣不出去，可惜了的。」

母女倆把洇過水的部分剪掉，打算洗乾淨了做袼褙，剩下的洗洗做棉襖裡子。

楊氖將那疋寶藍色的杭綢單獨挑出來，其餘的交給憶秋。「這幾天妳辛苦些，每人做兩身衣裳，一身夾襖，一身棉襖，松花色的杭綢做比甲穿。要是忙不過來，讓念秋和問秋給妳打下手。」

憶秋應道：「行，劉嫂子也能拿針，把吉慶的交給她來做。自己親娘做的，更舒服暖和。」

楊氖著意地看她兩眼，倒是聽明會來事，既減輕了自己的負擔，又討了劉嫂子的好。說不定劉嫂子正想親手給兒子做，可以多絮棉花。

楊氖把寶藍色杭綢給關氏。「我吃不準弟弟的尺寸，娘幫我裁一下，做件夾棉袍子，剩餘的布給繆先生和青劍各做件衫子，夠用吧？」

繆先生的束脩是每月一兩銀子。

范二奶奶每天供著點心，楊氖就想一年做四身衣裳，也算是弟子給先生的孝敬。

關氏仔細琢磨會兒。「青劍身量跟妳爹差不多，繆先生要瘦小些，應該是足夠了……妳光給別人忙活，自己要不要添衣裳？」

「我衣裳有得是，姨祖母老早把夾襖和棉裙做好了。小嬋的也不缺，我還收著幾疋上好的素緞，好生做幾件新衣裳給娘穿。」

關氏斜眼瞧著她。「這半年真是長了本事，花錢跟流水似的，買布花了十二兩，中午一頓飯又是一兩半……外頭還欠著債呢，兩年下來看妳怎麼還？」

「該花的銀子要花，該省的我也會省。」楊妧親暱地抱著關氏腰身撒嬌。「娘儘管放心讓我當家，實在不行，您手裡不是還有銀子嗎？省吃儉用也夠一輩子花費了。」

關氏「哼」一聲，掰開楊妧的手。「多大了，還往身上黏，小嬋都沒像妳這樣。」

楊妧理直氣壯地說：「我之前沒黏過娘，現在要補上。」

關氏不搭理她，卻在轉身時悄悄綻出一絲笑意。

她也是考慮到箱底的銀子，才沒有攔著楊妧亂花錢。以前虧欠長女太多，以後多縱著她便是。

接下來幾天，楊妧閉門不出給楊懷宣做衣服，乘機把前世的事情捋了捋。

她是年底跟何五爺對帳時見到范真玉的。

天氣已經很冷了，范真玉卻熱出滿頭大汗。何五爺對他讚不絕口，說這人敢想敢做，為人周全。

原本何五爺打算跟在朝廷的運糧車後面往寧夏運一批糧米，由於收米耽擱了幾日，便沒趕上。而范真玉謀求皇商無望，也想趁著過年把布料運到西北賺一筆銀子，兩人一拍即合，決定組支商隊。

范真玉又找販瓷器的客商和一位毛皮販子，雇了神威鏢局的鏢師沿途護送。

一路住店歇腳全是范真玉打點，途中還曾遇到馬匪，也是范真玉出面跟馬匪頭子周全，最終有驚無險地回來了。他們四人都賺了個盆滿缽滿。

前世既然能做成，今生應該也可以吧？

楊妧覺得可以試一試。

只是這個季節有點晚了，籌集貨品至少需要七、八天，再聯絡有相同意願的商家，十月初能啟程已經不錯了。

去西北，即便快馬加鞭也得二十多天，商隊走得慢，倘若遇到風雪，年底之前不可能趕回來。最好是八月底動身，冬月帶一批藥材、毛皮還有各種銀器、地氈回來，正好臘月裡賣掉。

來年，她務必要早點打算這事，爭取在綢緞鋪或者糧米行參上一股。

不知不覺中，九月過去了。

十月初一，楊妧去護國寺給何文雋點長明燈，正好關氏也想去上香，便將兩個小的託付給范家，讓青劍雇輛騾車一同前往。

原先從國公府去護國寺不到兩刻鐘，現在遠了許多，騾車又不太舒服，搖晃得楊妧快散了架子。

好不容易到了護國寺門口，楊妧扶著清娘的手跳下馬車，才站穩，便聽到不遠處有少女清脆的喊聲。「哥，你別走那麼快，娘說讓你照看我。」

聲音很熟悉，是楚映。

她旁邊披著湖藍色緞面斗篷的是廖十四，而前面昂首挺胸走得飛快的，不是楚昕又是誰？

楊妧下意識地將斗篷上的帽子往下壓了壓，心裡油然生起一種說不清的滋味。

算起來，她已經半個月沒見到楚昕了，可她並不想在這個時候看見他……

——未完，待續，請看文創風1037《娘子馴夫放大絕》3

2022年1月出版

# 食尚千金

文創風 1025～1027

既然世人皆知，她是錯養在相府的冒牌千金，
與其怨嘆命運弄人，不如努力活得比正牌還要出色，
在名門有貴女的優雅，回老鄉也有農家女的瀟灑～～

## 一雙巧手暖生香，滿腔摯情訴相思／霜月

在京城當不成名門閨秀，那就回鄉做她的農家女吧！
重活一世，被錯養成相府千金的消息一傳出，
她早就想好了退路，那就是遠離京城是非之地，
然後回鄉認親，當個平頭百姓，走在發家致富的路上！
人人皆誇她手巧，不只吃貨神醫歡喜地收她做徒弟，
就連在村中養病又嘴刁的六皇子也賞識她，成為開店大金主。
原本只是單純的合作夥伴關係，直到皇帝突然下旨指婚，
堂堂皇子的正妃，不選世家貴女，而要她區區一個農家女？
認真説起來，她只不過幫他煎了幾次藥、做了幾回吃食，
怎料一個峰迴路轉就發展成「以身相許」的階段了，
再看這位天之驕子從泡茶到煎藥都偏愛她來伺候，
這……到底是心悦她的人，還是心悦她的手藝啊？

天涯地角有窮時，只有相思無盡處／踏枝

2021年12月出版

# 媳婦好粥到

雖說這個朝代民風較開放，女子和離也很普遍，
但像她家婆婆這樣心疼她年紀輕輕就守寡，
並且還一心盼著她改嫁的，可也不多吧？
婆婆不僅幫忙相看、撮合，連嫁妝都替她存上了，
要她說，這根本超前部署，但她真沒想過要改嫁啊……

文創風 1020 1

顧茵繼承家裡的老字號粥鋪，生意極好，誰知她卻在加班時暈了過去，
再睜開眼，她居然穿越了，從粥鋪老闆成了農戶人家的童養媳，
說起這個原身，那是比她慘多了，親娘病逝後，親爹續娶，又生下兩兒，
後娘本就容不下原身，枕頭風吹了兩三回，原身就被賣給了武家夫婦，
這武家是地裡刨食的莊稼人，並沒有富裕到能買丫鬟回家伺候的地步，
實因長子武青意被術士批了命，說是剋妻的孤煞命，到十五歲都沒說上親，
眼看再拖下去不是辦法，武家夫妻才牙一咬，花錢將原身買回家當童養媳……

文創風 1021 2

在武家吃飽穿暖地過了三年，顧茵原身從黃毛丫頭長成了美人胚子，
可就在這時，朝廷突然開始強徵各家各戶的壯丁入伍攻打叛軍，
凡是家裡沒銀錢疏通關係的，男丁一個不留，都得上戰場拚命去！
當時已懷孕的武母無計可施，只能眼睜睜看著自家男人和大兒被徵召，
臨行前一晚，武母堅持讓大兒武青意和原身拜了天地，
五年多後，朝廷總算傳來消息，說是前線軍隊全軍覆沒，武家父子沒了！
也就是說，她這個童養媳如今還當上了熱騰騰、剛出爐的小寡婦？

文創風 1022 3

任顧茵怎麼想，未來的路都艱難得很，偏偏老天彷彿覺得她還不夠難似的，
在一個月黑風高、大雨滂沱的夜晚，有個採花賊摸到家裡來了！
這賊子是村裡有名的地痞流氓，里正是他親叔，縣老爺是他家親戚，
因為得知武家男人戰死，他便起了色心上門，幸好最後被婆媳倆合力制住，
但這朝廷自上到下是爛到了芯子裡，不然也做不出強徵男丁的混蛋事，
所以想抓這賊人見官怕是無用，他們婆媳叔子三人只得包袱款款，連夜閃人，
哪知半路卻聽說村中遭遇洪水，無人倖存！他們這下大難不死，定有後福吧？

文創風 1023 4

日子就算再難，也是得過，顧茵都想好了，她別的不行，廚藝可是頂尖的，
鎮上碼頭邊有許多賣吃食的攤販，於是她也尋摸個位置，做起了生意，
她最擅長的是熬粥及煲湯，至於其他白案點心做得也很不錯，
真不是她要自吹自擂，她煮得一手好粥，那是吃過會懷念，沒吃要想念，
一連十天，鎮上那位文老太爺的早膳都是吃她煮的皮蛋瘦肉粥，
文老太爺那是什麼人物？三朝重臣、兩任帝師啊！什麼樣的好東西沒嚐過？
連他老人家都讚不絕口的粥，能不好吃嗎？每天排隊的人龍就沒斷過！

文創風 1024 5 完

顧茵是真心把婆婆和小叔子當成家人的，就沒想過要改嫁，
何況穿來這兒後，她只想著怎麼吃飽穿暖了，哪有心思想別的？
正當她一個頭兩個大地返鄉掃墓時，她男人武大郎回來啦！
原來當年被朝廷徵召時，父子倆陰差陽錯，最後加入的竟是義軍，
因為到底是反抗朝廷的「叛軍」，所以多年來他們都不敢往家裡遞消息，
如今新朝建立，公爹成了英國公，而他竟是傳聞中能生撕活人的惡鬼將軍?!
唔……要不，她還是乖乖聽婆婆的話，帶著收養的小崽子改嫁吧？

能吃是福，好運食足／浮碧

2021年12月出版

# 米袋福妻

一國公主的回門禮，居然是五百斤大米?!
敢向皇帝開口討糧養家，唯有他媳婦才辦得到吧……

文創風 1016 **1**

從惜糧如命的末世穿到吃穿不愁的古代，還是可以嚐遍美食的公主?!
楚攸寧樂了，下嫁滿門寡婦的將軍府也不算什麼，供她好吃好喝就行，
既然注定守寡，不如收編沈家婦孺當隊友，關門過囤糧的小日子多好。
孰料她不慎出糗，沒圓房就想替夫君搭靈堂，氣壞負傷歸來的沈無咎，
這且不算，將軍府竟米袋空空，正因她那昏君老爹御下不嚴、剋扣糧餉，
她乾脆扛刀直奔慶國糧倉，一大家子要養，欠她的糧還不快快還來——

文創風 1017 **2**

解決將軍府的糧食危機，楚攸寧真心覺得沈無咎是萬中選一的好隊友，
能幫她囤糧、幫她保守穿越的秘密，還能研製抵禦外敵越國的火藥。
嗯，她的御用軍師非他莫屬！奈何她的酒品太差，醉了對他上下其手，
又偷溜出門，酒醒發現自己當了劫皇糧的土匪，讓著急的他哭笑不得。
唉，她不喝了，聽聞近日來選妻和親的越國親王囂張，狠打慶國臉面，
還敢在國宴上當著昏君老爹的面調戲她，豈能放過，定要出口鳥氣！

文創風 1018 **3**

破除鬧鬼傳言後，人跡罕至的鬼山被楚攸寧改造成囤糧藏寶的大本營，
還養出補腦壯陽，咳，是讓人頭好壯壯的放山雞，買家堪比過江之鯽！
天啊，她只是三不五時用異能陪這群雞跳跳舞，效果居然這麼好？
可憐了沈無咎，吃了雞又碰不得枕邊睡得熟透的她，只能練劍到天明。
沒等她好好補償他，越國便以和親團遇劫為由開戰，沈無咎請纓上陣，
身為沈家糧倉的她當然要跟，還要把欠三個嫂嫂的公道討回來——

文創風 1019 **4** 完

真實身分為越國老皇帝的私生子，難怪昏君老爹不勤政，處境尷尬啊，
這場仗一定要贏，為了百姓著想，乾脆輔佐她爹這假血脈當上真明君吧！
沈無咎也在這次戰役中找回哥哥們，終於打破沈家滿門寡婦的流言，
可兩位兄長完全認不得他這個弟弟，二哥舉止如野人，還同小孩搶食；
三哥更是心性大變，執意效忠越國，對楚攸寧痛下殺手，該如何喚回？
楚攸寧陷入苦思，闔家團圓僅差一步，她要怎麼幫親愛的夫君一把……

文創風 1036

# 娘子馴夫放大絕 2

國家圖書館出版品預行編目資料

娘子馴夫放大絕 / 淺語著. --
初版. -- 臺北市 : 狗屋出版社有限公司, 2022.02
冊 ; 公分. --（文創風 ; 1035-1038）
ISBN 978-986-509-294-8（第2冊 : 平裝）. --

857.7　　110022673

| | |
|---|---|
| 著作者 | 淺語 |
| 編輯 | 張蕙芸 |
| 校對 | 吳帛奕 |
| 發行所 | 狗屋出版社有限公司 |
| 地址 | 台北市104中山區龍江路71巷15號1樓 |
| 電話 | 02-2776-5889～0 |
| 發行字號 | 局版台業字845號 |
| 法律顧問 | 蕭雄淋律師 |
| 總經銷 | 知遠文化事業有限公司 |
| 電話 | 02-2664-8800 |
| 初版 | 2022年2月 |
| 國際書碼 | ISBN-13　978-986-509-294-8 |

本著作物由北京晉江原創網絡科技有限公司授權出版

定價280元

狗屋劃撥帳號：19001626

網址：love.doghouse.com.tw　E-mail：love@doghouse.com.tw